A TERRA E AS CINZAS

Brasil: viagem ao coração do país de
Lula, Bolsonaro e Casaldáliga

FÓRUM SOCIAL

FÓRUM SOCIAL

FRANCESC ESCRIBANO

Trdução
José Pires Cardoso

A TERRA E AS CINZAS

Brasil: viagem ao coração do país de
Lula, Bolsonaro e Casaldáliga

Belo Horizonte

FÓRUM
CONHECIMENTO JURÍDICO

2024

FÓRUM SOCIAL

Título original: La terra i les cendres
© 2023 Francesc Escribano
© Edicions 62, S.A.
© 2023 pela tradução do Catalão, Ana Ciurans
© 2023 Editorial Planeta, S.A.
© 2024 Editora Fórum Ltda.

É proibida a reprodução total ou parcial desta obra, por qualquer meio eletrônico, inclusive por processos xerográficos, sem autorização expressa do Editor.

Conselho Editorial

Adilson Abreu Dallari
Alécia Paolucci Nogueira Bicalho
Alexandre Coutinho Pagliarini
André Ramos Tavares
Carlos Ayres Britto
Carlos Mário da Silva Velloso
Cármen Lúcia Antunes Rocha
Cesar Augusto Guimarães Pereira
Clovis Beznos
Cristiana Fortini
Dinorá Adelaide Musetti Grotti
Diogo de Figueiredo Moreira Neto (*in memoriam*)
Egon Bockmann Moreira
Emerson Gabardo
Fabrício Motta
Fernando Rossi
Flávio Henrique Unes Pereira
Floriano de Azevedo Marques Neto
Gustavo Justino de Oliveira
Inês Virgínia Prado Soares
Jorge Ulisses Jacoby Fernandes
Juarez Freitas
Luciano Ferraz
Lúcio Delfino
Marcia Carla Pereira Ribeiro
Márcio Cammarosano
Marcos Ehrhardt Jr.
Maria Sylvia Zanella Di Pietro
Ney José de Freitas
Oswaldo Othon de Pontes Saraiva Filho
Paulo Modesto
Romeu Felipe Bacellar Filho
Sérgio Guerra
Walber de Moura Agra

FÓRUM
CONHECIMENTO JURÍDICO

Luís Cláudio Rodrigues Ferreira
Presidente e Editor

Coordenação editorial: Leonardo Eustáquio Siqueira Araújo
Aline Sobreira de Oliveira

Rua Paulo Ribeiro Bastos, 211 – Jardim Atlântico – CEP 31710-430
Belo Horizonte – Minas Gerais – Tel.: (31) 99412.0131
www.editoraforum.com.br – editoraforum@editoraforum.com.br

Técnica. Empenho. Zelo. Esses foram alguns dos cuidados aplicados na edição desta obra. No entanto, podem ocorrer erros de impressão, digitação ou mesmo restar alguma dúvida conceitual. Caso se constate algo assim, solicitamos a gentileza de nos comunicar através do *e-mail* editorial@editoraforum.com.br para que possamos esclarecer, no que couber. A sua contribuição é muito importante para mantermos a excelência editorial. A Editora Fórum agradece a sua contribuição.

Dados Internacionais de Catalogação na Publicação (CIP) de acordo com ISBD

E74t   Escribano, Francesc
           A terra e as cinzas. Brasil: viagem ao coração do país de Lula, Bolsonaro e Casaldáliga / Francesc Escribano; tradução de: José Pires Cardoso. Belo Horizonte: Fórum Social, 2024.
           Título original: La terra i les cendres
           192 p. 14,5x21,5cm

           ISBN impresso 978-65-5518-697-0
           ISBN digital 978-65-5518-701-4

           1. Pedro Casaldáliga. 2. Brasil. 3. Polarização. 4. Desigualdade Social. I. Título.

                                                                CDD: 305
                                                                CDU: 316-3

Ficha catalográfica elaborada por Lissandra Ruas Lima – CRB/6 – 2851

Informação bibliográfica deste livro, conforme a NBR 6023:2018 da Associação Brasileira de Normas Técnicas (ABNT):

ESCRIBANO, Francesc. *A terra e as cinzas*. Brasil: viagem ao coração do país de Lula, Bolsonaro e Casaldáliga. Belo Horizonte: Fórum Social, 2024. 192 p. ISBN 978-65-5518-697-0.

SUMÁRIO

PRIMEIRA VIAGEM
ABRIL DE 1985

PRÓLOGO
BUSCANDO PEDRO CASALDÁLIGA 9

PENÚLTIMA VIAGEM
Novembro de 2021

1
A MORTE EM BATATAIS 29

2
UMA CRUZ EM UM MAPA 51

3
A VERDADE OS FARÁ LIVRES 73

4
UM DEUS ARMADO 91

5
A COMUNIDADE DO ANEL 111

6
PESSOAS SIMPLES EM LUGARES SEM IMPORTÂNCIA 129

ÚLTIMA VIAGEM
OUTUBRO-NOVEMBRO DE 2022

7
DOIS BRASIS, UMA VITÓRIA 153

8
SETE PALMOS E A RESSURREIÇÃO 173

PRIMEIRA VIAGEM
ABRIL DE 1985

PRÓLOGO

BUSCANDO PEDRO CASALDÁLIGA

Ao Brasil se chega pelo nariz. É um país que, antes de mais nada, se sente o cheiro. Isso me passou na primeira viagem. Faz quase quarenta anos, e é o que ainda me impressiona cada vez que volto. Não é fácil de descrever, é uma sensação vagamente doce e definitivamente vegetal. São o trópico e a peculiar civilização brasileira, que se manifestam de maneira escandalosa através de uma mistura de cheiros de terra molhada, fruta madura e fumaça pegajosa lançada por milhões de tubos de escapamento que queimam álcool de cana desesperadamente. É a maneira singular que tem esse lugar do mundo de te dar as boas-vindas. E não é só coisa minha, trata-se de um fenômeno comum, e compartilhado sobretudo por quem visita o país pela primeira vez.

É o que passou a Claude Lévi-Strauss em sua primeira viagem de descobrimento etnográfico do Brasil. Viajou de barco, e assim é como o descreve, em seu livro *Tristes trópicos*, o momento em que os aromas marinhos deixaram de ser os protagonistas e deram passagem a uma "brisa de selva que alterna com perfumes de inverno, a mais pura essência do reino vegetal, cujo frescor específico parece tão concentrado que poderia traduzir-se por uma embriaguez olfativa, última nota de um poderoso acorde arpejado para isolar e fundir, por sua vez, os tempos sucessivos de aromas diversamente sazonados". Como se fosse evidente que esta descrição não seria suficiente por si só para que nos colocássemos em sua pele, Lévi-Strauss acrescenta: "Somente compreenderão aqueles e aquelas que puseram seu nariz em uma pimenta exótica recém-aberta depois de haver respirado, em algum *Butiquim do sertão* brasileiro, o rolo almiscarado e negro do *fumo de rolo*, folhas de tabaco ferramentadas e arroladas em cordas de vários metros". Nem de longe poderia, nem me atreveria, a comparar minha primeira experiência olfativa do

Brasil – que foi extraordinária apesar de ter chegado ao Rio de Janeiro em avião – com essa descrição barroca e tremendamente sugestiva do insigne antropólogo francês. O que sinto é bem mais inveja, e creio que inclusive pagaria para poder cheirar "o rolo almiscarado e negro do *fumo de rolo* em um *Butiquim do sertão*".

O afortunado Lévi-Strauss chegou ao Brasil de barco e na década dos anos trinta do século passado. Era um momento crucial. O país vivia um processo de transformação e de autoafirmação, fazia pouco que se havia sido levantada no Rio de Janeiro a estátua do Corcovado, símbolo da cidade e do país, e era também o tempo da revolução de 1930. Contra o que poderia fazer supor esse nome, aquela revolução é a expressão épica com a qual se denominou um golpe de Estado que instaurou um governo autoritário e populista, inspirado na Itália de Mussolini, presidido por Getúlio Vargas, um dos políticos mais idealizados da história do país. Chamavam-no "o pai dos pobres". Um qualificativo desmedido que alguns corajosos súditos se atreveram a corrigir, com uma pitada de ironia, acrescentando que também era "a mãe dos ricos". Vargas governou durante os quinze anos em que encabeçou a Junta Militar e pouco depois deixou o cargo. No ano de 1951, voltou a ser eleito graças ao voto popular. Não acabou o mandato. Em 1954, uma grave crise política afetou-o tanto que se suicidou com um tiro em seu gabinete presidencial. O fato de que ainda existam políticos que reivindicam a figura e o legado de Getúlio Vargas demonstra até que ponto no Brasil nada é o que parece e nada tem uma explicação simples, sobretudo na política. Certamente estas afirmações poderiam aplicar-se à complexa realidade de muitos outros países, porém no caso do Brasil fui descobrindo que são obstinadamente certas.

Um dia da primavera de 1985, quando fiz minha primeira viagem ao Brasil, comecei a descobrir. Tal como passava nos anos trinta. A ditadura militar havia acabado fazia pouco tempo e em todas as partes se respirava uma euforia contagiosa. Eu era um jovem repórter que, por dizê-lo de alguma maneira, saía de casa pela primeira vez. Tinha vinte e seis anos e não sabia praticamente nada do país, nem de seu povo, nem de sua história e, agora reconheço, tampouco sabia muito da vida. Tinha me casado fazia pouco tempo, tinha um filho e viajar a trabalho era, sem dúvida, uma oportunidade de crescer profissionalmente, mas também uma maneira de me escapar e de economizar as pesadas obrigações parentais que me sufocavam.

Minha juventude e minha inexperiência estavam em sintonia com a empresa que trabalhava, Televisão da Catalunha, e uma televisão que fazia somente um par de anos que tinha começado a transmitir. Compartilhávamos as virtudes e os defeitos próprios de nossa idade: a vontade de mudar as coisas e a capacidade de ver o mundo de uma maneira nova, porém também a petulância de quem acaba de chegar e a inconsistência de quem ainda não sabe nem intui tudo o que lhe falta aprender. Mas, que mais poderia acontecer? Estava ali, em minha primeira grande viagem, que também era minha primeira grande reportagem... e estava no Brasil. Que mais podia eu pedir? Salvando as distâncias, ocorria-me o mesmo que ao protagonista do filme *Brazil*, que Terry Gilliam acabava de estrear naquela primavera. Tratava-se de uma fantasia distópica – inspirada em 1984, de George Orwell – que descrevia um mundo futuro, obscuro, opressivo e burocrático, ameaçado pelo terrorismo. O protagonista, um burocrata insignificante e sonhador, para fugir da realidade da qual lhe havia tocado viver, se embelezava contemplando um pôster do Brasil que estava pendurado na parede de seu local de trabalho. Brasil, o país, era, para mim, um pouco como aquele pôster: uma imagem idílica do paraíso na terra, uma beleza tropical, uma natureza selvagem e uma civilização apaixonante que passava por um momento excepcional e se exibia exultante ante meus pouco experimentados sentidos.

Não podia ser mais feliz nem estar mais iludido. Estava ali, no Brasil! Por trabalho, não por prazer, porém não o parecia. Sentia-me como se estivesse a ponto de viver uma grande aventura, apesar de que não tinha ao todo segurança do que faria ali. Na década dos oitenta do século passado, as comunicações, especialmente naquele país, não eram o que agora são, e não podia preparar praticamente nada da reportagem que tinha que fazer. Estar no Brasil já era de per si um acontecimento, e não queria que nada fizesse fraquejar a ingênua segurança e o otimismo incontido que sentia naquele momento. Tinha, além disso, uma confiança ilimitada em minha capacidade para resolver qualquer problema, e era evidente que me havia contagiado do positivismo generalizado que naqueles dias transmitia um país que por natureza já é mais que positivo.

Por parte da Televisão da Catalunha não tinha um compromisso claro com relação ao tipo de reportagem que tinha que fazer. Meu chefe, Joan Salvat, diretor do programa "30 minuts", disse-me que fizesse o que eu achasse melhor. De fato, estávamos no Brasil por uma frívola casualidade: nos haviam presenteado com um par de passagens de avião e tínhamos que aproveitá-las. Tema livre. Assim que me dediquei a buscar documentação, e foi depois de colocar-me em dia a respeito da história recente do país e de sua situação política, quando surgiu um nome que se destacou acima dos demais. Pedro Casaldáliga. Chamou-me a atenção, de entrada, o nome em si, porque era catalão como eu e porque vivia no cu do mundo na selva do Mato Grosso, um lugar de ressonâncias míticas para mim, graças à literatura etnográfica de Claude Lévi-Strauss.

Naquele momento não sabia muito de Casaldáliga. A pouca informação que tinha reduzia-se a algumas cartas e livros que me arrumaram seus amigos e familiares e a uns recortes de jornais que deixavam meus pelos eriçados, porque falavam de várias ameaças de morte e inclusive de uma tentativa de assassinato. Fazia muitos anos que Casaldáliga vivia no Brasil, no interior profundo, porém sempre se havia mantido em estreito contato com a Catalunha. Tinha nascido em Balsareny em 1928, e seu primeiro destino como sacerdote tinha sido Sabadell. Ali começou uma promissora carreira na Igreja, que dava a impressão de que podia levá-lo a qualquer lugar menos ao que acabou indo parar. Aos quarenta anos, Casaldáliga deixou tudo para ir para o Brasil como missionário e cumprir com sua vocação inicial, a que o tinha levado ao seminário de Vic, sendo ainda uma criança.

Chegou a São Félix do Araguaia em julho de 1968. O impacto foi brutal. Para alguém que vinha da Espanha nos finais dos anos sessenta, o mundo que ali encontrou, o que não era muito diferente de muitos outros lugares do interior do Brasil, deve ter-lhe parecido outro planeta. Naquele rincão esquecido no coração do Mato Grosso ocorria uma verdadeira guerra, uma luta pela terra e pela sobrevivência. O que Casaldáliga encontrou em São Félix gelava o coração: a ausência da justiça mais elementar, o império da lei do mais forte e um menosprezo sem paliativos pelo valor da vida humana. O que encontrou na região do Araguaia era uma situação tão extrema que a neutralidade não era possível. Não podia evitar tomar partido. Encontrava-se no meio de um conflito diante do qual, para ser fiel ao espírito religioso que o tinha levado até ali, não podia limitar-se a elevar a vista ao céu e rezar para que as coisas mudassem. Não era nem a maneira nem a solução. Tinha que se molhar. Teve que aprender a olhar com os olhos daquele povo e a baixar e a enfocar o olhar para saber o que acontecia naquela terra. Seus paroquianos, sua missão, eram uma autêntica legião de deserdados da terra: trabalhadores rurais, peões, indígenas e povo que tinha chegado ali em busca de um futuro e tinha encontrado, por outro, o inferno mais absoluto e desesperador. Foi duro, e até mesmo terrível, porém também uma oportunidade única para pôr em prática as palavras de um Evangelho que se conhecia de memória. Em São Félix do Araguaia, Casaldáliga encontrou umas causas pelas quais valia a pena lutar e às que acabaria entregando sua vida.

As causas, sempre as causas, "mais importantes que minha vida", me dizia Casaldáliga. E cada vez que me dizia e me repetia, eu sentia que algo ressoava em meu interior. Quais eram suas causas? Eram realmente tão importantes? E, quais eram as minhas, se é que naquele momento tinha alguma? Também recordo que ante minha expressão de estranheza, Casaldáliga arrematava a frase acrescentando o porquê: "Porque as causas são o que dá sentido à vida".

Naquela primavera de 1985 eu ainda não sabia nada de tudo isso. Minha "causa" principal se reduzia a encontrar a maneira de chegar ao meu destino e entrevistar Pedro Casaldáliga. Quando antes fazia referência aos problemas de comunicação naquela época é porque em São Félix do Araguaia não tinha telefone, e, portanto, nenhum meio rápido para avisar que íamos chegar. Sabíamos, isso sim, que apreciariam nossa visita. Apesar de que o conflito que se vivia ali já não era tão intenso nem a violência tão extrema como quando Casaldáliga tinha chegado no ano de 1968, a situação não havia mudado muito. Os problemas estruturais, que eram a origem de tudo, permaneciam intactos. Para explicar rapidamente; viver em São Félix do Araguaia, da mesma forma que em muitos outros lugares do interior do Brasil, era como estar em um filme de faroeste: trabalhadores rurais sem-terra, peões que trabalhavam como escravos e indígenas em perigo de extinção, todos eles sob ameaça constante de uns latifundiários depredadores e sem escrúpulos com um exército de pistoleiros a seu serviço e dispostos a impor sua lei. Para Casaldáliga, e para os milhares de vítimas da região, não era fácil assumir a impunidade com a qual atuavam os grandes proprietários. Resignar-se a que aquilo continuasse acontecendo era impossível. Por isso pediam e agradeciam aos jornalistas que contassem para o mundo o que ali se estava vivendo. Por isso, apesar de que não tínhamos podido avisar convenientemente de nossa viagem, sabíamos que seríamos bem recebidos. Documentar e denunciar as injustiças que sofrem os povos do Araguaia, e também do Amazonas e do Mato Grosso, era, e sempre foi, uma das prioridades de Casaldáliga e de sua equipe. E era, em princípio, o que nós íamos fazer: falar de Casaldáliga e do que estava fazendo ali. Ou seja, de suas causas.

Porém, para sermos bem recebidos, primeiro tínhamos que chegar, e não era simples. Como tampouco o é agora. São Félix do Araguaia segue estando isolada e, apesar de que já tem telefones e redes sociais, as distâncias e a maneira de salvá-las são as mesmas que há quarenta anos. São Félix do Araguaia estava e segue estando a vinte e quatro acidentadas horas de ônibus ou a duas a três horas de teco-teco a partir de Brasília. Daí que começávamos por aproximar-nos indo do Rio de Janeiro até a capital do país. Armamo-nos de paciência e, para não destoar do clima de entusiasmo generalizado que a população transmitia, também de esperança. Como disse anteriormente, os brasileiros, alegres por natureza, naquele momento ainda o eram mais. A ditadura tinha acabado fazia pouco tempo e o país olhava para o futuro com absoluta confiança.

O Brasil sempre foi um país mais de futuro que de passado. Basta passear, melhor de carro que a pé, pelos eixos viários do Plano Piloto de Brasília – uma capital levantada do nada, no meio do *cerrado* brasileiro, na década de cinquenta – para comprovar que segue sendo uma cidade futurista. O Brasil é um país de futuro porque transmite a sensação de que ainda falta muito por ser feito, sobretudo aos olhos de um europeu que vem de um mundo onde tudo está feito há muito tempo – em alguns casos, inclusive, demasiadamente feito. Não é estranho que Stefan Zweig titulasse *Brasil, país de futuro* um de seus livros. O escritor austríaco não pôde resistir ao encanto do país e de seu povo e enamorou-se dele de maneira incondicional. Era mais que compreensível. Em comparação com a Europa dos anos que precederam à Segunda Guerra Mundial, o Brasil da década dos trinta, pacífico e tranquilo, pareceu-lhe uma Arcádia idílica e feliz. Estava tão entregue que, após uma visita a uma favela do Rio, à qual havia ido pouco disposto e temeroso de como o receberiam, explicava maravilhado: "Esse povo de boa-fé considera o estrangeiro, que tem o incômodo de chegar a este rincão perdido, como um convidado agradável, quase um amigo".

De maneira similar a Zweig – ele condicionado pelo contraste de uma Europa decadente, e eu condicionado pela minha falta de experiência, também me enamorei pelo país. Sobretudo pelos brasileiros e por sua maneira de entender a vida. Um bom exemplo de seu espírito singular é uma expressão popular que ouvi uma infinidade de vezes e que costuma dizer quando se defrontam com um problema aparentemente irresolvível:

– *Não se preocupe* – costumam dizer –, que *ao final sempre dá tudo certo, ao final tudo se arranja*.

– *E, se o problema não for resolvido?* – perguntava eu.

– *Fique tranquilo* – respondiam –, se o problema não se resolveu de tudo, significa que ainda não chegamos ao final.

Esta maneira de ser otimista, positivo e com confiança, somada com a simpatia natural e à sincera boa disposição para acolher aos visitantes que encontrei naquela primeira experiência, não fez mais que consolidar o clichê da imagem paradisíaca com a qual tinha saído de Barcelona. Inclusive pode-se acrescentar uma *bossa nova* como trilha sonora para completar a impressão.

O Brasil era uma maravilha. E o era até o ponto que o fato incontestável de que acabavam de superar uma ditadura militar que tinha durado mais de vinte anos parecia uma piada. Sim, uma ditadura, porém falamos do Brasil. Aquilo não era Espanha, Argentina ou Chile. Daquelas ditaduras se tinha falado muito mais, e, portanto, parecia que tivessem sido piores. Falamos de Brasil, onde já tinham vivido uma espécie de ditadura popular com o "pai dos pobres", Getúlio Vargas. Mas, é que falamos do Brasil, onde o povo é tão agradável... Pois sim, apesar de tudo isso, falamos de uma ditadura militar que torturou e matou milhares de pessoas e que impôs um regime de terror parecido ao das demais ditaduras abomináveis que se impuseram na América Latina ao longo do século XX. Um regime que quiçá não despertou tanto interesse nem tantas condenações internacionais como outras ditaduras do continente, porém foi especialmente dura e teve consequências nefastas para os territórios do interior do país. A cúpula militar, apesar de ter estreitos vínculos com os latifundiários, facilitou a entrada de grandes multinacionais no território. Uns e outros, sem controle nem limites, fomentaram a exploração das riquezas naturais do grande Mato Verde, como tinha se chamado durante muito tempo o interior do Brasil, e o fizeram à custa de sangue e a fogo. E, neste caso, não se trata de uma metáfora. A conquista do Mato Grosso e da Amazônia se fez e se segue fazendo a sangue e a fogo, literalmente.

A ditadura militar foi um período terrível para a região do Araguaia. A ausência da justiça mais básica e elementar agravava e desequilibrava o conflito que se vivia. Os peões, os indígenas e os trabalhadores rurais sem-terra só podiam implorar a ajuda divina. Foi então quando Pedro Casaldáliga, da mesma forma que outros religiosos da América Latina seguidores da Teologia da Libertação, levantou a cruz como um punho. E animou o povo que sofria a lutar. Disse-lhes que eles já haviam ganho de sobra o céu que prometiam as escrituras. Que o que tinham que fazer era ganhar o céu na terra, porque tinham todo o direito. Baixar a cabeça e resignar-se à espera do paraíso, depois da morte, não era o caminho. O paraíso tinha que ser ganho lutando por aquela terra.

Curiosamente, no livro transbordante de elogios que Stefan Zweig escreveu nos anos trinta, uma das poucas feridas que ofuscava a imagem positiva do país era a situação que se vivia nas regiões do interior. Ele já falava dos *caboclos* da Amazônia, os *seringueiros* da selva, os povos *indígenas* da floresta e os *vaqueiros* dos pampas e do *cerrado* e da pobreza endêmica. "Quase no ponto zero do nível de vida", descrevia Zweig: "São milhões de homens para os que ainda não chegou à civilização em geral, e muitos anos e decênios hão de passar antes que seja possível incluí-los ativamente na vida nacional".

Havia passado muitos anos desde que Zweig fez essa descrição, também desde a chegada de Casaldáliga ao Brasil, porém, apesar do tempo transcorrido a situação não tinha mudado muito. No ano de 1985, com a instauração da democracia, abria-se uma nova etapa política. A expectativa era enorme. Depois de vinte anos, a ditadura militar por fim havia acabado. Porém, como muitas outras coisas, no Brasil foi feito de maneira peculiar. A crise econômica e a pressão popular obrigaram o último presidente militar, João Batista Figueiredo, a abrir um processo de redemocratização que concluiu com umas eleições legislativas que tiveram como consequência a eleição indireta, em janeiro de 1985, de Tancredo Neves como presidente. Quando cheguei a Brasília, a cidade estava preparando-se para a posse, porém todo o mundo estava com o coração na mão. Tancredo Neves, de setenta e cinco anos, estava gravemente enfermo. Em todas as providências que tive que tomar, naqueles dias, para resolver a questão de como chegar a São Félix do Araguaia, todo o mundo queria compartilhar comigo suas preocupações.

– Você vem de longe para animar nosso Tancredinho para que se recupere, não? – perguntou-me uma telefonista com tom de súplica implorando um milagre.

– É claro! – respondi para não a decepcionar –, com certeza logo ele estará melhor.

Não foi assim. Tancredo Neves, um político que por seu perfil tinha gerado grandes expectativas entre o povo brasileiro e era toda uma garantia para o novo período que estava a ponto de começar. Em seu lugar, tomou posse José Sarney, que seria o vice-presidente. Não era a mesma coisa, em absoluto. Sarney, diferente dos últimos presidentes da ditadura, não era um militar, porém não despertava, nem de longe, o mesmo entusiasmo que Tancredo Neves. Não vestia uniforme, porém a sensação de muita gente era que defendia os interesses dos que sempre haviam mandado no Brasil. De fato, Luiz Inácio Lula da Silva, então líder incipiente e uma promessa da esquerda, disse que Sarney não era mais que um *grileiro*.

No Brasil, a maioria dos grandes proprietários de terra, sobretudo nas regiões amazônicas, o são de maneira ilegal. Isso segue acontecendo hoje em dia. Na região do Pará, por exemplo, somente 30 por cento dos latifundiários tem um título legal que regularize a propriedade de suas terras. Uma prática habitual entre muitos destes grandes proprietários era falsificar as escrituras e guardá-las em uma caixa com grilos. Os excrementos dos insetos e a umidade da selva acentuavam o efeito de envelhecimento e fazia com que esses documentos parecessem muito mais antigos do que eram. Dessa maneira se apropriavam de uma terra que nunca haviam comprado. Por isso eram chamados de *grileiros*.

Não sei se José Sarney era um deles, porém em todo caso a denúncia de Lula se fundamentava na grande proximidade do político com a oligarquia agrícola brasileira, um dos poderes fáticos mais sólidos do país. Se naquele momento histórico, ao final da ditadura, os interesses dos latifundiários se impunham, o futuro de muita gente em São Félix do Araguaia e nas demais regiões do interior do país se veria ameaçado. Isso significava que a reforma agrária, uma reivindicação histórica e uma das promessas mais esperadas associada ao regresso da democracia, nunca se levaria a cabo.

A terra, sempre a terra. Falar do Brasil é falar da terra. De quem a possui e de quem não. A terra foi sempre a raiz do conflito. Como amiúde o ouvi dizer Casaldáliga: "Não pode haver paz se antes não houver justiça". E, no Brasil, a gestão da propriedade da terra é a causa de demasiadas injustiças. O fato de que alguém como José Sarney estivesse na cabeça do Governo não garantia que o sonhado regresso da democracia chegasse a todas as partes, sobretudo ao campo e à selva.

É evidente que naquela primavera intensa de 1985, pouco antes de chegar a São Félix do Araguaia pela primeira vez, eu não tinha nem ideia desses matizes nem da complexidade da situação que o país vivia, pois seguia ingenuamente agarrado ao exótico e idílico pôster do Brasil. A viagem num teco-teco – por fim optamos por três horas de voo em vez de vinte e quatro horas de ônibus – não fez mais que consolidar meu embelezamento inicial. Estávamos em plena estação das chuvas, a paisagem não podia ser mais espetacular. A natureza era uma explosão de vida e cor. O verde escuro da selva, o verde suave dos pastos do *cerrado* e o vermelho intenso da terra se esparramavam, desde às margens do rio Araguaia – o maior que jamais havia visto –, até perder-se no horizonte. Estava maravilhado pela beleza daquela terra, sim, porém, apesar de meu baixo nível de informação, não era um iludido. Sabia perfeitamente que a situação com a qual me encontraria seria complicada e que tinham tentado matar o protagonista de minha reportagem em mais de uma ocasião. De fato, segundo havia lido, o Vaticano, para protegê-lo, o tinha nomeado bispo. Bispo de São Félix do Araguaia. Entretanto, no teco-teco, embriagado pela paisagem que se via desde o céu e carregado de incertezas, me fazia um montão de perguntas. Tinham conseguido avisá-los de nossa chegada? Quem encontrarei lá? Como será Casaldáliga? Estará realmente em perigo? E, nós, também o estamos?

Meu primeiro encontro com Pedro Casaldáliga foi um pouco decepcionante. Recordo-o com nitidez. Ele estava na porta de sua casa, esperando nossa chegada. Não se parecia em nada ao homem que eu havia imaginado. Não respondia a nenhum clichê nem do país nem da Igreja. Fisicamente era muito pouca coisa, muito magro. Vestia-se de maneira muito parecida com a maioria dos trabalhadores rurais da região. Com uma diferença significativa: chamava a atenção que sempre levava uma dessas canetas esferográficas baratas, de plástico, assomando pelo bolso da camisa. Praticamente ia descalço, como todo mundo ali. Recordo que aquela imagem de fragilidade me impressionou: vê-lo descalço sobre aquela terra vermelha... Com o tempo me dei conta de que aquela imagem era quase descritiva e que tinha uma dimensão metafórica. Mais adiante, com o conhecimento que adquiri percorrendo a região e falando com as pessoas, compreendi que Casaldáliga caminhava descalço por dedicação e coerência, não só porque os trabalhadores rurais e os indígenas também fossem com os pés desnudos, mas sim porque era sua maneira de ir deixando a pele a cada passo. E descobri, com dor, que a terra também era vermelha por causa do abundante sangue derramado sobre ela.

Qualquer impressão de fragilidade, de distância ou de estranheza que houvesse podido sentir se dissipou de tudo após o primeiro abraço que nos demos. O efeito que Casaldáliga causava em qualquer interlocutor era fulminante. Atraía-te de maneira magnética. Um bom amigo, uma das pessoas que mais me ajudou a entendê-lo, Antônio Carlos Moura, dizia que uma das virtudes de Casaldáliga era que nunca estava de passagem, e que quando estava contigo, estava contigo. E isso foi exatamente o que senti aquele primeiro dia, que estava comigo e que me acolhia de uma maneira tão sincera que estar com ele era como estar em casa.

Todavia, o certo é que estava a milhares de quilômetros da Catalunha. Recordando agora aquele primeiro dia em São Félix do Araguaia, me dou conta de que foi ali onde experimentei a verdadeira sensação de ter cruzado uma fronteira e de ter chegado a um mundo novo. O pôster idílico de um paraíso fantástico e tropical que minha imaginação tinha desenhado e que havia acreditado habitar durante meus primeiros dias no Brasil estava a ponto de ser rompido. Ia sofrer meu primeiro encontrão com a realidade, e isso me despertaria de supetão. Recordo que, após as boas-vindas, Casaldáliga quis que eu conhecesse uma mulher à qual haviam acolhido na prelazia. A mulher devia rondar a mesma idade que eu tinha então, porém aparentava muitos anos mais. O quarto era minúsculo, apenas tinha espaço para uma cama velha onde estava sentada, quieta, abraçada a seu filho. Casaldáliga queria que a conhecesse para que escutasse sua história. Tinham-na acolhido porque três dias antes uns pistoleiros haviam matado seu marido e ferido a sua filha. Os pistoleiros, a serviço do latifundiário para o qual seu marido trabalhava como peão, tinham matado-o, porque se havia atrevido a reclamar o dinheiro que lhe correspondia em troca de seu trabalho. No Brasil, alguns latifundiários se aproveitavam da impunidade que reinava em determinadas regiões para tratar os peões como escravos. Não lhes pagavam o trabalho, e se reclamassem algum direito tinham que se ver com os pistoleiros a seu serviço. A escravidão existia no ano de 1985, e, por desgraça, apesar de que a situação melhorou muito, há vozes que denunciam que, hoje em dia, não se erradicou de tudo.

O relato, extraordinariamente detalhado, que aquela mulher fez do assassinato de seu marido me deixou impactado. Não pelo que dizia, mas por como dizia. Sua tristeza era comovedora, porém não me recordo que chorasse em momento algum, tampouco tive a sensação de que exagerasse. O relato era tão horrível e ao mesmo tempo tão normal para ela que parecia irreal. Contudo, por desgraça, não o era. Acredito que se eu tivesse sentido uns 10 por cento, somente uns 10 por cento, do sofrimento daquela mulher, não haveria podido resistir. Imediatamente tomei consciência da terrível realidade que viviam os pobres da região e, de passagem, comecei a entender as causas pelas quais lutava Pedro Casaldáliga. Naquele momento, impressionado pela maneira em que aquela mulher havia vivido e assumia a morte de seu marido, fiquei claramente consciente de ter cruzado uma autêntica fronteira. Estava claro que aquele era outro mundo, um lugar onde o tempo e o espaço tinham outro sentido, onde a vida e a morte tinham outro valor e outra presença. Cheguei aquele mundo com muitas perguntas, e em seguida me dei conta de que isso não era o que se necessitava ali, o que se necessitava eram respostas. Pode ser que por isso me cativasse a figura de Casaldáliga, porque ele tinha respostas e as dava, além de suas palavras, com sua própria vida.

Durante essa primeira viagem, levei a cabo meu trabalho jornalístico e denunciei a situação daquela terra, demasiado longínqua e feroz para que chegassem a civilização e a democracia dos finais do século XX. Voltei para Barcelona com muito mais perguntas, dúvidas e incógnitas sobre o país e sobre a figura de Casaldáliga do que as que tinha antes de viajar para o Brasil. Dispunha de mais informação, é claro, porém isso só havia servido para despertar minhas ânsias de saber muito mais. Tenho que reconhecer, também, que Casaldáliga me havia desconcertado. Não sabia como processar o que tinha vivido, e, sobretudo, não entendia porque o que fazia e dizia aquele homem me havia chegado ao coração. Ainda hoje me custa entender por que aquela experiência me marcou tanto e por que, a partir daquele momento, estabeleci uma conexão estreita com o Brasil e com aquele religioso de aparência frágil que lutava com vontade de ferro para melhorar a vida dos demais ao mesmo tempo em que se jogava com a sua.

Custa-me explicar essa conexão porque nem as causas de Casaldáliga eram as minhas, nem aquele país tinha nada a ver com o meu... E, disposto a entendê-lo, porque nunca me considerei uma pessoa religiosa. Após anos estudando com irmãs e padres, se tivesse que definir-me diria que me sinto mais próximo à sólida tradição anticlerical que historicamente caracterizou um setor notável dos catalães que a qualquer outra sensibilidade espiritual. Todavia o certo é que aquilo não tinha nada que ver com o que havia conhecido até então. Nada mais distante das pesadas liturgias e das chatas e repetitivas ladainhas que havia tido que engolir ao longo de dez anos em que estudei no Colégio dos Padres Escolápios; quando escutava Casaldáliga falar de Deus era como se o nomeassem pela primeira vez. Ou bem aquele Deus era outro ou era sua forma de falar d'Ele a qual lhe dava um sentido diferente e o que fazia parecer algo novo e distinto. O que não compreendi do todo então o entendi anos mais tarde, quando soube interpretar estes versos de Casaldáliga:

> *Onde você diz lei,*
> *eu digo Deus.*
> *Onde você diz paz, justiça, amor,*
> *eu digo Deus!*
> *Onde você diz Deus,*
> *eu digo liberdade,*
> *justiça,*
> *amor!*

Não sei se foi Casaldáliga, seu Deus, aquela terra vermelha ou o povo do Araguaia, porém quando regressei a Barcelona, após aquela primeira viagem, só tinha desejos de voltar ao Brasil. Sentia que havia estabelecido um vínculo com o personagem e suas causas e que algo tinha mudado em meu interior, contudo não sabia dizer o que era. Somente sabia que necessitava voltar e não parei até consegui-lo. Um ano depois, no verão de 1986, voltei ao Amazonas para relatar a guerra aberta entre indígenas e garimpeiros. Eram as mesmas causas e uma paisagem parecida, porém me faltava algo. Queria voltar a São Félix do Araguaia e reencontrar-me com Casaldáliga. Finalmente, em 1989 e 1992, pude satisfazer aquela pulsão. A primeira vez foi para gravar uma nova reportagem sobre os problemas da região; a segunda, no ano de 1992, para realizar um documentário com o motivo da candidatura de Casaldáliga ao Prêmio Nobel da Paz.

Em cada nova viagem me passava o mesmo. Cada vez sabia mais a respeito dele e o conhecia melhor, porém ao mesmo tempo sempre acabava com a mesma sensação: só tinha vontade de voltar. E foi o que fiz. Por isso regressei em 1998, aquela vez para escrever: *Descalço sobre a terra vermelha*, uma biografia de Pedro Casaldáliga. O livro teve uma grande repercussão, tanto na Catalunha como no Brasil, aproveitei o êxito para seguir encontrando desculpas para regressar ao Brasil. E o pude fazer em repetidas ocasiões quando consegui que se produzisse uma série de televisão baseada no livro.

A última vez que viajei para São Félix do Araguaia foi em outubro de 2014 com o motivo da projeção da série: *Descalço sobre a terra vermelha* no Centro Comunitário Tia Irene. Foi uma experiência inesquecível. Casaldáliga e seu povo contemplando juntos a tela onde se representava a história da qual eles eram os protagonistas. Entretanto também foi duro. A doença crônica que Casaldáliga sofria desde muitos anos havia piorado, ainda que ele não tivesse perdido nem uma pitada de seu peculiar senso de humor, o mesmo que o levava a chamar "velho amigo" ao Parkinson que o mantinha atado a uma cadeira de rodas, sem poder mover-se nem apenas falar. Se me pedissem que destacasse um traço característico de sua personalidade, para ficar bem diria a coerência, a radicalidade, a espiritualidade..., mas a verdade é que o que sempre me surpreendeu dele foi seu senso de humor. O que brilhou naquele último encontro. Quando lhe perguntei como estava, esboçou um sorriso malicioso e me respondeu com uma só palavra: "Vivo!", "Estou vivo", repetiu. Era sua luta naquele momento. Sempre lutando. Toda a vida.

Não sei o porquê, mas quando Casaldáliga me disse aquilo, com um sorriso, recordou-me a maneira peculiar que tinha de cumprimentar. Quando se encontrava com alguém sempre lhe perguntava pela luta. "E a luta?", perguntava sempre, inclusive antes de dar o bom dia. "E a luta?". O tenho gravado de memória das vezes em que o acompanhei em algumas viagens pela região. E, logo, sempre o mesmo sorriso. O povo costumava responder-lhe com um caloroso abraço enquanto se prestava a contar-lhe as penúrias pelas quais estavam passando e como as estavam encarando. Por isso, quando sublinhou o fato de estar vivo, a maneira com que o disse fez com que pensasse que era sua última luta. E também sua esperança perene. Porque ele não se resignava nunca, nem sequer ante algo que não tinha remédio. Menos ainda à morte. Pode ser que por isso repetisse constantemente que nosso destino só podia ser: "vivos ou ressuscitados!".

Casaldáliga morreu no dia 8 de agosto de 2020. Não sei se vivo ou ressuscitado, porém, após noventa e dois anos de vida intensa e entregue, seu legado é inquestionável. Lutou pelos direitos dos indígenas, dos trabalhadores rurais e dos pobres. Lutou porque tanto o Brasil como a América Latina se converteram em uma terra mais justa e mais humana. Se quiséssemos ser otimistas, poderíamos assegurar que, de certo modo, ele o conseguiu. Só tem que passear por qualquer lugar da região do Araguaia, sua "terra de missão", para comprovar até que ponto a situação melhorou se se comparar com o mundo que Casaldáliga encontrou aos finais dos anos sessenta. Ou inclusive com o Brasil que eu conheci em minha primeira viagem, no ano de 1985. Entretanto, sendo minimamente realista, há de se reconhecer que os conflitos históricos seguem vivos e que a maioria dos problemas estruturais do país seguem sem ser resolvidos. Isso significa que as causas pelas quais Casaldáliga entregou a sua vida, pelas que sempre animava o povo a lutar, continuam plenamente vigentes.

Um bom exemplo disso é que, como era de se prever, com o final da ditadura não chegou a desejada reforma agrária, que tampouco pode ser levada a cabo durante os Governos de Lula e Dilma Rousseff. Por mais que Lula criticasse Sarney, quando ele foi presidente ou não se atreveu ou não pode enfrentar-se com a oligarquia do agronegócio. Lula e Casaldáliga, que se conheciam bem e se admiravam mutuamente, protagonizaram um episódio que é muito esclarecedor. Ao princípio do mandato como presidente, Lula viajou para São Félix do Araguaia para saudar Casaldáliga e para oferecer-lhe um privilégio que supôs que ele apreciaria muitíssimo. Lula queria que Casaldáliga aceitasse a honra de receber a cidadania brasileira de suas mãos. "Ficarei encantado em aceitar" – respondeu Casaldáliga – "no dia em que aprovar a reforma agrária".

Apesar da boa vontade de Lula, a reforma agrária nunca chegou a efetivar-se. Certamente ninguém o tivesse dito quando chegou ao poder. Tendo em conta o que havia prometido quando era candidato, todo o povo esperava um presidente progressista e de esquerda que abriria uma etapa de mudanças profundas que transformariam o país. Entretanto uma coisa são as promessas eleitorais e outra bem diferente a realidade política do dia a dia e, sobretudo, a particular realidade política brasileira. Se já é difícil de assumir para alguém que vive no país, nem há que dizer que o é para alguém que vem de fora. Para colocar um exemplo, custa entender que Sarney, ao que acusavam de grileiro, apoiasse Lula quando foi eleito presidente e que haja avaliado novamente sua candidatura nas eleições presidenciais de 2022. Também custa entender a obstinação com a qual se perpetuam os males endêmicos que assolam o país: a impunidade dos latifundiários; o agronegócio, "ecocida, suicida e genocida", segundo Casaldáliga; a deflorestação da Amazônia; a injusta e desigual distribuição da terra;

o maltrato que recebem os povos indígenas; a violência associada ao narcotráfico, a pobreza extrema das favelas e dos povos no interior do país... De todos e cada um desses conflitos nascem as causas pelas quais lutava Casaldáliga.

Suas causas. As razões que davam sentido à sua vida e que tratei de entender e compartilhar. Por isso quero voltar ao Brasil. Será uma viagem através da terra, e também das cinzas. Uma viagem através do presente do país para escutar as pessoas e encontrar respostas. Também será uma viagem que arranca do passado que me uniu à figura de Casaldáliga. Quero visitar de novo os lugares em que coincidimos para redescobri-los em sua ausência e comprovar até que ponto suas lutas e suas causas são uma realidade viva. Quero saber até que ponto o legado de Pedro Casaldáliga continua vigente.

Por isso será uma viagem de terra. A terra do Brasil. A terra dos povos indígenas. A terra dos trabalhadores rurais. A terra daqueles que têm tudo. A terra pela qual seguem morrendo os que não têm nada. A terra dos crentes. A terra dos oligarcas. A terra de Lula. A terra de Bolsonaro. Sim, por estranho que possa parecer, a terra de Bolsonaro.

Por isso também será uma viagem de cinzas. Através das cinzas da recordação. As cinzas do passado. As cinzas dos que já não estão. As cinzas de tantas e tantas mortes, de tantas e tantas destruições.

A última vez que estive no Brasil, em 2014, Dilma Rousseff acabava de ser reconduzida à presidência. No país se respirava um clima enrarecido. A bonança econômica dos primeiros anos de Lula tinha se acabado e o "milagre brasileiro" parecia haver se desvanecido. Muitos brasileiros culpavam ao PT, Partido dos Trabalhadores, de todos os males e não perdoavam por não ter sabido resistir aos tentáculos onipresentes da corrupção. O que veio logo a seguir é fácil de contar, porém difícil de compreender. O *impeachment* contra Rousseff, o juízo e o encarceramento de Lula e a chegada à presidência de Bolsonaro, um presidente que faria com que Zweig, eterno apaixonado por um Brasil que já não existe, se revolvesse em seu túmulo, um presidente que se caracterizou por não ter nenhuma classe de escrúpulos na hora de menosprezar as mulheres, os negros, os indígenas, os ecologistas, os homossexuais e todos os que não se encaixam em sua maneira pessoal de entender seu "grande Brasil".

Com esta nova situação não sei bem que país encontrarei. Também por isso quero voltar. Para ver até que ponto as coisas mudaram. Até que ponto as pessoas mudaram. Quero entender e quero descobrir. E também quero recordar. A figura e o legado de Casaldáliga me acompanharão e, de certa maneira, me guiarão durante a viagem. Ou as viagens. As eleições presidenciais de 2022 se apresentam como um acontecimento transcendental de consequências imprevisíveis. O Brasil de Lula se enfrentará com o Brasil de Bolsonaro. A campanha será tão dura e o resultado tão determinante que, para entender melhor o momento em que se acham o país e o ânimo das pessoas, decidi fazer uma primeira viagem no final de 2021, quando as eleições estão no horizonte, e outra, a última, em outubro de 2022, para assistir à batalha final e comprovar que futuro elege este imprevisível e surpreendente país.

Ainda não decidi o trajeto nem as pessoas com as quais me encontrarei. Como fiz na primeira viagem, vou um pouco à aventura. Porém há algo que sim tenho claro: sei por onde quero começar. Iniciarei meu percurso no lugar onde Casaldáliga foi morrer. Dali, desde a última paisagem que seus olhos viram, seguirei o fio do passado para entender o presente de um país tão interessante e encantador, tão controvertido e contraditório como o Brasil.

PENÚLTIMA VIAGEM
Novembro de 2021

1

A MORTE EM BATATAIS

Chego ao Brasil numa manhã de novembro de 2021, o segundo ano da pandemia. Contam-me que o pior, que aqui foi muito mais que mal, já havia passado. É o que proclama, exultante, a manchete de cinco colunas do Estadão: "Após 20 meses, São Paulo passa 24 horas sem registrar nenhuma morte por Covid-19". Uma boa notícia para um país que foi um dos mais afetados e dos quais mais sofreu. Por uma parte, por causa dos mais de seiscentos mil mortos em pouco mais de um ano, que converteram o Brasil em um dos países com uma das taxas de mortalidade mais elevadas. Por outra, por causa da gestão caótica da crise, liderada por um presidente que não só negava as evidências, como também acima de tudo se burlava das vítimas. Sim, não exagero, no pico do impacto da Covid-19, Bolsonaro apareceu na televisão fingindo que se afogava para burlar-se do que ele considerava os sintomas ridículos de uma enfermidade imaginária. Não deve ser muito alentador lutar contra a pandemia tendo um negacionista como representante máximo institucional e político.

Entretanto agora, finalmente, após muitos meses de incerteza, medo e dor, o país começa a recuperar-se do terrível golpe que deixou os brasileiros sem alento. E a mim, o dia em que chego, sem olfato. A maldita máscara. Ainda tenho que esperar um bom tempo para sair do aeroporto e livrar-me dela. Quando finalmente posso fazê-lo – respirar –, me acometeram de golpe os odores característicos do país, os mesmos que conservo, graças às minhas viagens anteriores, gravados na memória. Fecho os olhos e me deixo levar. Estou no Brasil e isso faz com que eu sorria. Passou demasiado tempo desde a última vez. O cheiro é o mesmo, porém o panorama é tão diferente... Em 2014 ainda mandava o PT, o Partido dos Trabalhadores, com Dilma Rousseff como presidenta. E Pedro Casaldáliga ainda estava vivo. Imóvel e calado, entretanto, vivo. Esse silêncio forçado naquele momento e agora definitivo me deixa sem a menor referência para compreender o que ocorreu nos últimos tempos neste país. O que pensava Casaldáliga da queda do PT, da virada radical rumo à direita, da presidência de Bolsonaro? Sua última etapa foi um remate estranho e pouco apropriado para uma vida marcada por sua vontade de levantar a voz e oferecer seu testemunho em qualquer ocasião. Condicionado e impossibilitado pela doença, esses anos se caracterizaram pelo retiro, pelo silêncio e o afastamento.

A desaparição de Casaldáliga da vida pública coincide, nos anos 2013 e 2014, com o incremento de uma forte polarização da sociedade brasileira. Uma divisão que não cessou de crescer e que, em parte, se explica pelo auge da ultradireita. Porém não só por isso. Como em outros lugares, muita gente no Brasil associou-se à direita, entretanto aqui o fizeram após uma virada radical. Depois de mais de doze anos de governo do PT, uma parte significativa da população que antes se definia como de esquerda se afastou dessa orientação política de maneira clara e contundente. O desgaste do exercício do poder, o agravamento da crise econômica, as promessas incumpridas, os casos de corrupção, *et cetera*, ajudam em parte a entender essa reação, que poderia resultar, inclusive lógica. Mas isso não explica tudo. Conforme passava o tempo, e o distanciamento entre o PT e uma base importante de seus seguidores crescia e se fazia cada vez mais visceral. As razões ideológicas não passaram tanto como certos argumentos, de caráter mais irracional e emocional, que levaram muita gente a posições radicais contrárias à esquerda e ao PT.

Pude comprová-lo em 2014, durante minha última visita ao Brasil, que coincidiu com as últimas eleições que ganhou – de maneira muito justa – Dilma Rousseff. Em São Paulo, a cidade onde permaneci os dias prévios à campanha, custou-me a encontrar partidários do PT. Surpreendeu-me o nível de cansaço, de contrariedade ou de irritação que pessoas muito variadas, de todas as classes e condições sociais, sentiam pelo Governo de esquerda. Parecia mentira. Eram as mesmas pessoas e a mesma cidade que poucos anos antes, em 2002, havia vibrado com Lula nas primeiras eleições que ganhou. Eram os mesmos que aplaudiram, cheios de esperança, as corajosas medidas daquele primeiro Governo do PT que prometeu acabar com a fome e que lutaria para que todos os brasileiros tivessem acesso à educação e a uma vida digna. E o caso é que Lula e o PT o conseguiram. A princípios do milênio, o Brasil foi protagonista de um autêntico milagre: em sete anos, de 2003 a 2010, Lula conseguiu o que parecia impossível, a quadratura do círculo, os ricos cada dia mais ricos e os pobres, milhões de pobres, eram cada dia menos pobres. Não obstante, a rapidez desse crescimento comprimiu e desvalorizou a classe média e não se viu acompanhada da criação de infraestrutura e de serviços básicos que qualquer país moderno necessita.

Na realidade, o milagre de Lula e do PT foi possível graças a que coincidiu com um ciclo de crescimento e de bonança econômica espetacular que permitiu cumprir com as promessas realizadas aos mais pobres ao mesmo tempo em que as grandes fortunas e as grandes empresas saiam beneficiadas. O certo é que, por habilidade ou por sorte, Lula conseguiu que milhões de pessoas do Nordeste e do interior do país, das regiões mais pobres, deixassem de passar fome graças ao programa Bolsa Família, uma pequena ajuda econômica que, contudo, supôs uma grande diferença para milhões de brasileiros. A ajuda, que permitiu a muitas famílias levar uma dieta diária mais completa e inclusive a comprar uma moto, ou uma geladeira com o economizado, fez com que as regiões tradicionalmente mais deprimidas do Brasil dessem um histórico salto adiante. Além disso, como a Bolsa Família era concedida com a condição de que as crianças fossem à escola, também supôs um incremento notável do índice de escolarização. Lula soube capitalizar o êxito indiscutível dessa iniciativa política e, como consequência lógica, os votos ao PT cresceram de maneira exponencial nesses territórios. Isso, que ao princípio não surpreendia a ninguém e tampouco se considerava especialmente negativo, com o passar do tempo percebeu-se de outra maneira. À medida que o voto ao PT se consolidava, o descontentamento nas regiões tradicionalmente mais ativas do Brasil, como São Paulo, crescia. Os votos de agradecimento e de resposta às promessas cumpridas foram interpretados por muitos como votos cativos comprados com a ajuda do Governo.

Essa foi uma das principais causas da irritação e do afastamento do PT por parte de um setor importante da população brasileira que pouco antes o tinha apoiado. Porém não foi a única. Os casos de corrupção começaram a multiplicar-se e a sujar a imagem do Governo, do partido e de muitos de seus dirigentes. Não tanto porque casos como esses sejam estranhos ou pouco habituais em um país que, lamentavelmente, tem uma longa tradição em corruptelas ou porque o PT fosse mais corrupto que os outros partidos brasileiros, mas sim porque o discurso moral que caracteriza partidos como o PT, e a esquerda em geral, faz com que erros ou comportamentos pouco edificantes sejam mais difíceis de se perdoar. Como disse o vice-presidente da Bolívia, Álvaro García Linera, quando perde a dignidade pelas acusações de corrupção, um partido de esquerda se compara a "todos os demais", ou seja, à classe política tradicional, e então perde seu valor mais importante: apresentar-se como um projeto transformador.

O grande escândalo de corrupção que sacudiu a última etapa do Governo Rousseff foi a operação Lava Jato, um caso no qual estavam implicados diretores de grandes empresas e políticos de diferentes partidos, não só do PT. Lava Jato faz referência a um posto de gasolina da zona sul de Brasília – que paradoxalmente não tinha serviço de lava-rápido – onde havia um escritório que centralizava uma extensa e discreta rede de subornos. Os responsáveis por essa invenção tinham desenhado um sofisticado e transversal mecanismo que punha em contato políticos ativos no Parlamento e no Governo com empresários que queriam conseguir obras públicas e toda classe de favores. Graças a uma batida policial que foi levada a cabo em março de 2014, o último ano do primeiro mandato de Dilma Rousseff, descobriu-se, seguindo o rastro do dinheiro, a implicação da cúpula da petroleira Petrobras, uma das maiores empresas públicas do Brasil. Seguindo o fio se deu conta de que a corrupção era sistêmica e que salpicava todo o mundo: políticos de todos os partidos e diretores e proprietários das empresas mais importantes do país. Verdadeiras multinacionais brasileiras, como a Odebrecht, o grupo EBX, se viram diretamente implicadas. Como se fosse pouco, seus dirigentes acabaram na prisão junto com destacadas figuras políticas, cuja conduta delitiva ficou demonstrada com provas irrefutáveis.

Há que se reconhecer que a operação Lava Jato não haveria sido possível sem uma margem de independência e de liberdade com a que trabalhou a equipe de investigadores da Polícia Federal, liderada pelo Juiz de Curitiba Sérgio Moro. O grau de independência do qual desfrutou a Polícia Federal nos primeiros governos no PT não existia com os anteriores e, obviamente, não existiu com o de Bolsonaro. Este foi um fator chave que deu asas aos investigadores para aprofundar a rede de corrupção e para que não lhes tremesse o pulso na hora de implicar às mais altas instâncias e figuras, que, até aquele momento, pareciam intocáveis. O modo como o Juiz Sérgio Moro soube apresentar o processo à opinião pública foi de uma forma determinante. Os grandes meios de comunicação, que, dado seu aspecto conservador, nunca tinham tido afinidade com o PT, contribuíram para amplificar o escândalo com retransmissões diretas e, com razão de sobra, apontando a responsabilidade ao Governo. A explosão de indignação foi geral. Muita gente – espoliada, além disso, pelo aumento dos preços e pelo agravamento da crise econômica – saiu às ruas. Eram pessoas de classe média, pessoas que quiçá tivesse votado no PT e que agora viviam com desesperança o declive de um país que lhes haviam dito que era imparável. E em meio desse cenário destacava a figura com matizes heroicos de Sérgio Moro, vestido com sua brilhante armadura judicial. Seguindo o exemplo da atuação dos juízes italianos de Mani Pulite nos anos noventa, fomentou as delações em troca de reduções de pena, conseguindo assim desmontar uma das maiores redes de corrupção da América Latina. O impacto foi enorme em todo o continente, e, no Brasil, o ambiente geral de descontentamento empurrou um setor importante da população brasileira a pedir, mais que justiça, vingança. Queriam tirar de qualquer forma a esquerda do poder. E o conseguiram. Em 2016, um grupo de partidos e de congressistas idealizaram um esquema técnico legal, relacionado com a maneira em que o Governo tinha camuflado o déficit orçamentário, para iniciar um processo de *impeachment* contra Dilma Rousseff. Paradoxalmente, o deputado que liderou o processo, Eduardo Cunha, foi condenado pouco depois a quinze anos de prisão, no marco da operação Lava Jato, por ter recebido quarenta milhões de dólares em subornos.

Os seguidores do PT consideraram o *impeachment* um golpe de estado, ainda que pouco puderam fazer para evitá-lo. Estavam nocauteados. Tampouco puderam fazer praticamente nada quando o implacável juiz Sérgio Moro impediu que Lula se apresentasse de novo às eleições ao condená-lo a doze anos de prisão por corrupção e lavagem de dinheiro – por mais que todas as pesquisas apontassem a que, apesar de todo o ocorrido, ele ganharia. Parecia impossível, porém em abril de 2018 Lula ingressou na prisão. Não pode apresentar-se às eleições que, contra muitos prognósticos, ganhou Jair Bolsonaro. Quando, um ano e meio mais tarde, demonstrou-se que durante seu processo se tinham produzido numerosas irregularidades e falsificações e Lula saiu da prisão, já era demasiado tarde e não havia nada o que fazer. A condenação foi anulada e Lula recuperou todos os direitos e parte de sua reputação, porém, entretanto, Bolsonaro já era presidente. Ah, e Sérgio Moro, se alguém ainda tinha dúvidas, pendurou a toga e aceitou o cargo de ministro da Justiça do novo Governo.

Assim é o novo Brasil que me acolhe nesta manhã de novembro de 2021, feliz e dividido como sempre. Ou talvez um pouco mais. Porque, enquanto por um lado a Covid-19 parece amenizar, por outro lado o Governo Bolsonaro parece empenhado em aumentar as diferenças entre a direita e a esquerda. É o que destacam os jornais para dar-me as boas-vindas ao país. O tema central na imprensa, após a celebração da melhora da pandemia, é a batalha pelo futuro. Que se as pesquisas dizem que Lula é o favorito, que se Bolsonaro está a ponto de mudar de novo de partido – está acostumado, porque já o fez umas dez vezes –, que se Sérgio Moro, que finalmente só esteve por um ano no Governo, poderia ser a alternativa daqueles que sonham com uma terceira via... Um panorama mais que promissor para alguém como eu, que viajou até aqui para seguir as pegadas e o legado de um homem que amou apaixonadamente este país, que combina de maneira surpreendente o pior e o melhor da natureza humana.

Eu quis começar minha viagem pelo nome que associo à morte de Casaldáliga, Batatais, o lugar onde morreu um homem que sempre havia manifestado sua vontade de não se mover de São Félix do Araguaia. Nem vivo nem morto.

Enterre-me no rio,
Próximo de uma garça branca.
O resto já será meu.
[...]
O êxito do fracasso.
A graça da chegada.

Se esta última vontade sua, a de morrer em São Félix, ao lado de seu querido Araguaia, não pôde ser cumprida foi porque a infraestrutura sanitária nessa cidade é muito básica. Casaldáliga seguiu vivendo em sua casa de sempre, com as poucas comodidades de sempre, porém quando sua saúde se agravou as pessoas que o cuidavam desde muitos anos se sentiram incapazes de seguir fazendo-o. Pediram ajuda, e os claretianos de Batatais se ofereceram imediatamente para acolhê-lo. Os amigos que tinha por todo o Brasil arrecadaram dinheiro e contrataram um avião hospitalar para transportá-lo para essa cidade do interior do estado de São Paulo, a dois mil quilômetros de São Félix. Tudo foi muito rápido, o traslado, a chegada a Batatais e também a morte.

Daqueles dias, recordo com satisfação a enorme repercussão que sua morte teve no Brasil e na Catalunha. E também a sensação de orfandade que me deixou. Fazia poucos meses que tinha experimentado a mesma sensação ao morrer minha mãe. Com Pedro Casaldáliga foi diferente. Não o via fazia anos e tampouco podia falar com ele. O contato se reduzia a abraços virtuais que lhe fazia chegar através de pessoas que o cuidavam, aos torrones e as felicitações que a cada ano lhe enviava por ocasião do Natal. Fazia tempo que ele já não me respondia, porém eu sabia que estava ali, estava "vivo", como ele mesmo me havia dito com um fio de voz na última vez em que nos vimos. Para mim era suficiente. A morte das pessoas queridas é inevitável, porém, quando ocorre, por previsível que seja, o golpe sempre é mais duro do que tínhamos imaginado; e a sensação de solidão, maior.

Também me lembrei das muitas vezes que tinha falado com ele sobre a morte. Um tema áspero e estranho para mim, acostumado a viver em um mundo onde a morte se oculta e se dissimula, onde nunca é um tema de conversa adequada nem oportuna. Com ele, por outro lado, que havia vivido condicionado e rodeado pela morte, falar disso não só tinha sentido, como também parecia natural e reconfortante. Casaldáliga teve que acostumar-se a tantas mortes violentas e a enterrar tantos inocentes que, talvez para não se tornar louco e seguir encontrando motivos de esperança, titulou seu segundo livro de memórias, o que relata os anos mais violentos de sua etapa no Mato Grosso, *A morte que dá sentido a meu credo*. Um título que faz referência a uma realidade que o acompanhou ao longo de toda sua vida: o martírio. Para Casaldáliga, que viveu rodeado de mártires, o martírio sempre supôs uma devoção e uma discreta ambição. Também uma vocação.

Casaldáliga costumava dizer que dar à morte era uma maneira lógica de dar a vida. Foi essa vocação de mártir a que o levou a converter-se em missionário. E por essa mesma razão optou pelos claretianos, pela proximidade geográfica de seu fundador e porque eram missionários. Não obstante, apesar de que se manteve fiel a suas origens e sempre se sentiu muito claretiano, sua evolução ideológica e vital o levou a afastar-se de sua comunidade. Por isso, nunca teve uma relação muito estreita com sua congregação no Brasil. De fato, antes de sua última viagem a Batatais, a cidade em que morreu, só havia estado nela uma vez fazia muitos anos, apesar de que esse lugar conta com uma das comunidades claretianas mais importantes do país, que inclui uma residência de missionários, uma escola e uma universidade.

O distanciamento vinha de longe. A origem de São Félix do Araguaia era uma missão claretiana, e nunca deixou de sê-lo, porém, salvo nos primeiros anos, aqueles que ajudaram Casaldáliga a levantar a prelatura não foram os claretianos. Ou bem eram seculares que sintonizavam com o projeto ou ainda religiosos de outras congregações, como os agostinianos que sempre estiveram ao seu lado.

Dirijo-me a Batatais para conhecer os motivos desse distanciamento e para averiguar o que mudou. Também porque a retransmissão em *streaming* do funeral, que se celebrou nas instalações do Centro Universitário, com o corpo de Casaldáliga coberto por uma gaze branca, é a última imagem que tenho dele. E porque quero que seu ponto final se converta em meu ponto de partida. Combinei com Ronaldo Mazula, um claretiano que, a julgar pelas mensagens, as fotos e os memes que me enviou por WhatsApp, é um admirador de Casaldáliga. Ele me pegou no aeroporto com uma picape em cujo rádio se ouve uma partida de futebol. Abaixa o volume, mas não desliga, e com um meio sorriso me diz:

– É que joga o Santos e meu irmão me pediu que lhe conte como acaba a partida. É boiadeiro e está em um leilão e não pode ver o jogo.

Ronaldo ronda os sessenta, é de compleição forte, simpático e muito conversador. Me cai bem esse homem... Além disso me sinto ligeiramente identificado com sua paixão futebolística.

– Eu sou do Corinthians – me esclarece. Não se confunda!

Ronaldo, com a narração radiofônica da derrota do Santos de fundo, conta-me o que os claretianos fizeram para levar Casaldáliga a Batatais, e, emocionado, rememora a reação das pessoas, tanto diretamente como de maneira virtual, na capela ardente e no funeral. De súbito interrompe o relato, muda de tom e me diz que deveriam tê-lo levado antes.

– Quando chegou já não havia nada que fazer – acrescenta Ronaldo. Estava muito mal. Fazia tempo que eu queria leva-lo à nossa casa de Batatais. Temos uma residência com todo o necessário para atender aos enfermos e somente a cinco minutos um hospital com as melhores instalações do Brasil. O levaram demasiado tarde...

A congregação dos claretianos, fundada pelo catalão Antoni Maria Claret, conta atualmente com mais de três mil religiosos em sessenta e nove países. O Brasil sempre foi um dos territórios com maior presença de claretianos. Aqui tem missões e comunidades disseminadas por todo o país, porém é sobretudo no campo da educação onde souberam destacar-se. Suas escolas gozam de prestígio e têm bastante demanda; a joia da coroa é a Universidade de Batatais, que é líder em educação a distância. Ronaldo detalha toda essa informação para que eu tenha uma ideia do que são e o que representam os claretianos no Brasil.

De súbito, se põe sério e me fala de Casaldáliga, de quem confessa ser um fervente seguidor. "Eu o admirava profundamente", me diz, e me conta como o conheceu. Foi durante um encontro no seminário. Ele representava tudo o que Ronaldo aspirava ser quando se tornou religioso. Um missionário que arriscava a sua vida em uma terra longínqua. Isso desejava ser Ronaldo quando se tornou claretiano. E queria ir o quanto mais longe melhor, a África. Esse era seu sonho de menino em Barretos, uma cidade agrícola da área mais rica do interior de São Paulo, não muito longe de Batatais. Ronaldo vem de uma família muito religiosa, sobretudo sua mãe, uma pessoa de missa diária, a quem fez muito feliz seu filho, quando tinha doze anos, lhe disse que queria entrar para o seminário. Um claretiano tinha visitado seu colégio e lhe havia feito completar um teste para medir sua capacidade e disposição para a vida religiosa. Assim foi como descobriu sua vocação. Me confessa que não se arrepende, que teve uma vida plena e feliz, apesar de não ter podido cumprir seu sonho infantil de ir à África. Como muitos outros claretianos brasileiros, dedicou-se ao ensino. Faz pouco tempo que se aposentou e agora se dedica a passear pra cima e pra baixo com sua *picape* ajudando as diferentes comunidades do país e mantendo-as em contato. Me conta que a primeira vez que viu Casaldáliga foi no ano de 1978, quando ele estava no seminário. Foi uma visita fugaz e reconhece que naquela ocasião, apesar de coincidir com o momento mais épico de sua luta em São Félix, ele não se inteirou de grande coisa, ou melhor, se poderia dizer que não entendeu nada, pois não deu muita importância a essa visita. O ideário de Casaldáliga não estava em sintonia com o ensino que recebia no seminário que, entre outras coisas, não lhe fazer ser de todo consciente de que o país vivia em uma ditadura. Tardou dez anos em voltar a coincidir com ele; então já estava mais formado, havia lido mais e tinha mais informação do mundo em que vivia, o que propiciou que o visse com outros olhos.

– Agora admiro Casaldáliga pelo que fez – confessa Ronaldo –, porém, sobretudo por sua espiritualidade. Pela maneira em que soube combinar a ação com o fato de ser homem de oração, ainda devo reconhecer que nenhum profeta goza de unanimidade. De uma maneira ou outra, a polarização que agora divide a sociedade brasileira sempre existiu.

Como sua resposta não me convence de tudo, insisto. E, pergunto-lhe de maneira mais direta se entre os claretianos, e não só entre eles, os que pensam como ele, em relação a Casaldáliga e à teologia da libertação, seguem sendo uma exceção.

– Sim, suponho que sim – reconhece Ronaldo –. Sou consciente de que somos minoria. Eu diria que aqui, no Brasil, os seguidores da teologia da libertação, isto é, a Igreja mais progressista, não deve representar mais que uns 20 por cento. Isso não impede que a maior parte da comunidade religiosa do país, independentemente de sua ideologia política, reconheça de maneira sincera e sentida o valor e a contribuição de suas figuras mais representativas, como Casaldáliga.

Fico com esse dado – menos de 20 por cento – para confirmar o que eu já sabia, que a teologia da libertação, por mais que tenha sido um símbolo de transformação na América Latina, é minoritária dentro da Igreja Católica. Inclusive no Brasil. A cifra que me passa Ronaldo não procede nem de pesquisas nem de estudos científicos, e, portanto, tem uma validade relativa. Entretanto me serve para entender melhor a solidão, o pouco acompanhamento oficial, com que Pedro Casaldáliga e a maioria dos religiosos da teologia da libertação tiveram para levar a cabo seu caminho. Esse movimento nasceu em 1968 como consequência do Concílio Vaticano II e da Conferência de Medellín para dar resposta à situação de opressão e ao subdesenvolvimento da América Latina. Naqueles primeiros momentos seus principais ideólogos foram o sacerdote peruano Gustavo Gutiérrez e o religioso brasileiro Leonardo Boff. Reivindicavam, tomando como referência a luta de classes, que a Igreja devia optar preferencialmente pelos pobres e asseguravam que a salvação cristã não era possível sem a libertação política, social e ideológica da população latino-americana. Seu posicionamento, claramente de esquerda e anticapitalista, logo se esbarrou com a oposição frontal da jerarquia do Vaticano, sobretudo durante o pontificado de João Paulo II, um anticomunista convencido e radical. Como consequência, durante as décadas dos oitenta e dos noventa, a teologia da libertação foi perseguida e castigada. Assim, quase todas as figuras destacadas desse movimento, entre elas, Casaldáliga, foram chamadas a capitular por parte do Vaticano, que castigou com dureza aqueles que se negaram a submeter-se às suas exigências. Uma imagem que resume perfeitamente essa repressão interna é a que protagonizaram

Ernesto Cardenal, sacerdote e ministro da Cultura no primeiro Governo sandinista, e João Paulo II durante a visita deste a Nicarágua. Cardenal quis receber o papa na pista de aterrissagem, de joelhos. Contudo, em vez da ansiada benção, recebeu uma severa e visível reprimenda do papa que rodou o mundo.

Essa bronca histórica exemplifica de maneira muito gráfica a recusa institucional que sofreu a teologia da libertação. E também explica o distanciamento que sempre houve entre Casaldáliga e seus correligionários claretianos, muito mais aliados com a oficialidade. Precisamente por essa razão, levá-lo para morrer em Batatais teve um significado especial.

– Acredito que foi a mão de Deus – afirma, contundente, Ronaldo. Naqueles últimos anos a situação mudou e se foi produzindo uma aproximação. Em parte, porque eu levei o provincial a São Félix e promovi a visita de muitos claretianos a essa região para que a conhecessem melhor. Nós sempre nos oferecemos para ajudá-lo, especialmente quando soubemos que tinha problemas econômicos ou quando faz alguns anos recebeu novas ameaças de morte. Penso que trazê-lo para morrer aqui, entre nós, foi uma espécie de reconciliação final. Para mim tem um grande valor a conversa que mantive com ele em São Félix dois anos antes de sua morte. Era um daqueles dias em que a doença de Parkinson não era um obstáculo e se podia comunicar com ele. Mais que uma conversa eu diria que foi uma espécie de confissão, ou talvez como se me ditasse um testamento dirigido à nossa ordem. Sua mensagem final foi que, apesar das discrepâncias e da rigidez das perspectivas posições, queria que ficasse claro que ele nunca havia deixado de ser claretiano.

Pareceu-me que Ronaldo se emocionava ao recordar esse último encontro com Casaldáliga. Pela primeira vez durante o trajeto da picape desde o aeroporto até a residência claretiana em Batatais, fez-se silêncio, o qual nos permitiu recuperar a transmissão da rádio e assegurar-nos de que o Santos havia perdido. Ronaldo pareceu alegrar-se.

– Quase chegamos – adverte. Espero que não cheguemos tarde para o jantar.

– Mas, todavia, não são nem as seis da tarde – respondo.

– Aqui jantamos muito cedo. Leve-se em conta que na comunidade todos somos pessoas de maior idade. Já os conhecerá. Ah, e para seu conhecimento, alguns são catalães.

Chegamos à residência claretiana de Batatais a tempo para o jantar. Não tinha feito nenhuma ideia de como seria esse lugar, porém impressionou-me pelo que vi: um edifício simples de tijolos vermelhos de só um andar. Chamam-no a *casa de barro*, e foi construída em 1985 ao lado do Colégio São José e da Universidade Claretiana. É um edifício moderno com um projeto arquitetônico muito original. A estrutura é clássica de um mosteiro que circunda o claustro e uma capela, porém as telhas curvadas com reminiscências gaudinianas, as aberturas suspensas para deixar filtrar a luz e a onipresença dos tijolos vermelhos no edifício outorgam-lhe uma personalidade única.

Ronaldo tinha razão. São às seis em ponto e toda a comunidade já está no refeitório pronta para o jantar: sete ou oito pessoas distribuídas entre duas mesas, uma longa e outra redonda. Recordo o que me havia dito Ronaldo um momento atrás e o confirmo. Salvo Cícero, um religioso jovem, e uma enfermeira que os cuida, todos são muito idosos. Se não fosse pela singularidade do espaço, o lugar recordaria a residência de anciãos onde minha mãe esteve antes de falecer.

Sento-me à mesa redonda, na qual, segundo me adverte Ronaldo, estão os catalães. Apresento-me. Acham engraçado que meu sobrenome seja Escribano. Dizem-me que deve cair-me muito bem por ser escritor. Logo eles se apresentam. Ou, melhor, tentam. Tenho a sensação de que estão um pouco senis, ou talvez só estejam mais atentos ao jantar que a mim. Em todo caso, Ronaldo acaba sendo o que me explica quem é cada um. Me fala de José, de Roque – que está quase completando cem anos – e de Alfonso. De repente, esse último, quando houve seu nome, se põe a cantar. A demência, me esclarece Ronaldo com certa resignação.

– Alfonso falava e pode ser que siga falando mais de vinte línguas – acrescenta. Vivas e mortas.

De repente, Alfonso deixa de cantar, gira-se em minha direção e me pergunta se sou de Frankfurt. Digo-lhe que não e se põe a cantarolar novamente. Ronaldo acaba as apresentações com as duas pessoas que tenho ao meu lado. São Josep Maria Collell e Matías García, os catalães dos quais me havia falado. Têm oitenta e sete e oitenta e nove anos, respectivamente.

– Alfonso era um homem de grande inteligência – esclarece-me Josep Maria, com um sorriso, para dissipar meu desconcerto. Então o senhor é catalão, não? Que bom!

Por um momento, essa maneira de falar, a de alguém que está há muitos anos ali, com esse catalão que soa a brasileiro, recorda-me

Casaldáliga e seu peculiar sotaque, metade de Balsareny e metade do sertão. Josep Maria é de Santa Eugênia de Berga, muito próximo de Vic, uma das cidades mais católicas da Catalunha cristã e muito próxima de Sallent, a terra natal de Antoni Maria Claret. Talvez por isso acabara tornando-se claretiano. Por isso e porque, como Casaldáliga, provém de uma família de camponeses catalães católicos que sofreram perseguições durante os anos da República e da Guerra Civil.

– Lembro-me que tínhamos que rezar o terço às escondidas. E as missas também eram clandestinas, não podíamos ir à Igreja porque as queimavam – me conta Josep Maria; e falando disso, não sei como, acabamos falando de Franco. Por isso, quando ganhou a guerra foi considerado o salvador do país. A verdade é que não guardo má recordação de Franco. Com o tempo se foi dito que era um ditador, e pode ser que o fosse de verdade, porque proibiu o catalão e oprimiu a Catalunha, porém saíamos de uma situação que era pior.

– Nós, toda nossa família, éramos partidários de Franco – intervém Matías, que fala uma mistura estranhamente compreensível de catalão, português e castelhano. *Si falavan mal de ele yo oía decir en casa que no, que no era verdade...* Que Franco ajudou a construir aquela Igreja... Por isso quando falam de ditadura eu não sei o que dizer. Então não digo nada.

Matías nasceu em Murcia, porém se formou como religioso na Catalunha, onde viveu muitos anos, por isso fala catalão. Sua família, da mesma forma que Josep Maria, era profundamente católica. De certa maneira, a história desses dois veneráveis claretianos tem muitas similaridades com a de Casaldáliga. Chegaram ao Brasil depois dos quarenta anos, após uma longa trajetória em uns quantos destinos. Como religiosos claretianos, aos três se lhes supõe a vocação missionária, motivo pelo qual não parece estranho que, apesar de sua idade, chegaram ao Brasil com a ilusão de haver cumprido um sonho. A partir daqui as vidas e os compromissos de Casaldáliga e os deles dois se bifurcaram radicalmente. Josep Maria e Matías levaram uma vida relativamente tranquila e sem grandes sobressaltos nos diferentes lugares aos quais foram destinados, sempre enquadrados na linha ideológica e programática majoritária da ordem claretiana. Nada a ver com Casaldáliga. Ambos o conheceram, coincidiram com ele em várias ocasiões e se confessam seus grandes admiradores.

– Quando completei os vinte e cinco anos como sacerdote, quis celebrá-lo indo a São Félix do Araguaia – relata Josep Maria. Lá o conheci. Era o ano de 1988. Vivia em uma casa muito simples. Impressionou-me.

Tinha um espírito muito seu, muito sacrificado. Era muito inteligente, um grande missionário, poeta e profeta; também muito radical, por isso bastante gente o criticou... Tinha muitos bispos contra ele, e também muitos claretianos.

Matías parece estar de acordo com as palavras de seu companheiro. Ambos participaram no funeral que se celebrou em Batatais e são plenamente conscientes da dimensão da figura de Casaldáliga. Seu respeito e admiração parecem sinceros, também a satisfação de que houvesse reconduzido seu histórico distanciamento com a comunidade claretiana.

– Os claretianos não tiveram êxito com ele – diz Josep Maria falando em terceira pessoa, como querendo suavizar as discrepâncias. Pode ser que porque muitos não pensavam como ele, ou talvez porque não queriam arriscar-se. Por isso está muito bem agora, ao final, decidiu-se abrir uma comunidade claretiana na região, e além disso em Ribeirão Cascalheira, o Santuário dos Mártires, um lugar sagrado para muita gente.

O lugar do qual fala Josep Maria é um espaço dedicado à memória dos mártires da caminhada, erigido no lugar onde mataram o Padre João Bosco, assassinado à sangue frio no dia 12 de outubro de 1976. Mataram-no quando Casaldáliga e ele foram à delegacia de polícia para interceder a favor de duas mulheres do povoado que estavam sendo torturadas em seu interior.

Faz um bom tempo que acabamos de jantar. A conversa está agradável, porém noto que tanto Josep Maria como Matías começam a ficar cansados, dessa forma decido fazer-lhes uma última pergunta: qual, acreditam eles, é o legado que deixa Casaldáliga? Produz-se um longo silêncio.

– Bem, é um desses grandes homens... – responde Josep Maria, que de repente se detém e passa à primeira pessoa do plural para mudar logo para o singular. Nós o admiramos muito, porém não podemos imitá-lo, porque foram extraordinárias suas lutas... Eu o venero, amo a Pedro Casaldáliga, porém não fui capaz de imitá-lo... Foi corajoso, foi uma boa testemunha de seu tempo.

Depois da conversa com os dois anciãos claretianos, de ver como vivem e o quão bem cuidados que estão nessa plácida, tranquila e protegida comunidade-residência de Batatais, entendo porque Ronaldo queria transferir Casaldáliga para cá... Entretanto, também tenho muito claro o porquê de ele não querer vir. Simplesmente, esse não era o seu mundo.

Após o jantar, Ronaldo me apresenta a Luís Botteon, outro claretiano da comunidade. Ele foi o encarregado de organizar a viagem final de Casaldáliga e os atos de despedida que aqui foram celebrados. Como todos com quem falei até agora, se sente orgulho do trabalho que fez e feliz por essa espécie de reconciliação final com Casaldáliga, de quem também se confessa um grande admirador. Mostram-me os lugares nos quais se instalou a capela ardente e se celebrou o funeral: o campo desportivo e a capela do Colégio São José. Eu os reconheço porque vi na transmissão em *streaming* que se realizou, ainda que são tão grandes e estão tão vazios que me parecem frios. Não me transmitem nada. Ficamos em silêncio.

De repente, Luís me diz que gravaram todos os atos. Que a Rádio Claretiana, que emite a todo o país e que também dá serviço à TV Claret – localizada em Rio Claro, deu a notícia da morte de Casaldáliga a todo o mundo e documentou tudo.

Apresentam-me a Rodrigo César Machado, o gestor da Rádio Claretiana. Passo um par de horas com ele revisando as imagens da estada de Casaldáliga em Batatais. Ele as mostra para mim com orgulho profissional de quem é consciente de ter feito um bom trabalho que além disso teve uma grande repercussão. Vendo as imagens percebe-se o esforço e a delicadeza com que decoraram o espaço para criar um ambiente fiel a seu espírito e a sua trajetória vital. Como Casaldáliga não tinha nenhuma túnica, uma professora de arte confeccionou uma de algodão em menos de vinte e quatro horas. Além disso, no ataúde e ao redor deste colocaram vários objetos que tinham um significado especial e uma evidente carga emocional: colares indígenas, sementes de buriti, árvores queimadas, cerca de arame... Não há dúvidas de que os claretianos fizeram um bom trabalho. Como também o fizeram, com poucos recursos, os profissionais da rádio. Antes de despedir-nos, Rodrigo me mostra umas imagens que não fizeram nem têm a intenção de fazê-las públicas. Me diz que as gravaram por seu valor documental. Trata-se do quarto do hospital onde ele esteve internado. Casaldáliga poucas horas antes de sua morte. As imagens mostram a visita do Arcebispo de Ribeirão Preto para dar-lhe a unção dos enfermos. O impacto de vê-lo novamente, entubado, inconsciente e abatido gelou-me o sangue. Não entendo porque as gravaram, só sei que haveria preferido não as ver nunca. Sou consciente de que a morte é um fenômeno natural, e com os anos aprendi a não a esconder e a não me esconder diante dela. Porém uma coisa é aceitá-la e outra muito diferente é que às vezes não saibamos administrar o fim da vida. A imagem daquele corpo desvalido, sem consciência, entubado à vida de maneira artificial, me traz à mente o poema que Casaldáliga havia escrito uns anos atrás: "Eu morrerei em pé como as árvores". Assim é como eu gostaria de recordar-lhe. De pé, lutando e, apesar da debilidade causada pela idade e pela enfermidade, sendo ele mesmo.

Por mais que eu tente, não posso apagar essa imagem de minha cabeça. Para tratar de encontrar sentido ou alívio, esforço-me em lembrar as longas conversas sobre a vida e a morte que mantive com Casaldáliga, durante as quais me dizia que tinha a sensação de que vivia de gorjeta. Após tantas ameaças de morte, tantas tentativas de assassinato, tanta gente morta em seu lugar, para ele, dar a vida não era uma possibilidade remota, era quase um dever. Talvez um desejo. "Devemos aprender a matar a vida para aprender a viver a morte". Dizia em um de seus escritos.

Aprender a viver a morte... Uma das lembranças mais bonitas que tenho das estadas na casa de Pedro Casaldáliga em São Félix são os momentos em que o acompanhava na oração na capela de seu pátio. Era um espaço mágico. Utilizo essa expressão que imagino frívola e pouco apropriada porque inclusive eu, que não sou de missas e orações, rezava. A seu Deus e ao meu. A seus santos e aos meus. Um dia, Casaldáliga mostrou-me as relíquias de sua capela. Um fragmento do crânio de Ignacio Ellacuría e um retalho da túnica que Monsenhor Romero usava quando o mataram. Seus mártires. Sempre me pareceu que falava deles com uma devoção a meio caminho entre o agradecimento e a inveja. Quiçá *inveja* seja uma palavra demasiado forte e inexata, porém ele me transmitia sua vontade de imitá-los, e isso era o que mais me custava a entender.

– Se no primeiro mundo às vezes não se tem razões para viver, como querem tê-las para morrer? – respondia Casaldáliga ante meu estupor e meu ceticismo. – Faz anos quando rezo não peço fortemente o martírio. Quando a morte não é simplesmente uma morte morta ou uma morte matada, mas sim uma morte vivida, uma morte oferecida, como a dos mártires, parece cativadora, porque só quem é capaz de dar a vida, e de dá-la com sentido, é capaz de dar a morte.

Recuperar essas palavras de Casaldáliga, agora que já não está, agora que deu a morte e que, certamente, deu a vida, ajuda-me a entendê-lo. Quando nesses últimos anos, com todas as limitações, as dores e as penalidades da enfermidade, agarrava-se à vida era porque estava vivendo a morte. Era seu martírio. Um de seus grandes amigos e companheiros de luta dos tempos mais difíceis, Tomás Balduino, bispo de Goiás, dizia-lhe com ironia que Deus o castigaria fazendo-o morrer na cama. Naquele momento a brincadeira lhes parecia divertida, porque não imaginavam que se converteria em realidade. Não se imaginavam como idosos porque os que eram como eles não chegavam a ficar velhos. Por sorte, o "castigo" de Deus foi uma benção para todos nós. Tanto Balduino como Casaldáliga tiveram uma vida longa e plena, ainda que não sei se isso era o que eles tivessem desejado. Uma das últimas vezes em que Casaldáliga falou de morte, em uma das longas entrevistas que concedeu justo antes de que o Parkinson o impedisse, a jornalista Mônica Terribas perguntou-lhe se a morte lhe dava medo:

– Medo, o que diz medo..., não, não exatamente. Entretanto, como dizia Rahner, o grande teólogo alemão, não deixa de ser uma surpresa. É quase como cair-se a um abismo. O que ocorre é que se você tem fé, no fundo desse abismo estão os braços de Deus para lhe pegar... A esperança... *Es-pe-ran-ça*, essa é a palavra.

Se tivesse que encontrar uma palavra, um conceito, uma militância que definisse Casaldáliga acima das outras, seria essa, acentuando cada sílaba: es-pe-ran-ça!

No dia seguinte, antes de deixar Batatais para prosseguir a viagem, assisto à missa das sete na capela da casa de barro. Me reencontro com o mesmo entranhável grupo que conheci no jantar da noite anterior. Hoje quem celebra o ofício é Josep Maria, cujo sotaque catalobrasileiro me transporta novamente ao passado, a outro lugar, à capela de São Félix, aquele espaço "mágico" e livre, sem paredes, abertos à natureza e ao mundo... Procuro fazer o mesmo que costumava fazer lá, compartilhar as orações, ainda que não as saiba. Porém não posso. A conexão com Josep Maria, Matías, Ronaldo e Alfonso é muito fraca para um crente morno como eu. Sinto-me totalmente aceito, mas também muito distanciado deles. Passaria algo parecido com Casaldáliga? Não sei, e, de qualquer forma, esta comparação sim é que é uma frivolidade.

Volto a subir na picape. Ronaldo ofereceu-se para acompanhar-me até o aeroporto. Como temos tempo e é domingo, pergunta-me se eu quero almoçar com sua família. Barretos não nos pega de passagem, mas tampouco fica longe. O trajeto me servirá, além disso, para conhecer aos Mazula, para descobrir uma das regiões agrícolas mais ricas do país. Ronaldo me conta que esta área do norte do estado de São Paulo, contígua ao de Minas Gerais, marca a transição entre o Cerrado, a savana brasileira, e a Mata Atlântica, a selva frondosa exuberante que no passado dominava o litoral do Brasil.

– Tudo isso que você vê, antes, era selva – confirma Ronaldo. – Os 85 por cento deste território foi desflorestado há muitos anos. Foi a primeira terra do Brasil que explorou a fundo.

Através das janelas só vejo grandes extensões de cana-de-açúcar que se perdem no horizonte. Também campos de laranjais, plantações de soja ou árvores da borracha. Todas perfeitamente alinhadas e organizadas a partir dos limites das muitas fazendas que se sucedem ao longo da estrada. Esta região, diferentemente do Mato Grosso, é de pequenos e médios proprietários. A paisagem não é tão chata como tinha imaginado. De vez em quando aparece alguma pequena mancha de vegetação atlântica que se salvou da civilização ou, mais frequentemente, um flamboyant imponente e em plena floração que rompe a monotonia das plantações. Surpreende-me a cor da terra. Aqui, diferente da maior parte do Brasil, não é vermelha. Estamos na região da terra roxa, a apreciada terra púrpura, uma das mais férteis do mundo. Ou isso, ao menos, me assegura Ronaldo.

A origem e o destino de sua família, como é muito comum na região, é a agricultura. Agricultores e católicos, como as famílias de Pedro Casaldáliga e Josep Maria Collell. Agricultores católicos e de direita. Era o mais comum na primeira metade do século XX na Catalunha. Pergunto a Ronaldo se esta região do interior de São Paulo, igualmente muito agrícola, com a propriedade da terra muito repartida e muito católica, se é também de direita. Não sabe esclarecer-me. Deduzo que, dada a situação atual de oscilação entre a esquerda de Lula e a direita de Bolsonaro, os esquemas tradicionais parecem inservíveis. Me põe como exemplo a sua família, a que estou a ponto de conhecer. Ao princípio votaram em Lula, porém agora todos – salvo sua irmã Andreia e ele – votam em Bolsonaro. Insiste entre os argumentos que já ouvi dizer repetidamente: que se a Bolsa Família garante o voto de cabresto dos beneficiários, que se a corrupção é sistêmica e endêmica, que se sentiram traídos pelo PT... Ronaldo recita essa ladainha com tristeza e impotência. Mas também noto que está algo zangado.

– Como é possível que sejamos a décima segunda economia mundial e, por outro lado, ocupemos o posto número oitenta no Índice de Desenvolvimento Humano? – perguntou Ronaldo indignado. – Temos sessenta milhões de pessoas pobres...

Acabo entendendo quando conheço a sua família. Estamos em um pesqueiro na redondeza de Barretos, um lugar popular cheio de famílias que se repartem à sombra das árvores e ao redor de umas balsas de piscicultura cheias de peixes que as pessoas, após pescá-los com facilidade, levam ao quiosque onde são cozidos e os servem. Conheço dona Wanda, a mãe de Ronaldo, seu irmão Djalma e a sua irmã Andreia. São encantadores. Abertos e muito agradáveis. E estão muito orgulhosos de ter um filho e um irmão como Ronaldo, claretiano. Sobretudo dona Wanda, uma pessoa profundamente religiosa.

O almoço transcorre em um ambiente tranquilo e afável no marco bucólico do pesqueiro até que se começa a falar de política. Dona Wanda diz que Lula é um ladrão e Djalma não o perdoa por tê-los traído. Por outro lado, quando falam de Bolsonaro ficam com o rosto iluminado. Admiram-no. Me mostro surpreendido e lhes pergunto se também lhes parece que ele administrou bem a pandemia.

– Tudo o que dizem é mentira – responde Djalma. – É propaganda da esquerda amplificada pela Globo e por outros meios. Isso é o que querem que chegue ao estrangeiro para desprestigiar a imagem internacional de nosso presidente.

Ronaldo, que já me havia advertido de que não gostava muito de falar de política com sua família, tem muito mais informação que eu e faz uma longa lista das más práticas e das piores decisões que Bolsonaro tomou durante seu mandato.

– Pode ser... – reconhece Djalma ante a avalanche de evidências. – Mas o PT teve doze anos para fazer as coisas da sua maneira. Bolsonaro só teve três. Deveríamos dar-lhe mais tempo.

– Se você quer ver desde esse ponto de vista – responde Ronaldo com firmeza –, deveria levar em conta que a direita mandou no Brasil por mais de cento e vinte anos e que a esquerda só o fez durante doze anos.

Estou a ponto de aplaudir a réplica de Ronaldo quando Andreia, a irmã que, segundo ele, também era de esquerda, intervém dirigindo-se a mim para dissipar qualquer dúvida.

– Lula utilizou aos pobres para roubar – sentencia. E permitiu que os homossexuais ocupassem demasiado espaço e tivessem demasiada presença. Agora já não se escondem como antes. Exibem-se sem problemas.

Conta-me o caso de um ator muito popular, Gilberto Braga, que ocultou durante quarenta anos que era gay. Parece-lhe um exemplo a imitar e aproveita essa história para reconhecer sua sintonia com as políticas de Bolsonaro.

Depois de almoçar, subimos novamente na picape; a caminho do aeroporto, agradeço a Ronaldo a hospitalidade.

– Você tem uma bonita família – digo-lhe –, ainda que todos são Bolsonaro, mas muito do Bolsonaro.

– Assim é nosso país – diz Ronaldo dando de ombros. – É o que há... Bolsonaro lhes fala de segurança e de família e é um discurso que é aceito.

Faz-se um longo silêncio na camionete. Por um momento sinto falta da partida de futebol na rádio. Suponho que Ronaldo gostaria que sua família pensasse de outra maneira, porém as coisas são assim... Difícil de mudar, porém era impossível resignar-se.

Continuamos nosso caminho rumo ao aeroporto. Aproveitando o clima de confiança que se estabeleceu entre nós, quero insistir, antes de despedir-nos, na questão do distanciamento entre os claretianos e Casaldáliga. Tenho a sensação de que ainda não me contou tudo o que sabe, de que antes não havia terminado de explicar-me as autênticas razões. Volto a perguntar.

– Houve três motivos de peso – responde Ronaldo sem fazer rodeios. – O primeiro é que Casaldáliga era um revolucionário e que os claretianos eram demasiado conservadores. Diga-me como encaixar sua luta contra o latifúndio com o fato de que os claretianos foram proprietários de uma enorme fazenda no Mato Grosso. Também influiu a revolução no seminário claretiano de Campinas: quando um grupo de seminaristas pendurou as batinas porque não estava de acordo com a linha que se seguia ali, a maioria se foi com Casaldáliga. E, por último, há um fato que pode parecer uma simples história, entretanto a cúpula claretiana brasileira não gostou nada daquela época. Apesar de todas as diferenças e discrepâncias, São Félix era uma comunidade claretiana, assim que, com o intuito de ajudá-lo, carregaram um caminhão com tudo o que acreditavam que podia ser de utilidade e melhoria como comodidade de sua vida lá. Enviaram-lhe móveis, uma geladeira, um ventilador... A viagem, como era habitual, foi penosa. Tardaram quinze dias para chegar. Quando Casaldáliga viu tudo aquilo, que sem dúvida teria feito sua vida mais cômoda, mas também mais distante da vida das pessoas da região, ele recusou e lhes pediu que fossem por onde tinham vindo.

Uma vez mais, a coerência de Casaldáliga. Uma vez mais, aquilo que não é suficiente em ser crente, também tem que ser crível. Agradeço a Ronaldo que me tenha contado essa história. Agora entendo melhor o conflito e também dou mais valor ao trabalho que leva a cabo em sua comunidade. Uma luta contra a corrente que começa a dar frutos. O mais tangível, a vontade dos claretianos de abrir uma comunidade em Ribeirão Cascalheira, o lugar onde mataram o Pe. João Bosco no lugar de Casaldáliga, onde se encontra o Santuário dos Mártires.

Despeço-me de Ronaldo e da terra roxa. A primeira etapa da viagem através da memória de Pedro Casaldáliga e da realidade do Brasil atual se encerra com a sensação de que quanto mais visito este país, mais me custa entendê-lo. As raízes do bolsonarismo são mais profundas do que havia acreditado. Não tenho informação suficiente, devo seguir viajando para encontrá-la, reunir-me com mais gente. E como a política é a causa e a consequência de tantas coisas, decido comprar uma passagem para Brasília.

UMA CRUZ EM UM MAPA

Brasília, mais que uma cidade, é uma invenção. É uma ideia, uma utopia, um sonho feito realidade. O triunfo da imaginação e da desmesura sobre a lógica e a prudência. O que hoje é a capital do Brasil, uma cidade moderna e cheia de vida, surgiu do nada. Começou como uma cruz em um mapa para acabar convertendo-se em um avião de tamanho gigantesco ancorado no solo. Isso é a primeira coisa que chama a atenção quando se aproxima de Brasília pelo ar. O que me impressionou a primeira vez e o que se segue surpreendendo-me: Brasília é um avião. O corpo central do aparelho é o eixo monumental onde se localizam as principais instituições do país: os ministérios, o Supremo Tribunal, o Congresso, a torre de comunicações... e, cruzando esse eixo, duas enormes asas que albergam as áreas residenciais e comerciais da cidade. No meio disso e ao redor, por todas as partes, a natureza. O Cerrado. A força e a beleza verde da savana brasileira, visível e presente por isso nela se encontra a origem e a essência de Brasília. Basta colocar-se no centro geográfico da cidade e olhar para ambos os lados; o que se vê é o Cerrado nos quatro pontos cardeais. Contudo, Brasília é também uma cruz, a que marca em um mapa para sinalizar um destino ou a que crava no solo para recordar aos mortos, conhecidos e desconhecidos, as pessoas que deram a vida para construí-la.

Tinha tanto desejo de voltar a essa cidade que chego disposto a perdoar-lhe todos os seus excessos e a tolerar-lhe todas as suas faltas. Brasília, admirada e repudiada por partes iguais – e sempre pelos mesmos motivos –, não nos deixa indiferentes. Reconheço que pertenço àqueles que se renderam a seus encantos. Em minha história pessoal, além disso, essa foi uma terra de promessas onde sempre se encontraram motivos para a esperança. "A capital da esperança", definiu-a

André Malraux. É o que me ocorreu durante minha primeira viagem a essa terra, sendo eu tão somente um jovem jornalista que esperava encontrar-me com Casaldáliga, e é também a lembrança que tenho de minhas longas estadas de 2011 e 2012 para levantar a coprodução da série *Descalço sobre a terra vermelha*. Não foi nada fácil, porque pretendíamos rodar na região do Araguaia, o qual era um empreendimento demasiado ambicioso para os recursos que dispúnhamos. Porém, contra todo prognóstico, nós o conseguimos, já que, apesar das dificuldades do projeto, contamos com a colaboração de muito mais gente do que imaginávamos. Pessoas que quando pronunciávamos o nome de Casaldáliga respondiam: "O que podemos fazer, como podemos ajudar?".

Tenho que reconhecer, tudo há de ser dito, que essa Brasília não é a mesma de dez anos atrás. Então com a Presidenta Dilma Rousseff e o PT no Governo, a capital era mais amável e receptiva para alguém que, como eu, queria apresentar e contar ao mundo a história de uma figura destacada da teologia da libertação. Agora, em novembro de 2021, seria absolutamente impossível. Aqui? Na Brasília de Jair Messias Bolsonaro? Com o Governo mais ultraconservador das últimas décadas?... Entretanto, tenho a sensação de que as dificuldades não aumentariam unicamente por causa do novo Governo. Após o que vi em Barretos, sei que as raízes do bolsonarismo são profundas e complexas, muito mais do que o havia imaginado. Menos evidentes, menos racionais, e, portanto, mais difíceis de entender e de explicar. Para isso, para tentá-lo, fui a Brasília.

Consegui marcar um encontro com os dois políticos do PT que mais me ajudaram durante a produção da série: Paulo Maldos e Gilberto de Carvalho. Naquela época os dois estavam no Governo do PT e tinham muito poder. Na atualidade estão na oposição, lutando contra o regime com fúria e, de passagem, tratando de recuperar a credibilidade e o poder perdidos. Sua simpatia por Casaldáliga se deve a que ambos fazem parte do amplo setor de cristãos de base e de esquerda, que, junto com os sindicalistas, fundaram o partido nos anos oitenta. Eles, em particular, são desse primeiro setor. Gilberto Carvalho não só não dissimulou sua religiosidade, como fez dela sua bandeira. Isso o converteu em um personagem público com uma personalidade muito marcada – a imprensa costumava caricaturar seu passado de seminarista – porém também fez dele um político diferente. Foi chefe do Gabinete do Governo de Lula e ministro da Presidência de Dilma; ou seja, que mandou e durante muito tempo.

Tanto Gilberto Carvalho como Paulo Maldos, que trabalhava em sua equipe, consideravam Pedro Casaldáliga uma de suas principais referências. Conheciam-no, o admiravam e o seguiam já há muitos anos. Sua intervenção desde o Governo foi determinante para proteger Casaldáliga das ameaças e perseguições que, já nos últimos anos de vida, ainda sofreu por causa do conflito de Marãiwatsédé; um exemplo mais da conexão e da cumplicidade entre o PT e a teologia da libertação. Uma relação, uma amizade, que era recíproca. Ainda me lembro de Casaldáliga pedindo votos para Lula em uma das muitas eleições que ele perdeu antes de tornar-se presidente. Ele não podia votar porque era estrangeiro, porém isso não lhe impedia de pedir voto para o PT quando o considerava oportuno, ou seja, quase sempre.

Casaldáliga fugia da neutralidade, e por muito que sua maneira de agir e de tomar partido não fosse bem aceita – e quase sempre não o era –, jamais dissimulou sua posição política. Em uma entrevista para a Televisão da Catalunha, quando o jornalista Jaume Barberà questionou essa tomada de posição tão marcada e tão desinibida, Casaldáliga respondeu:

– O papa reiterou em muitas ocasiões: "Os ricos são cada vez mais ricos à custa dos pobres, que cada vez são mais pobres". Isso é dialética, é marxismo. É claro que faço política! Sempre digo que há uma política de direita e outra de esquerda... logo está a de um meio, que sempre é de direita.

Não sei o que pensaria, nem sei o que diria Casaldáliga do Brasil de Bolsonaro. Uma direita que quando governa tampouco se esconde nem dissimula. Por sorte para ele, a enfermidade lhe poupou ter plena consciência disso, ainda que a nós, por desgraça, nos privasse de sua voz.

Ainda faltam um par de dias para encontrar-me com Gilberto e Paulo. O trajeto do aeroporto ao centro de Brasília, que percorre a Asa Sul, uma das asas do avião que é uma das principais artérias da capital, ajuda-me a refrescar a memória e reconectar-me com a cidade. Nessa época do ano, a beleza frondosa de Brasília é irresistível. Estamos em plena temporada de chuvas, e a natureza é uma festa exuberante. A vida regressou de chofre ao Cerrado. Tudo o que não é asfalto ou água é verde. E não é um verde qualquer, aqui a paleta de cores se reinventa porque abarca todos os verdes possíveis e imagináveis. O clima desta região, como tantas outras coisas neste país, é de extremos. Aqui, agora, choverá durantes seis meses, e o será com força, com a mesma intensidade com que se passaram seis meses sem que caísse uma só gota de água. Ao final da temporada da seca, a umidade é tão baixa que muitos dias tem que se restringir a mobilidade e fechar os colégios porque a secura do ambiente supõe um risco para a saúde. Ninguém o diria vendo como hoje essa erva seca que há algumas semanas se murchava sobre a terra vermelha deu lugar a uma capa de vegetação verdíssima e fresca que, quando se aproxima para olhá-la, não saberia dizer se é grama ou se são palmeiras anãs que logo crescerão, se transformarão em um bosque e cobrirão tudo.

Essa explosão de vida que se respira no Cerrado durante a temporada das chuvas tem sua máxima expressão nas árvores. É difícil não se prestar atenção e impossível não se sentir maravilhado diante delas. Destacam sua diversidade e sua variedade de formas, flores e frutos. Porém o mais característico das árvores do Cerrado são os troncos. A maioria é pequena e retorcida. Como se tivesse sofrido. E assim tem sido. E muito. Teve que sobreviver a seis meses sem chuva, e isso a obrigou a buscar água de maneira desesperada. Em um gráfico descritivo de qualquer das árvores do Cerrado, veríamos que o que há sob a terra é duas ou três vezes maior do que o que se vê na superfície. A desproporção entre a parte visível e as raízes é a consequência da luta desencarnada pela sobrevivência. Esses troncos retorcidos mostram o grande esforço que tiveram que fazer para consegui-lo e são a marca da tortura infligida pela temporada de seca que tiveram que suportar e superar. Há um ditado brasileiro, com o qual coincido plenamente, que diz: "Nem tudo o que é torto é errado. Veja as pernas do Garrincha e as árvores do Cerrado". Garrincha foi um jogador de futebol genial, um ídolo para toda uma geração, que tinha as pernas tão torcidas como turbulenta e desgraçada foi sua vida. Eu gosto do ditado porque acredito que a personalidade e a beleza são mais extraordinárias quando têm um ponto de imperfeição, sejam umas pernas arqueadas ou uns troncos torcidos, ou quando se sobrepõem a uma dificuldade.

Os problemas e os obstáculos que Brasília teve que superar para converter-se em uma cidade foram numerosíssimos. Ninguém o diria vendo a perfeita combinação de natureza e arquitetura que aparece a toda velocidade pela janela do táxi que me conduz ao centro. Tudo começou com uma obsessão de Juscelino Kubitschek, presidente do Brasil: construir uma nova capital, moderna e grandiosa, em pleno centro geográfico do país. Foi ao final da década dos cinquenta, os anos da Guerra Fria e do crescimento econômico. O mundo estava mudando e parecia que nada era impossível. JK, como era conhecido, com seu entusiasmo e determinação, conseguiu convencer e envolver dois autênticos gênios do urbanismo e arquitetura, Lúcio Costa e Oscar Niemeyer. Uma vez superada a primeira impressão de desolação que lhes causou o espaço escolhido para construir Brasília, aquela "extensão enorme de terra vazia e abandonada, longe de tudo", como as descreveu Niemeyer, puseram as mãos à obra e aguçaram sua engenhosidade. A primeira intuição foi de Lúcio Costa. Tratava-se de uma ideia simples: pensou a cidade a partir do cruzamento das linhas, como o sinal que se faz para tomar posse de um lugar para marcar um ponto concreto no mapa. As duas linhas não eram retas, uma delas estava ligeiramente arqueada para adaptar-se ao terreno. Parecia um avião ou um pássaro em pleno voo. Era Brasília, uma cidade monumental onde tudo se pensou e se planejou até o último detalhe. À visão urbanística de Costa, que projetou uma cidade ordenada e aberta à natureza, uma cidade-jardim, acrescentou-se a imaginação transbordante de Niemeyer. Discípulo de Le Corbusier, o arquiteto brasileiro quis superar seu mestre, e, a partir das possibilidades que ofereciam os novos materiais de construção da época, levantou em pouco tempo os edifícios mais emblemáticos e característicos do eixo monumental de Brasília, e o fez rompendo com a rigidez e o formalismo da arquitetura mais tradicional. Com um projeto de traços simples e ao mesmo tempo elegante, sua obra surpreendeu pelo protagonismo e a onipresença das curvas sinuosas e sensuais que, segundo disse Le Corbusier quando as viu, recordavam às montanhas do Rio de Janeiro, cidade natal de seu discípulo. O grande mérito de Niemeyer foi converter uma cidade em uma obra de arte.

 Construir Brasília foi uma proeza, tanto mais quanto se fez em um tempo recorde. As obras começaram em 1957 e a inauguração celebrou-se no dia 21 de abril de 1960. JK tinha pressa. Queria que o Brasil recuperasse o tempo perdido e que aquela capital erguida a partir do nada se convertesse em um símbolo de desenvolvimento e de progresso incontestável. Seu lema era "Cinquenta anos em cinco", e tardou somente quatro! Tinha que ser feita ao preço que fosse. Ainda hoje não se sabe com exatidão quanto custou construir Brasília nem a quantidade de trabalhadores que se deslocaram até aqui para trabalhar nas obras nem quantos deles perderam a vida devido às pressas e à falta de segurança laboral. Entretanto, apesar dessas desgraças e do resto dos problemas e inconveniências, JK o conseguiu. Brasília se converteu em um fenômeno que impressionou o mundo inteiro.

Não obstante, uma vez inaugurada a capital, começou-se a tomar consciência das consequências daquela ousada fuga para diante. O preço que se teve que pagar era muito elevado: uma hipoteca onerosa com a que tiveram que carregar as gerações seguintes. A dívida acumulada lastrou a economia do país, que entrou em crise, e, de certa maneira, preparou o terreno para que pouco depois se proclamasse o golpe militar. A cidade foi inaugurada em data prevista, sim, porém os problemas e as complicações se multiplicaram. Brasília estava longe de tudo, a terra era hostil, o lago artificial que tinha que prover água e vida à cidade parecia não se encher nunca. O urbanismo de Costa, que imaginou uma cidade idílica e perfeitamente organizada, onde todos os serviços estavam reagrupados, onde as *superquadras* tinham pistas de desaceleração para diminuir os ruídos nas áreas residenciais, onde os edifícios estavam rodeados de jardins e construídos sobre pilares elevados para fomentar a interação entre vizinhos, funcionava no papel, porém não se adequara em absoluto à realidade do Brasil dos anos sessenta.

Brasília era um prodígio arquitetônico, uma obra de arte, porém durante seus primeiros anos de vida foi uma cidade vazia. Estava mais preparada para os carros do que para os pedestres e tornou-se tão cara que expulsava os pobres para a longínqua periferia. O Plano Piloto determinava uma distância mínima da capital a partir da qual se poderia edificar, o que implicou que, paralelamente à construção de Brasília, crescesse um cinturão de cidades satélites que acolhiam os milhares de trabalhadores que tinham que fazer funcionar a cidade, mas que nunca poderiam viver nela.

A realidade de Brasília não encaixava de todo com a intenção que tinham seus criadores quando a planejaram. Niemeyer era um comunista convencido, e tanto ele quanto Lúcio Costa sonhavam com uma cidade igualitária pensada para as classes populares. Contudo, como reconheceu Niemeyer anos mais tarde, "Não é o suficiente construir uma cidade moderna. Também há que se transformar a sociedade".

A primeira vez que visitei Brasília, em 1985, era fim de semana. Pareceu-me uma cidade fantasma, sem gente, com muitos restaurantes e comércios fechados. Como segue ocorrendo hoje em dia, a maioria de seus habitantes, muitos deles funcionários públicos, viajavam para passar o fim de semana em suas cidades de origem e deixavam vazia a cidade. Foi uma maneira singular de descobri-la. Gostei dela, sim, porém também me confundiu. Não sabia o que pensar nem o que sentir no meio daquele nada. O que mais me estranhou dessa cidade do futuro era que não tinha passado. Quase não tinha história, além de sua grandiosidade monumental e da épica de sua construção. Muito pouco passado para tanto futuro.

A Brasília de hoje em dia já não provoca essa impressão. Em absoluto. A cidade soube melhorar com o passar do tempo e com o enraizamento progressivo da população. Na atualidade ainda segue sendo uma cidade diferente, teimosamente futurista, onde é fácil viver sempre e quando tenha carro e dinheiro, entretanto já não é nova. Agora tem rugas, tem história, e isso lhe acrescentou uma virtude imprescindível que antes lhe faltava: humanidade.

Como costumo fazer quando chego a uma cidade, o primeiro que me ocorre é falar com o taxista. Não pergunto nada em concreto, só quero conversar seja do que seja. Entretanto o carro que escolhi não é um táxi, mas sim um Uber, e o motorista não é muito comunicativo. O temor por receber uma qualificação negativa no aplicativo os faz optar por um prudente silêncio para evitar comprometer-se em qualquer tema polêmico. Falamos do tempo, do quão bonita está a cidade, do tão caro que está a gasolina, e, quanto à economia, trato de passar para a política e pergunto-lhe por Bolsonaro, encontro-me, nessa ocasião e cada vez que tento, com uma resposta diplomática e distante. Mensagem recebida. A partir de agora me limitarei à meteorologia.

Uma tempestade de proporções bíblicas me dá as boas-vindas quando chego a meu primeiro destino, a embaixada espanhola, onde combinei com Carmen Batres, quem conheci durante a etapa de preparação da série: *Descalço sobre a terra vermelha* e de cuja ajuda então recebi. Trabalha como conselheira de comunicação na embaixada. Seu trabalho consiste em inteirar-se do que acontece e do que se diz no Brasil, especialmente ao que se refere ou possa afetar o Estado espanhol, e compartilhar essa informação com seus superiores maiores. Carmen tem muitos bons contatos. Seu trabalho a leva a relacionar-se com os funcionários governamentais encarregados da comunicação do Governo e com jornalistas locais e correspondentes. Além disso, teve que tratar com as duas últimas administrações, a do PT e a de Bolsonaro.

"Os de agora são uns mal-educados – é a primeira coisa que me solta quando lhe pergunto como vai com os novos. – São uns negacionistas da Covid-19 e de tudo. O país está destruído, sem esperança, por culpa deles".

O sofrimento provocado pela pandemia e a má gestão governamental segue muito presente e pesa muito no ânimo daqueles que, como Carmen, experimentaram de muito próximo a fanfarronice e a insolência do bolsonarismo.

Diz-me que, para pôr-me em dia, organizou um jantar em sua casa com uns amigos, muitos deles jornalistas, mas que antes tem um compromisso na embaixada. Um coquetel. O edifício da embaixada é uma grande mansão imponente com grandes salões abertos para o jardim para convidar à natureza e à vegetação a entrar na casa. Participa do coquetel a maioria do pessoal da instituição. Todo o mundo vai muito bem arrumado, como se fossem a uma boda. Deve ser um requisito da etiqueta diplomática. Vai saber. A mim me parece estranho e me sinto fora de lugar. Dissimulo. Carmem apresenta-me ao embaixador. Fernando García Casas, que ao parecer queria conhecer-me. Diz-me que leu meu livro sobre Casaldáliga e que lamentou não poder comparecer ao seu funeral em Batatais, mas que enviou uma mensagem de vídeo. Eu me lembro. Fala-me com emoção e sentimento de sua figura e do que fez pelo Brasil. Por um momento esqueço-me do antiquado protocolo diplomático. A conversa é breve. O embaixador tem que atender o coquetel. Eu também me dedico ao que se supõe que devo fazer: apresentar-me e socializar. Ou ao menos tento. Porém quando pergunto sobre a situação do país o quero falar de política, meus interlocutores são ainda mais evasivos que os condutores de Uber. Assim que, após duas conversas seguidas – detalhadíssimas, com certeza –, uma sobre as tribulações de uma família para levar a cabo uma transferência do Quênia para o Brasil e outra sobre as penas sofridas por um senhor que trasladou seu cachorro de Madri para Brasília, decido que é suficiente. Por sorte, Carmen também já tinha cumprido com sua obrigação funcional e por fim fomos embora. Abandono esse ato tão protocolar e formal com sensação de vazio e de absurdo. Isso sim, já sei que se alguém quer que seu cachorro viaje só em avião, tem que administrar-lhe antes uma boa dose de soníferos. Uma valiosa informação que não tenho claro que possa ser-me útil algum dia.

A casa de Carmen, como a maioria das mansões dos diplomatas e da classe abastada da capital, encontra-se na seleta área residencial que se estende ao redor do lago artificial de Brasília. Quando chegamos, a maioria dos convidados para o jantar já estava esperando a algum tempo. Culpa do coquetel. Todos são jornalistas, salvo um casal de sul-africanos. Conheço Eduardo Davies, um jornalista argentino loquaz e extrovertido, delegado da agência EFE, que está no Brasil há mais de vinte anos; Anthony Boadle, um jornalista norte-americano que trabalha para a Reuters e que também está no país há muitos anos e, por último, Jordi Miró, um jornalista catalão da Hospitalet de Llobregat, uma cidade vizinha de Barcelona, que trabalha para a agência France-Presse e que é o último do grupo a chegar a Brasília, já que só está há três anos aqui. O casal de sul-africanos são uns bons amigos de Carmen que por nada do mundo queriam perder o presunto (*jamón serrano*) e a tortilha de batatas que a anfitriã costuma oferecer, tão apreciados pelos espanhóis que estão a muito tempo fora de casa. A primeira coisa que faço, depois de colher uma fatia de presunto, é falar com Kevin, o sul-africano. Ele me conta que sua família vivia no Quênia e que quando os "comunistas" alcançaram o poder lhes requisitaram as terras e tiveram que buscar o que fazer na vida. Uma parte da família voltou para a África do Sul, porém eles se instalaram em Porto Alegre, no Sul do Brasil, que era – e segue sendo – a terra mais anglo-saxã do país e a mais preparada e acostumada a acolher pessoas com experiência e desejo de prosperar na agricultura, que é o que eles fizeram. Há alguns anos se mudaram – como muitos agricultores do Sul – para a região do Piauí, no Norte, onde têm uma plantação de soja.

– O Brasil é um país impecável do ponto de vista no respeito à lei e aos cuidados com o meio ambiente – me diz Kevin quando expresso minhas dúvidas sobre a impunidade com a qual atua o agronegócio e sobre seu impacto no entorno. – Eu lhe asseguro que tanto a minha plantação como as dos demais que conheço cumprem com a lei de maneira escrupulosa.

Diante da finalização implacável e suspeita de Kevin, decido mudar de tema e de interlocutor. Após minhas tentativas frustradas com motoristas e diplomatas, por fim me encontro com um auditório disposto a falar de política. São jornalistas, e, ainda que não queiram ou lhes dê preguiça falar de política, isso faz parte de seu trabalho. Nós o fazemos de maneira apaixonada, como era de se esperar com os dois turnos das "eleições do século" no horizonte. Ainda faltam muitos meses para que aconteçam, mas tudo parece indicar que as possibilidades de Bolsonaro revalidar o mandato são escassas. O consenso é que não há nada que fazer. Seu índice de rejeição é muito elevado, e as pesquisas dão uma ampla margem de vantagem para Lula. O grande tema em debate e de especulação nos meios de comunicação é a terceira via: a possibilidade de que apareça um candidato de centro-direita que seja mais competitivo e que não tenha a imagem ruim do atual presidente do país.

– Sim! A situação de Bolsonaro é desastrosa! Muito bem! – intervém com veemência Eduardo Davies. – Porém, não tenham tanta pressa em enterrá-lo! Todo mundo o critica por sua má gestão durante a pandemia, mas o Brasil é um dos países com o maior índice de vacinação do mundo. Será difícil atacá-lo por esse lado. É um candidato muito mais sólido do que parece. Só tem que sofrer pela economia, que por si piora, porque não tem ideia e nem fez nada... Ainda assim, eu dou muitas opções, porque se conecta com o povo de uma maneira que é difícil de explicar.

Chegado a este ponto o debate se anima ainda mais e começamos a ponderar os pontos fortes e as debilidades dos dois principais candidatos. Que se os dois são corruptos; que se com a Petrobras o PT roubou o que não está escrito; que pode ser sim, mas com a diferença de que Lula faz coisas, enquanto que Bolsonaro não; que se não for verdade que não faça nada, porque muito criticar a Bolsa Família quando a fazia o PT, porém agora, que se aproximam as eleições, Bolsonaro faz o mesmo com outro nome, o Auxílio Brasil, e graças a isso ganhará muitos votos no Nordeste; que se Lula quer fazer história e ser o primeiro a conseguir um terceiro mandato como presidente, mas que terá que recuperar muitos seguidores desenganados; que se um dos problemas do PT é a maneira em que foi se distanciando dos movimentos sociais e que isso lhe tira força e a credibilidade.

Nos últimos meses de seu mandato, Dilma Rousseff, acurralada pelas petições de *impeachment*, convocou os líderes dos principais movimentos sociais no Palácio do Planalto – conta Eduardo Davies, que parece superar em conhecimento e paixão os demais interlocutores e está monopolizando a conversa. Sabem o que lhe disse Guilherme Boulos? – Boulos era o líder do Movimento de Trabalhadores Sem Teto, o MTST, e agora é candidato do PSOL, Partido Socialismo e Liberdade, duas das organizações de esquerda mais influentes no Brasil. Pois lhe disse que eles defenderiam o Governo, entretanto não dariam a vida por ele. Que lhe parecia muito bonito aquele palácio, mas era a primeira vez que o via. Pois em seis anos de mandato era também a primeira vez que Dilma os convocava à presidência. Disse isso.

No dia seguinte, sigo o conselho que me deram durante o jantar: se queria entender como funciona a política no Brasil, deveria visitar o Congresso Nacional. Lá na Praça dos Três Poderes, no conjunto arquitetônico do Congresso – que abriga a sede da Câmara dos Deputados e a do Senado Federal –, encontra-se a cabine de controle do avião, onde se oculta o mecanismo peculiar e perverso que faz com que a política brasileira funcione de maneira muito particular. Jordi Miró, o jornalista do Hospitalet, vai com frequência e se oferece para acompanhar-me. Passo por sua casa para apanhá-lo. Vive em um apartamento localizado em uma quadra residencial do *plano piloto* original. Os anos passaram, porém, está tudo como no princípio, tal como foi projetado por Lúcio Costa. As moradias e o urbanismo. Um lugar fácil para viver e também para chegar até ele. Em Brasília as ruas não têm nome, tudo são letras, números e pontos cardeais. Não há como perder-se. As moradias são espaçosas e, seguindo o projeto original, erguem-se sobre pilares para que o térreo, aberto para o exterior e para o jardim, seja um espaço de encontro para os vizinhos.

– Estamos aqui há quatro anos e quase não conhecemos ninguém – me conta Jordi. – Pode ser que a culpa seja nossa, porém não acredite..., a verdade é que aqui embaixo não há muita vida. Nunca tem ninguém.

Jordi vive com Marta, uma jornalista vasca com a qual tem dois filhos de três anos e onze meses. Eles gostam muito de viver em Brasília, que é uma cidade muito cômoda, porém está há quatro anos em Brasília e muito mais na América Latina e estão planejando voltar para casa. Explica-me que gostam muito do país, porém, apesar do tempo que levam aqui, ainda há muita coisa que não entendem. Especialmente, a política. Entretanto não é só isso.

– Um amigo daqui, falando do país, costuma dizer algo muito preciso – conta Jordi. – Diz que o Brasil nunca será um país rico, porém, diferentemente de outros países de seu entorno, nunca cairá e nunca estará com merda até o pescoço. Creio que ele tem razão. O Brasil é demasiado poderoso para afundar-se, como ocorreu em outros países latino-americanos. Porém o que eu acho mais engraçado de tudo é que serve também para explicar muito graficamente como anda este país, esse é o trabalho de meu amigo. Ele é dentista, entretanto, sabe onde trabalha? No TSE, o Tribunal Superior Eleitoral. Imagine que tamanho terá essa instituição. Que se ocupa dos processos eleitorais, para que possa dispor de um dentista em seu quadro de funcionários. Um exemplo do enorme poder da burocracia e a máquina funcional que tem o Brasil.

Pois é. Essa é exatamente a impressão que me causa o Congresso. Grandiosidade, burocracia ao quadrado e funcionários para dar e vender. E muito espaço. Além disso, os icônicos edifícios do Congresso, as cúpulas côncava e convexa que abrigam as câmaras parlamentares, e os arranha-céus que há de ambos os lados da "cabine de controle do avião", há uma pluralidade de edifícios que abrigam tanto todos os serviços necessários como a legião de servidores que dependem dos mais de seiscentos deputados e senadores da República. Entretanto o que mais me chama a atenção desse lugar não é o tamanho de seu aparelho institucional e funcional – ao fim e ao cabo este país tem mais de duzentos milhões de habitantes –, senão o funcionamento da democracia brasileira: seu singular sistema de partidos. Em primeiro lugar, porque há trinta e três. Explica-me com detalhe Jordi Miró:

– Sim, trinta e três partidos – confirma Jordi Miró. – Alguns existem por razões territoriais, porque representam algum estado ou alguma região determinada, mas esta não é a razão principal para que haja tantos. Muitos são conjunturais e nascem e desaparecem em função de circunstâncias difíceis de entender e ainda mais de explicar. Há um determinado número de partidos de difusa descrição que se organiza para ter mais força e mais capacidade de influência. É o que se conhece como centrão. Movem-se fundamentalmente por interesses e para conseguir contrapartidas políticas e benefícios econômicos, ou bem para sua zona eleitoral ou bem para seu partido ou para seus amigos. Aqui se diz que o centrão não é ideológico, mas sim fisiológico. Para que tenha uma ideia de qual é sua força eu vou lhe dizer que atualmente ao redor dos partidos do centrão se agrupam uns trezentos deputados. Ou seja, mais ou menos a metade da Câmara.

Posto que nesses partidos prevalece a fisiologia sobre a ideologia, dá no mesmo que o presidente seja Lula ou Bolsonaro; costumam estar do lado de quem manda. São o principal suporte parlamentar do atual governo do Partido Social Liberal, exatamente igual a antes, quando governava o PT. No sistema político brasileiro, os partidos dos últimos presidentes, o PT ou o PSL, mal superaram os cem deputados. O sistema de partidos que impera no Brasil é extraordinariamente líquido e volátil. Só há que se fixar na carreira política de Bolsonaro: mudou de partido umas dez vezes – a última para passar do PSL, o partido com o qual ganhou as eleições em 2018, ao PL, Partido Liberal, com o qual concorrerá à reeleição em 2022 –, ainda que sempre tenha se movido nesse pantanoso terreno do centrão, um território no qual tudo é possível e gera as estratégias e as alianças mais inimagináveis e estranhas. Como, por exemplo, a que se produziu em 2002 no segundo turno das eleições presidenciais. Bolsonaro e seu partido de então, o PP, o Partido Popular, votaram em Lula no segundo turno. Sim, votou em Lula. Eles o fizeram, ainda que não simpatizassem em absoluto com ele, ainda lhes caía pior José Serra, o candidato tucano do PSDB, o Partido da Social Democracia Brasileira, com o qual Lula disputava a presidência. Serra havia sido um líder estudantil destacado contra a ditadura, e na peculiar escala de valores de Bolsonaro isso era absolutamente imperdoável.

Chegados a este ponto, vale a pena explicar quem é Jair Bolsonaro e como chegou onde está. Sua carreira começou no exército e se poderia dizer que sua vocação militar é uma de suas paixões vitais que mais o marcou e que melhor o definem. Bolsonaro decidiu ser militar quando em maio de 1970 um pelotão do exército ocupou sua cidade, Eldorado, no estado de São Paulo, no marco da operação de perseguição de Carlos Lamarca, um ex-militar desertor que tinha se tornado guerrilheiro e se colocara em armas contra a ditadura. Houve tiros, corridas e um morto. Lamarca, no entanto, conseguiu escapar, ainda que o matassem meses mais tarde. A operação causou grande excitação e uma profunda impressão em Bolsonaro, naquela época um adolescente que, segundo ele afirma, ofereceu-se para ajudar os militares responsáveis pelo dispositivo porque queria matar Lamarca. Três anos depois, em 1973, ainda sob o impacto do que havia vivido, tomou a decisão de alistar-se no exército. Entrou para a academia em plena ditadura, e se formou, precisamente sob o comando da geração de militares que havia lutado contra a guerrilha. Uns anos antes, a guerrilha do Araguaia, um grupo maoísta que tinha apenas uma centena de militantes, tinha se escondido na região do Mato Grosso, muito próximo da Prelazia de Pedro Casaldáliga, de onde pretendiam iniciar a revolução. Não pode decidir-se que a luta fosse muito bem nem que oferecessem uma grande resistência. O exército os esmagou selvagemente. Sem contemplações. Alguns foram declarados oficialmente mortos, os demais constam como desaparecidos. De cinquenta e oito deles não se soube mais nada a respeito. Os artífices dessa matança eram os professores mais populares e admirados entre os cadetes da academia, os quais consideravam como autênticos heróis por haver matado a muitos comunistas e ter posto fim à ameaça de um grupo de perigosos inimigos da pátria. Essa ideia ou certeza, a constatação de que o inimigo está dentro e de que a maneira de o liquidar é eliminando-o fisicamente, calou profundamente em Bolsonaro.

Sua carreira no exército não foi precisamente brilhante. Acabou saindo da instituição pela porta traseira em 1988, após um conselho de guerra iniciado por haver organizado um complô armado com um grupo de oficiais. Protestavam pelos soldos extremamente baixos que, segundo ele, recebiam os militares. Era uma época de crise e hiperinflação na qual o poder aquisitivo do salário de qualquer brasileiro estava muito baixo. Entretanto antes dessa insurreição o comportamento de Bolsonaro não tinha sido exemplar. Como se soube graças ao julgamento e ao fato de que tornasse público seu expediente, em seus primeiros anos como oficial foi castigado por fugir uns dias para buscar ouro em um garimpo ilegal e por vender bolsas feitas com tecido de paraquedas. Em todo caso, e contra o prognóstico – apesar das provas irrefutáveis que demonstravam a culpabilidade de Bolsonaro –, o tribunal militar o absolveu. Passou para a reserva com trinta e quatro anos, onde o reformaram com o posto de capitão.

Tinha um futuro mais que incerto diante de si quando, desafiando a opinião de seu pai, decidiu dedicar-se à política e apresentar sua candidatura como vereador do município do Rio de Janeiro. Não seria fácil, porque não era muito conhecido além dos quartéis e das famílias dos militares, entre as quais tinha conseguido uma certa popularidade como defensor de sua causa. Aproveitou essa base eleitoral e concentrou sua campanha no entorno castrense. E ganhou. Começava a colocar as bases do que seria um dos pilares fundamentais de seus êxitos eleitorais: o voto dos militares, um suporte imprescindível. Há uma expressão jornalística inglesa que resume a conjunção de poderes nos quais Bolsonaro fundamenta sua força política: *beefs, bullets and bibles*. Os três "bs": bois, balas e bíblias. Pois bem, a força das balas é seu primeiro argumento, e representa um dos poderes factuais mais sólidos a seu serviço, pois até agora nunca o abandonou.

Após aquela primeira eleição para a Câmara Municipal do Rio de Janeiro, vieram outras, essas já para o Congresso como deputado. Nunca esqueceu a defesa do exército como instituição e a dos interesses corporativos dos militares em seu programa, no qual ocuparam sempre uma posição prioritária. Entretanto, pouco a pouco, à medida que vai consolidando sua carreira política, Bolsonaro amplia também seu horizonte e acrescenta os outros dois "bs": o poder dos "bois" provém de sua aliança com o *lobby* do agronegócio, enquanto que o das bíblias, da conexão crescente que vai estabelecendo com os evangélicos. Ganhar a simpatia deste último coletivo foi determinante para que Bolsonaro desse um salto e pudesse aspirar à presidência.

Antes de estabelecer essa conexão com os evangélicos durante seus primeiros anos como deputado, Bolsonaro destacou-se por sua conduta imoderada e por sua ideologia extremista. Saudoso da ditadura militar, anticomunista convicto, defensor até a morte da violência policial contra o crime, racista dissimulado que de vez em quando se destapava – como quando disse que os negros estão gordos, não fazem nada e já não servem nem para procriar – e, por último, misógino declarado, como quando em 2003, durante um debate com a Deputada do PT Maria do Rosário, lhe disse que nem sequer merecia que ele a estuprasse. Com esse perfil e essa ideologia, a presença de Bolsonaro nos meios de comunicação deveria ter sido escassa. Entretanto a realidade é que, apesar de sua insignificância política e de sua limitada representatividade, a confusão sempre se vende, assim que se converteu em um convidado habitual das rádios e televisões. Já se sabe que, em determinados meios, os esquisitões, os exaltados e os extremistas não acrescentam serenidade ao debate, porém são muito cobiçados porque garantem a cor, o espetáculo e boas audiências. Ainda assim, em alguns casos, por trás dessa atuação se esconde o descarado interesse de determinados meios de comunicação conservadores em combater frontalmente e de maneira politicamente incorreta os valores e o ideário progressista, que esses consideram preponderantes na sociedade moderna. É o que ocorreu em muitos outros países com figuras similares a Bolsonaro – como é o caso de Trump nos Estados Unidos, ou de Vox na Espanha –, e é o que ocorreu também no Brasil. Como quando em janeiro de 2014 se desencadeou uma apaixonada polêmica em todo o país depois que na telenovela da Globo *Amor e vida* dois de seus protagonistas masculinos se deram um beijo. O primeiro beijo *gay* da televisão. Bolsonaro, horrorizado, levantou-se como uma das vozes mais duras e intolerantes contra o que ele considerava um chamamento descarado em favor do "homossexualismo". Naquela ocasião disse que preferia antes ter um filho morto em um acidente do que um filho *gay*.

O discurso patriótico e furibundo contra um suspeito *lobby gay* que pretendia derrubar os valores tradicionais, a família e, de passagem, também a pátria teve muita repercussão e tornou-se muito rentável para Bolsonaro. Em 2014 seus eleitores se duplicaram. Todavia a razão desse crescimento não reside unicamente na utilização desses novos argumentos. Seu domínio das redes sociais também teve muito que ver. Naquele momento Bolsonaro era um deputado folclórico e pouco relevante no mundo real, porém começava a ser um personagem importante no mundo virtual. Tudo tinha começado uns anos antes com um descobrimento de seu filho Carlos, o Zero Um (Bolsonaro denomina seus três filhos mais velhos, Carlos, Flávio e Eduardo, mediante números, no estilo militar: Zero Um, Zero Dois e Zero Três. Os três são parte central de sua equipe política). Carlos se deu conta de que a maioria do conteúdo que circulava nas redes sobre seu pai era negativo. Então começou a trabalhar subindo fotos familiares e imagens positivas e bucólicas, sobretudo no Facebook e YouTube. A melhora da reputação de Bolsonaro foi rápida e notável. As enormes possibilidades que o mundo digital oferecia confirmaram-se. Quando, em 2014, Bolsonaro agitou o fantasma da ameaça homossexual, já tinha quinhentos mil seguidores no Facebook, e a partir daí a cifra não parou de aumentar. Muita gente o descobriu e começou a vê-lo com outros olhos. É o que ocorreu com muitos cristãos evangélicos. O que dizia Bolsonaro, e a forma com que dizia, sintonizava perfeitamente com o discurso ultraconservador de muitos pastores e líderes das igrejas evangélicas, que viram nele um representante político fiável. Bolsonaro aproveitou-se dessa nova conjuntura, multiplicando sua presença midiática e deixando que seus novos seguidores gostassem dele. Começou a aceitar encantado aos convites para dar palestras e fazer apresentações nos salões e assembleias de muitas igrejas evangélicas do país, estabelecendo assim um vínculo que culminaria em maio de 2016, pouco antes de começar a campanha para as eleições presidenciais, quando decidiu converter-se à religião pentecostal e viajou para Israel para ser batizado nas águas do rio Jordão.

A partir daquele momento as referências a Deus foram cada vez mais constantes em seus discursos. Seu lema, "Brasil acima de tudo e Deus acima de todos", o diz quase tudo. Porém não exatamente. Porque, no evangelho de Bolsonaro, Deus é uma figura marcadamente política que trabalha descaradamente a seu serviço e a de suas ideias. Seu nacional-cristianismo ou seu cristofascismo, como alguns especialistas definiram, reforçou-se e se radicalizou ainda mais depois do esfaqueamento do qual foi vítima em 2018, em plena campanha eleitoral. Bolsonaro assumiu que tinha sobrevivido por milagre e que essa era a mostra irrefutável de que Deus estava a seu lado e, portanto, este era bolsonarista.

Após repassar a biografia de Bolsonaro, não posso evitar perguntar-me como é possível que uma figura assim tenha chegado a ser o presidente do Brasil. Tanto mudou o país de gente amável, acolhedora e tolerante que cativou a Zweig e a muitos outros que tinham se rendido a suas bondades e virtudes? Tanto pesa o sentimento anti-PT e anticomunismo? Penalizam tão pouco suas más maneiras e sua má educação? Tantos brasileiros se tornaram de extrema-direita? É o mesmo que aconteceu nos Estados Unidos, Itália ou Espanha?

Faço-me todas essas perguntas enquanto admiro a grandiosidade e a elegância do interior do edifício do Congresso. Um espaço amplíssimo, branco, coberto com muita luz e decoração minimalista. Mais do que um parlamento, tenho a sensação de estar em um aeroporto. Jordi Miró, que o visita regularmente por trabalho, disse que é prático e cômodo, porém que, sobretudo, é um prazer trabalhar rodeado de tanta beleza. Definitivamente, o contraste é ainda mais forte com algumas situações que foram vividas nos últimos anos e com algumas das figuras políticas que mais se destacaram nessa última etapa turbulenta da história do Brasil.

– A imagem que transmite Bolsonaro não se corresponde com o clichê que temos dos brasileiros – afirma Miró –, tampouco com a realidade em que me encontro no dia a dia. Por norma geral, os brasileiros são simpáticos e agradáveis. Mas também é certo que este país violento e que, em momentos de crise, os maus propósitos de Bolsonaro se conectam com o sentimento de muita gente que celebra que, finalmente, alguém se atreve a dizer sem rodeios o que eles pensam.

Nesse sentido, uma das explicações mais interessantes que escutei é a de Thaís Bilenky, uma jornalista da revista *Piauí*. Dizia que a diferença entre Lula e Bolsonaro é que o primeiro se aproxima do povo dizendo que os reconhece, que os entende, que sabe o que lhes passa e quais são seus problemas e que, por isso, se coloca a seu serviço e fará todo o possível para ajudar a resolvê-los. A atitude de Bolsonaro, por outro lado, é diferente. Também lhes diz que os reconhece, que os entende e que conhece seus problemas, porém acrescenta que sabe quem são os culpados de sua situação, que os identificou e que os ajudará a destruí-los. O inspirador intelectual desse discurso agressivo e violento, primeiro destruir para logo construir, é Olavo de Carvalho, um personagem difícil de definir, histriônico, grosseiro e colérico anticomunista que começou como astrólogo e logo, apesar de não ter estudos superiores, dedicou-se a fazer-se de jornalista e acabou exercendo de filósofo, vivendo nos Estados Unidos e dando cursos *on-line*. Algumas das coisas que disse e que escreveu, e que são das que mais peso tem no ideário de Bolsonaro, são, por exemplo, que o Governo militar, para fazer bem as coisas, deveria ter matado vinte mil pessoas a mais do que matou, que a esquerda quer fomentar a pedofilia, o canibalismo, a destruição da família; e também que os Beatles não entendiam de música e que muitas das letras de suas canções já as tinha escrito o filósofo alemão T. W. Adorno. Seu livro *O mínimo que você precisa saber para não ser um idiota*, junto com a Bíblia, a Constituição e umas memórias de Winston Churchil, estava sobre a mesa de Bolsonaro em seu 1º discurso como presidente do Brasil.

Jordi Miró pensa que uma boa referência para entender o quebra-cabeças da política brasileira atual é Kim Kataguiri. Por isso estamos no Congresso, porque conseguiu-me um encontro com ele. Trata-se de um deputado com um perfil singular. Rompe esquemas. Não dá a imagem que esperaríamos de um político nem se encaixa com o imaginário chavão que temos dos brasileiros. Tem vinte e cinco anos e é descendente de imigrantes japoneses. A verdade é que não deveria surpreender-me essa singularidade, a variedade e a mistura de raças é uma característica deste país, por algo os passaportes brasileiros são os mais buscados pelos falsificadores de documentos. De fato, por seu aspecto, qualquer ser humano do planeta Terra poderia ser um cidadão do Brasil. Kataguiri faz parte da grande colônia de descendentes de japoneses que existe no país, mais de dois milhões de pessoas, a maior do mundo. Começaram a chegar aqui nos princípios do século XX. A maioria vive em São Paulo, a cidade de Kataguiri. Foi lá, precisamente, onde começou a estender-se sua fama aos finais de 2014, quando foi fundado o MBL, o Movimento Brasil Livre, uma organização de ideologia liberal e antipetista que surgiu como reação contra a corrupção generalizada descoberta pela operação Lava Jato e para pedir o *impeachment* da Presidenta Dilma Rousseff. Foram muito ativos organizando manifestações e marchas populares e surpreenderam pelo grande poder de convocatória em uma classe de protesto e mobilização que até então era patrimônio da esquerda.

Kim Kataguiri se converteu em uma das vozes mais representativas desse novo movimento, algo que impulsionou e catapultou sua carreira. Em 2018 foi eleito deputado e, da mesma forma que muitos outros políticos de direita e centro-direita, quando chegou o momento decisivo apoiou Bolsonaro, o qual se tornou chave para que chegasse à presidência.

– Também há que se dizer que se afastou rapidamente – enfatiza Jordi Miró –, quando conseguiu o que mais desejava: tirar o PT do Governo.

Sigo Jordi através do labirinto de edifícios, andares e corredores até chegar a uma longuíssima fileira de escritórios destinados aos deputados. São todos muito parecidos. Muita gente e pouco espaço. Uma secretária na porta de entrada e um par de salas, uma para a equipe e outra para o deputado. Na sala destinada a equipe só cabem uma mesa e seis cadeiras, seis pessoas, seis computadores. Cruzamos a sala colando-nos à parede e contendo a respiração para não invadir o espaço vital de ninguém. A sala do deputado também é pequena, e a divide com um de seus assessores, que ficará conosco e tomará notas durante toda a entrevista. Kataguiri nos recebe de maneira afetuosa. Na sala, em lugar de destaque uma bandeira do Brasil e outra do estado de São Paulo, destacam algumas manchetes enquadradas da *Folha de S. Paulo*: "O ato anti-Dilma é o maior da história", e "Lula preso". Dois momentos recentes dos quais Kataguiri se sente particularmente responsável e orgulhoso. Surpreende sua juventude. Apesar do terno e da gravata, da atitude e do entorno, só tem vinte e cinco anos.

– Pensa que eu, ainda que quisesse, não poderia ser presidente – esclarece-me Kataguiri com um sorriso quando menciono o tema da idade. – Ainda me faltam dez anos. Tem que ter trinta e cinco anos para candidatar-se às eleições.

Não sei se Kim Kataguiri chegará algum dia à presidência do Brasil. Tampouco sei se o planeja. Não quis responder quando eu lhe perguntei. Sorriu de novo. Depois de ter falado de sua idade, explica-me porque decidiu entrar para a política. Farto do Governo de esquerda, indignado com a corrupção e preocupado pela situação crítica da economia, considerou que era um dever envolver-se. Também, é claro, uma oportunidade. Define-se como democrata e liberal. Quero crer. O que não entendo é porque alguém como ele apoiou a Bolsonaro.

– Eu sabia como era Bolsonaro – diz Kataguiri –, porém votei nele no segundo turno, e o fiz para ir contra o PT. Foi uma reação pelo que eu já havia sofrido por parte do entorno do PT: insultos, agressões e inclusive ameaças de morte. De todos modos, tenho que admitir, visto o que Bolsonaro fez como presidente, que me arrependo de ter votado nele. Agora não o faria. E, se voltasse a ocorrer, como é mais que provável, não votarei em nenhum dos dois. Isso eu tenho claro.

Após reconhecer seu erro, consciente da instabilidade e de quão mutáveis são os acordos e a política brasileira, conta-me que o que pode presumir é de não ter votado nunca no PT. Nem todos podem dizer o mesmo. Nem sequer Bolsonaro. Kataguiri sabe que seu partido faz parte do centrão e que não deveria pôr as mãos no fogo por ninguém. Pelo motivo de que a fisiologia está acima da ideologia. Conta-me que na etapa atual o centrão tem mais poder do que nunca. A política de clientela, de troca de favores e benefícios, está na ordem do dia, e Bolsonaro perdeu muita capacidade de decisão como presidente, sobretudo em matéria orçamentária, a favor do presidente da Câmara dos Deputados e dos líderes do centrão.

Segundo Kataguiri, fazendo uma análise meramente política, Bolsonaro mantém os votos do centrão pelas contrapartidas que oferece, porém foi perdendo muitos dos apoios com os quais contou ao princípio, como o seu. Esse panorama, e uma certa vontade de subestimar a força de sua candidatura, poderiam dar uma falsa imagem de fraqueza. A base de Bolsonaro é forte e muitos de seus seguidores são incondicionais. Como são os seus primeiros companheiros de viagem, os militares.

– Nunca havíamos tido tantos militares no Governo como agora – afirma Kataguiri. – Havia mais civis nos Governos militares da ditadura do que agora com Bolsonaro. Rodeou-se de militares, que, portanto, entraram no Governo. Há muito corporativismo; além de repartir muitos cargos entre os militares, o Governo de Bolsonaro também legislou de maneira muito favorável a seus interesses. Sobretudo econômicos. Como por exemplo, permitindo-lhes acumular o salário civil com o militar, sobrepassando assim o teto constitucional. Muitos dos militares que trabalham para o Governo ganham mais do que um ministro.

A maneira com que o capitão Bolsonaro vela pelos interesses de seus antigos companheiros de arma garante sua fidelidade. O apoio dos militares é importante, porém seu peso demográfico é muito pequeno. A principal força eleitoral de Bolsonaro procede de um dos setores da sociedade brasileira que mais cresceu nos últimos anos: os evangélicos.

– Atualmente, esse grande apoio com que conta Bolsonaro – confirma Kataguiri. – Os evangélicos estão muito politizados e sua influência é cada vez maior. Não entendo como o catolicismo perdeu tanto espaço no Brasil. Haveria que se fazer um bom estudo sociológico para fazermos uma ideia. Minha mãe é evangélica. Antes era católica, porém começou a frequentar a igreja evangélica e se converteu... Acredito que é mérito dos pastores evangélicos, que quiçá utilizem uma linguagem mais popular que a dos sacerdotes, não sei. Ou talvez o discurso dos pastores seja mais político, mais fervoroso, mais passional.

Kim Kataguiri se detém, olha o relógio e nos diz que tem que pegar um avião, que tem pressa. Pede-nos que o acompanhemos até a porta para poder seguir conversando. Voltamos a colar-nos na parede para cruzar a porta onde, de maneira silenciosa e entregue, trabalha sua equipe. Quando estamos no elevador pergunto-lhe se conhece pessoalmente Bolsonaro e que impressão tem dele. É um tiozão, me diz, um tiarrão, e antes de que possa completar o retrato, seu assistente o remata dizendo que é como Homer Simpson. Nós rimos.

– Não é fácil enfrentar-se com ele – intervém Kataguiri quando acabam os risos. – Cada vez que o critico recebo uma campanha brutal de ataque nas redes. Bolsonaro tem uma autêntica milícia digital a seu serviço, milhares de pessoas e de robôs prontos para fazer o trabalho sujo. Nisso ele leva vantagem ao PT, que no mundo digital está a anos-luz do Bolsonarismo.

Seguimos conversando da influência crescente das redes sociais e de como chegam a ser determinantes na política atual enquanto esperamos nossos respectivos Uber na porta do Congresso. Despedimo-nos.

A VERDADE OS FARÁ LIVRES

Jordi Miró me passou o contato de um pastor evangélico do Lago Norte. Não é um pastor qualquer, trata-se de Josimar Francisco da Silva, presidente do Conselho de Pastores Evangélicos do Distrito Federal, um organismo que reúne mais de três mil pastores de mais de cinco mil igrejas evangélicas da capital. Um motivo de peso para deslocar-me para conhecê-lo. Liguei para ele e ele me receberá em sua igreja. As cifras são incontestáveis e muito esclarecedoras. Nos anos setenta os evangélicos não chegavam a 5 por cento da população. Entre 2000 e 2010, a cifra passou de 15 para 22 por cento. Atualmente, segundo os dados de uma pesquisa realizada pelo Instituto de Pesquisa Datafolha, um terço da população se declara evangélica. O Brasil continua sendo o país que tem mais católicos do mundo, porém neste caso as cifras marcam uma clara tendência à baixa. De uma proporção superior a 90 por cento nos anos noventa, passou-se a 74 por cento em 2000, enquanto que na atualidade só a metade da população brasileira se declara católica. Todas as projeções indicam que na próxima década a religião majoritária deste país será o protestantismo.

Enquanto me dirijo ao Lago Norte, aproveito para recordar meus primeiros contatos com os evangélicos do Brasil. Foi em São Félix do Araguaia há quase quarenta anos, quando visitei pela primeira vez o país. Na rua principal havia três ou quatro igrejas evangélicas com pouca clientela, mas com muita luz, cor e música. Muito à americana. Acredito recordar que Casaldáliga mantinha boas relações com eles. A segunda experiência data de 1986, um ano depois. Viajei para o Amazonas para fazer uma reportagem sobre os indígenas Yanomami, um povo que vivia de maneira muito primitiva, quase sem nenhum contato com a civilização. Quando chegamos a nosso destino, nos encontramos com a surpresa de que com eles – em uma cabana contígua ao grande *shabono* comunitário, para ser exatos – conviviam um pastor evangélico norte-americano, sua esposa e seus dois filhos menores de idade. Todos eles louros de olhos azuis e com o proselitismo à flor da pele. Seu comportamento com a população indígena era diametralmente oposto ao de Casaldáliga, que se regozijava de não haver batizado um só indígena. A família americana dizia que queria ajudar os yanomami, e para isso haviam levado remédios e instrumentos cujos efeitos, logicamente, eram milagrosos a seus olhos. Porém para poder se beneficiar destes prodígios os indígenas teriam que assistir ao ofício que a família celebrava de maneira periódica em sua igreja.

De qualquer forma, a imagem que eu tinha formado dos evangélicos do Brasil, por maior valor vivencial que possa conter, não deixa de ser um tópico: um clichê mais sobre a religião evangélica que não explica sua realidade nem serve para entender o porquê de seu crescimento. Todo o contrário do que faz um livro muito revelador publicado no Brasil pelo antropólogo Juliano Spyer, *Povo de Deus*, que consegue explicar a comunidade evangélica a partir de uma perspectiva nova e séria, longe dos apriorismos e dos estereótipos negativos que a consideram um bando de fanáticos, conservadores e intolerantes, porém também longe daqueles que, por desconhecimento, os menosprezam, subestimando assim a força real que representam. Spyer conta que em 2010, além de fazer o doutorado, trabalhava em um bairro pobre da periferia de Salvador da Bahia, recolhendo documentação para ajudar na campanha presidencial de Marina Silva, uma destacada líder da esquerda que foi ministra de Meio Ambiente no primeiro Governo de Lula. Passou lá dezoito meses, durante os quais conviveu com muitas famílias evangélicas. Pouco a pouco, foi incluindo no estudo que elaborava mais notas e observações sobre esse coletivo, descobrindo, a partir daquela experiência em primeira mão, que entrar em uma igreja evangélica melhora as condições de vida dos brasileiros mais pobres. Comparecer à igreja costuma ir associado com deixar o alcoolismo, e, portanto, diminui a violência doméstica e costuma supor um aumento da disciplina de trabalho, o qual comporta uma melhora na economia, na educação e na saúde de toda a família.

O cristianismo evangélico no Brasil é um fenômeno das classes populares, um terço da população evangélica vive em situação de extrema pobreza. Para muita gente, o fato de converter-se não é tanto fruto de uma revelação mística como o resultado da observação de seus vizinhos do bairro ou favela que já o fizeram. Neste sentido, de maneira parecida às missões católicas, que cristianizam a tempo que ajudam a melhorar a vida do povo, as igrejas evangélicas podem funcionar como um Estado de bem-estar social informal, ocupando espaços abandonados pelo poder público.

Dizer que muitos cristãos evangélicos são pobres equivale a dizer que são negros. Apesar de que se tende a associar a negritude com as religiões de origem africana como o candomblé ou a umbanda, a realidade indica que a maioria da população negra do Brasil é evangélica, com especial preferência por igrejas pentecostais como a Assembleia de Deus. Segundo a tese de Spyer, a predileção dos negros pelo cristianismo de tradição protestante tem a ver com o fato de escolher cultos nos quais não haja segregação. Nas igrejas católicas os ricos e os senhores escolhiam os melhores lugares e costumavam seguir as missas a partir das primeiras fileiras, sentados, enquanto que os pobres tinham que estar de pé ao fundo da sala. A negritude e o racismo, contra a imagem de tolerância e convivência que muitos brasileiros queriam oferecer, são um dos temas ainda candentes e pendentes de resolução deste país.

Entretanto, o cristianismo evangélico não é uma religião somente de pobres. Em absoluto. A Igreja Universal do Reino de Deus, fundada pelo pastor Edir Macedo, em 1977, é uma instituição poderosíssima, que conta com meios de comunicação como a TV Record e milhões de seguidores, muitos dos quais não são precisamente pobres. Pertence ao movimento neopentecostal, e entre as ideias que segue e prega está a teologia da prosperidade, que, como seu nome indica, exorta os crentes a buscarem a felicidade ao mesmo tempo que o benefício econômico. Uma teologia muito capitalista. Outro exemplo de igreja com seguidores da classe média e alta é a Bola de Neve Church, criada em São Paulo pelo Apóstolo Rina, um especialista em *marketing* que se dirige a um público jovem e abastado, e que se caracteriza por usar uma prancha de surf como altar de seu templo principal.

A diversidade de cultos e igrejas que tem neste país é de dar vertigem. Um artigo do jornal *O Globo* dizia que, no Brasil, a cada hora nasce uma igreja evangélica. Não é necessário grande coisa para isso; sejam metodistas, pentecostais ou neopentecostais, basta terem um espaço – que pode ser uma garagem, um quiosque ou um barracão – e um nome. Este é outro dos elementos importantes. A lista de nomes, longuíssima, nos dá uma ideia da variedade e da criatividade de seus autores: Igreja Evangélica Jesus é o Comandante, Igreja a gosto de Deus,

Associação Evangélica Fiel Até Debaixo D'Água, Igreja Bailarinas da Valsa Divina, Igreja Evangélica Pentecostal Cuspe de Cristo...

A igreja a qual me dirijo, no Lago Norte, um bairro ao norte de Brasília, se chama Assembleia de Deus do Planalto – ADPLAN, um nome decididamente discreto se o compararmos com os da lista que acabamos de repassar. O condutor do Uber demora bastante a encontrá-la. O endereço que nos passaram está na periferia de um bairro afastado da classe média da região norte da cidade. Vemos uma fábrica de tijolos, algumas casas isoladas, um depósito que parece abandonado e um edifício moderno de placas metálicas e vidros polarizados que poderia ser perfeitamente uma concessionária de veículos elétricos de última geração. Depois de dar algumas voltas pela região, perguntamos na fábrica e nos confirmam que o que nos havia parecido uma concessionária de carros de luxo é, efetivamente, a igreja que estávamos procurando.

O pastor está trabalhando na parte de trás, por isso não me ouve quando bato na porta. Acompanhado por dois operários – ou, quem sabe, talvez por dois fiéis seguidores –, está no alto de um andaime realizando tarefas de pedreiro. Quando me vê, deixa o que está fazendo e desce para cumprimentar-me.

– O trabalho não se acaba nunca – diz secando-se o suor da testa. – Sempre estamos em obra! Aqui se reúne muita gente, sobretudo no final de semana, e necessitamos preparar mais espaço para poder receber a todos.

Josimar Francisco da Silva tem boa presença e uma voz potente e cadenciosa. Não importa que estejamos sós, declama como se estivesse diante de um microfone. Deve ter uns sessenta anos muito bem vividos, usa uma camiseta com o lema "Marcha por Jesus, pela família e pelo Brasil", uns óculos de leitura pendurados no pescoço e um relógio dourado de grandes dimensões no punho esquerdo. O interior do templo me impressiona tanto como a fachada. Um salão muito espaçoso com umas quantas fileiras de comodíssimas poltronas estofadas vermelhas. Mais do que uma igreja, dá a sensação de que estamos em uma plateia de cinema. E não só pelas poltronas. No altar, entre o púlpito onde Josimar deve dirigir-se a seus paroquianos com voz firme e a plataforma com os instrumentos para a banda de música, uma enorme tela de LED domina o centro do palco.

Quando o felicito pelo atrevido e original projeto da igreja, que desde fora, à primeira vista, me havia desorientado, me conta que é obra de sua filha, a qual ele formou desde pequena para que fosse arquiteta. A julgar pela qualidade e solidez do edifício, creio que, além da influência paterna, é mais que provável que a filha tenha passado pela universidade para completar seus estudos. Esta não é a única igreja de Josimar; conta-me que tem outras cinco, mas que ADPLAN é a mais importante. Apesar de que poderia viver exercendo somente o papel de pastor, como é o caso de muitos outros, assegura-me que ele o descartou. Ganha a vida como mediador na Promotoria de Justiça, um trabalho, me confessa, de que gosta muito e que lhe parece muito útil para aprofundar-se no conhecimento da alma humana.

Começamos a conversa falando sobre as razões que, segundo ele, determinam que ao finalizar esta década vai haver mais evangélicos que católicos no Brasil.

– É por culpa da cúpula do Vaticano – responde Josimar com rapidez e segurança. –Pode ser que o papa também tenha certa responsabilidade, porém é culpa do rumo que estão dando à Igreja e a sua politização. Eu vejo pelas pessoas que vêm aqui; muitos deles eram católicos, porém se cansaram de que a jerarquia vaticana marcasse sua agenda. O povo é inteligente, as pessoas que vêm aqui são inteligentes e têm uma boa formação. São médicos, advogados... gente preparada. Pois bem, o que querem, acima de tudo, de qualquer outro interesse que possa vir do exterior, é que defendamos a família.

Dada minha reação de estranheza, esclareço-lhe que, pelo que entendi, é a mesma ideia que defende a Igreja católica.

– Não exatamente – replica Josimar ao mesmo tempo em que entrefecha os olhos, aperta os lábios e inspira profundamente. – Vou colocar-lhe um exemplo. A questão da ideologia de gêneros, também os homossexuais... Trata-se de um tema viral em todo o mundo, e há uma grande agenda mundial com uns interesses muito concretos que o Vaticano segue. Para mim, isso não é defender adequadamente os valores da família. Aqui o que fazemos é, lhe colocarei um exemplo: eu batizei homossexuais, gente que chegou aqui como homossexual e que eu converti.

Pergunto-lhe se isso significa que deixaram de ser homossexuais e me responde enfaticamente que sim. Chegando a este ponto, sinto-me incapaz de seguir por essa linha e decido mudar de tema. Dado que Josimar critica uma politização dos católicos que é incapaz de reconhecer nos seus, e vendo o que ele entende por politização, conto-lhe que faz alguns anos conheci um bispo da região do Mato Grosso que sim fazia política, que não o ocultava e que defendia os interesses dos pobres e dos indígenas, lutava para salvar o meio ambiente e a vida na região e passou a vida enfrentando-se aos poderosos que se aproveitavam da situação de desigualdade para enriquecerem.

– Isso que me explica está muito bem – responde Josimar, aparentemente sem excessivo interesse pela história de Casaldáliga. – Sei que há muitas injustiças, é inegável, mas também que há muitos interesses internacionais em torno das riquezas de nosso grande país, e que o Vaticano, que por algo é um Estado, está condicionado e deve dobrar-se ao que impõem os demais Estados, que têm interesses muito concretos. O Vaticano tem que fazer o que lhe dizem.

O discurso de Josimar é muito elementar e básico, um discurso mais adequado para ser gritado desde um púlpito do que para uma conversa, mais tendente a ir contra alguém do que a favor de algo. Ele o confirma quando começamos a falar de Bolsonaro e Lula. Confessa-me que, logicamente, votou em Bolsonaro, como quase 70 por cento dos evangélicos nas últimas eleições presidenciais, mas também o critica. Seu comportamento durante a pandemia e as grosserias constantes do Capitão são difíceis de justificar. Não obstante, o defende. O faz como esses pais aos que sempre lhes parece divertido o comportamento de um filho travesso e acabam perdoando-lhe por muito que arrume confusão. Um nível de tolerância que se transforma em muito abaixo do zero quando se refere a Lula e à esquerda.

– Por que você acredita que voltaremos a votar em Bolsonaro? – pontua Josimar. – Porque tem uma agenda muito clara em defesa da família que a esquerda não tem. Sabia que a esquerda pretendia impor uma lei, agora não me recordo como se chamava, para permitir o matrimônio entre pais e filhos? Você imagina? Uma lei que permitiria que eu me casasse com minha filha... Parece incrível, porém a esquerda está tratando de aprovar essa lei no Congresso; por sorte, temos deputados evangélicos que apoiam Bolsonaro e que estão conseguindo frear semelhantes indignidades.

Surpreende-me a veemência com que Josimar clama diante de mim contra essa lei, da qual nunca ouvi falar. Dá medo. Não quero nem pensar como deve ser o discurso quando tem o auditório cheio de público. Ele deve ser muito convincente e seguro que faz com que tremam até as bases. Explica-me que a esquerda é muito consciente da influência dos pastores evangélicos; daí querem atraí-los e investir em igrejas para canalizar a seu favor sua mensagem.

– Tentaram comprar-me – diz Josimar baixando discretamente o tom de voz –, puseram um maço de dinheiro em cima da mesa. Disseram-me que eu era um líder muito influente e que queriam que os ajudasse. Entretanto não o fiz, não. Porque então minha igreja seria uma farsa e não seria verdade. Eu sempre falo a verdade. É o mais importante. A verdade é a Bíblia.

Ao final da conversa me conta uma história com a que remata a sua aversão à esquerda. Me diz que, faz alguns anos, um diácono aproximou-se de sua igreja e lhe disse que estava apaixonado pelas poltronas vermelhas, que gostava muito delas, isso fez que sua esposa ficasse desconfiada.

– As mulheres têm um sexto sentido do qual os homens carecemos – especifica Josimar. – Aquela paixão pelo vermelho levantou suspeitas de minha esposa. Nós temos uma grande tela, e sempre, ao final do ato, projetamos a bandeira do Brasil, fazemos soar o hino nacional e rezamos pelo nosso país e nosso presidente. Minha mulher observou que ele nunca ficava para escutar o hino nem rezava pelo presidente. Decidi, então, mudar a ordem e, por surpresa, o coloquei na metade da reunião. Não pôde resistir e saiu do local. Aí o pegamos. Perguntamos-lhe o que estava acontecendo e já não pôde seguir fingindo. Confessou-nos. Sim, era petista.

Uma sonora gargalhada do pastor Josimar põe fim à história do petista apaixonado pelas poltronas vermelhas, uma metáfora singular a respeito de como a intuição feminina é capaz de vencer o comunismo. Assim acaba nossa conversa. Pergunta-me se quero acabar a visitação da igreja e me conduz a seu escritório. É um escritório espaçoso, cheio de flores e fotografias familiares, em cujas paredes estão pendurados uma infinidade de títulos e diplomas que dão crédito à sua capacidade e preparação como pastor evangélico. Despedimo-nos com um forte aperto de mãos e, antes de que eu saia, insiste em fazer-me um obséquio: uma bandeirinha de Israel. Agradeço-lhe o detalhe. Não tenho a mínima ideia do porquê me presenteia, nem do que farei com ela.

O discurso politicamente apolítico de Josimar não consegue ocultar seu anticomunismo visceral. Para encontrar a origem e a autoria dessa linha de pensamento, é conveniente conferir os chamados Documentos da Santa Sé, desclassificados há alguns anos, ao cumprir-se o prazo máximo estabelecido pela lei para que deixassem de ser secretos. Elaborados por um *think tank da CIA* (grupo de especialistas) que se reuniu na Santa Sé entre os anos de 1980 e 1986, esses documentos foram determinantes para marcar a linha de atuação dos Estados Unidos em sua tentativa de frear o crescimento da esquerda na América Latina. Entre muitas outras propostas, como fazer cair Governos, debilitar determinadas economias, potenciar o populismo de direita e utilizar a luta contra o narcotráfico para financiar grupos paramilitares que atuarão contra os militantes de esquerda, um de seus objetivos mais estratégicos era a expansão da fé evangélica neopentecostal. Lawrence E. Harrison, que colaborou muitos anos com a CIA, deixou escrito em seu livro: *The Pan-american Dream*. Segundo esse autor, os grandes problemas da América Latina eram a tradição cultural ibérica e católica e a teologia da libertação. Expandir o protestantismo norte-americano tinha uma clara finalidade política: "O crescimento do protestantismo pode, com o tempo, criar uma cultura cívica que transformará permanentemente o cenário político da América Latina, e em especial o do Brasil".

Da conversa com Josimar também me impactou a referência à lei que permite o matrimônio entre pais e filhos. Será verdade? Fazendo uma rápida busca no Google, encontro uma notícia de 2019 – isto é, praticamente dois anos e meio antes de minha entrevista com Josimar – que se viralizou no Facebook: "Repugnante! Os matrimônios entre pais e filhos serão votados na Câmara. Um projeto de lei que legaliza o incesto". A notícia está ilustrada com uma foto de Orlando Silva e de Manuela D'Ávila, deputados do Partido Comunista do Brasil. O primeiro é o responsável pela tramitação da lei em questão, enquanto que D'Ávila é uma destacada líder do partido, e, pelo que pude averiguar, não tem nada a ver com a lei e só aparece na foto porque é muito mais conhecida. A origem dessa notícia falsa é o projeto de lei do Estatuto das Família do Século XXI, cujo objetivo era que se "reconhecessem como famílias todas as formas de união entre duas ou mais pessoas que para isso se constituem, e que se baseiam no amor e na socioafetividade, independentemente do gênero, a orientação sexual, a nacionalidade, o credo ou a raça". A campanha de muitos deputados conservadores, especialmente dos que pertenciam à bancada evangélica, centrou-se em manipular o texto da lei, promovendo interpretações distorcidas e falsas, assim como assegurar que se pretendia legalizar o incesto. Os autores da lei e todos os que defendiam o espírito da modernidade que representava se esforçaram para contrapor essa avalancha de notícias falsas. Explicaram que não era verdade, que tanto o Código Civil como o Código Penal, que continuavam vigentes, impediam claramente o matrimônio entre parentes diretos, e que a única coisa que a nova lei pretendia era normalizar a situação de muitas famílias de acordo com as mudanças que a sociedade do século XXI tinha experimentado, não só no Brasil, mas sim no mundo inteiro. Não adiantou nada. Por mais que se desmentisse, por mais esclarecimentos que foram feitos diante da imprensa e nas redes, prevaleceu a força das notícias falsas. Ao menos nessa igreja, porque isso é o que segue pensando e repetindo o pastor Josimar, totalmente alheio aos reiterados desmentidos oficiais da notícia. Para ele a esquerda quer legalizar os matrimônios entre pais e filhos, e sorte que no Congresso estão Bolsonaro e os deputados evangélicos para impedi-la. Está convencido de que quando possam legalizarão o incesto. Ele o acredita de verdade. Por isso segue criticando. E se, dois anos depois de que se desmentisse oficialmente, ele o disse a mim, também deve seguir proclamando-o e criticando-o em seus sermões, nos quais ele defende os valores tradicionais da família.

Essa é a força das notícias falsas. Acertam no alvo e estão bem construídas e trabalhadas, perduram no tempo por mais que a razão as desminta, e são quase impossíveis de se combater. Sempre haverá alguém disposto a recordá-las e a repeti-las. É como aquela piada de um humorista argentino que retrata um senhor que está vendo a televisão e diz: "Como vai ser mentira se diz exatamente o que penso?".

O bolsonarismo, como Trump e outros líderes da extrema direita, se move comodamente no terreno das notícias falsas e das meias verdades das redes. Por isso, diante do perigo crescente de que possam influir nos processos eleitorais – e dada a impunidade com que essas práticas circulam no Brasil –, o Supremo Tribunal e o Tribunal Superior Eleitoral decidiram intervir para prevenir a difusão de conteúdos mal-intencionados. A pressão judicial se centra nas grandes empresas multinacionais proprietárias das redes sociais, que estão obrigadas a cumprir a legislação brasileira contra as notícias falsas, e devem comprometer-se a exercer um controle sobre esses conteúdos e a retirá-los de circulação se assim o reclamar a justiça. Bolsonaro se manifestou repetidamente contra essas medidas, que alcançaram seu ponto culminante em março de 2022, quando o Supremo Tribunal proibiu o Telegram no Brasil. Foram poucos dias, porque ao final os proprietários do aplicativo aceitaram as condições que lhes foram impostas e recuperaram seu espaço, porém essa suspensão parece um bom exemplo do grau de determinação da justiça brasileira.

Verdade e mentira. Dois conceitos que parecem claros e bem definidos até que se chega o momento em que a fronteira entre ambos se dispersa e se confunde. Sobre a verdade e a mentira recordo uma história que me contou faz alguns anos Paulo Gabriel López Blanco, uma das pessoas que melhor conheceu Pedro Casaldáliga e que mais me ajudou a entendê-lo. Viveu mais de vinte anos a seu lado em São Félix do Araguaia e foi um de seus colaboradores mais fiéis e leais. Paulo Gabriel me explicou uma fábula judia: um dia muito caloroso, a verdade e a mentira, que iam juntas dando voltas pelo mundo, decidem banhar-se no mar. Depois de um momento de imersão, a mentira foi a primeira a sair da água. Dirigiu-se ao lugar onde ambas haviam deixado as roupas, vestiu com a da verdade e escondeu a sua onde ninguém pudesse encontrá-la. E assim é como, desde então, a verdade vai nua pelo mundo, enquanto que a mentira vai vestida com a roupa da verdade.

Pensando nessa velha fábula judia após o encontro com Josimar, me dou conta de que geralmente o que importa não é tanto se algo é verdade ou mentira, senão como nos posicionamos diante desse dilema. O que devemos fazer? Só existe uma verdade e temos que limitar-nos a buscá-la? Assumir que a tendência natural das pessoas para defender seus interesses é distorcer a realidade à sua conveniência até chegar ao engano e, portanto, todo o mundo mente? Ou por acaso temos que respeitar qualquer afirmação ou posicionamento, seja qual for. Porque desde o momento em que alguém acredita se converte em sua verdade e, por consequência, não podemos dizer que ninguém mente porque tudo é verdade?

Perdido nessas disquisições filosóficas, em meio da permanente batalha ideológica e viral entre a extrema-direita e a esquerda que vem marcando uma das campanhas eleitorais mais tensas que se viveram no Brasil, chega o momento de reunir-me com Paulo Maldos e Gilberto Carvalho. Este último segue sendo um dos dirigentes máximos do PT, e por isso combinamos na sede do Diretório Nacional. Está no centro e, para variar, em vez de utilizar Uber vou de táxi. O taxista se chama Medeiros, porém se trata de um "nome de guerra", pontua, porque seu verdadeiro nome é Antônio Oliveira. É da Paraíba, no Nordeste. É um homem robusto de uns cinquenta anos. Começa criticando o preço da gasolina, nisso não há diferença dos condutores de Uber com os quais falei até agora. Imediatamente depois lhe pergunto porque a gasolina está tão cara. Então – primeira novidade –, onde os outros davam de ombros, me dá uma resposta.

– A gasolina aqui está nas nuvens porque a compram em dólares – sentencia Medeiros.
Deduzo erroneamente que o taxista está criticando o Governo. Nada mais longe de sua intenção.
– Eles não têm culpa – pontua Medeiros. – Tem uma conspiração organizada contra Bolsonaro. O problema é que os juízes não lhe deixam fazer nada e a oposição não faz mais do que colocar dificuldades.
Tento contradizê-lo, acima de tudo para animar a conversa, porém em seguida comprovo que o taxista não está para sutilezas nem matizes.
– Olhe, eu votei no Bolsonaro e o farei novamente – me corta Medeiros. – Sei que fora do Brasil ele não tem boa imagem, porque é verdade que às vezes ele passa um pouco... é muito sincero. E é isso precisamente o que eu gosto nele. Porém não é um corrupto como esses petistas, que nos destroçaram o país.
E assim concluí a conversa, porque chegamos a meu destino. Despeço-me de Medeiros com a clara sensação de que para ele, apesar de já fazer mais de três anos que Bolsonaro governa, apesar de seu estilo controvertido e polêmico, apesar dos casos comprovados de corrupção que foram descobertos em seu Governo, os responsáveis seguem sendo os de antes.
Dois detalhes me chamam poderosamente a atenção quando chego ao Diretório Nacional do PT. O primeiro é que na porta do edifício não há nenhum sinal visível que indique que ali está o órgão máximo de Governo do partido; o outro, as duas enormes estrelas vermelhas de cinco pontas que se destacam, como única decoração, nas paredes do escritório de Gilberto Carvalho. Trata-se de uma sala ampla, com uma mesa longa e uma escrivaninha onde se destacam duas fotografias dos presidentes Lula da Silva e Dilma Rousseff.
Sentamo-nos à mesa longa, ao lado de Carvalho está Paulo Maldos. Alegro-me em vê-lo novamente. Compartilho com eles a situação que acabo de viver com o taxista e nos rimos de sua grosseria, porém, percebo uma ponta de preocupação, porque ambos são plenamente conscientes de que tem muito mais gente que pensa como Medeiros.
– Bolsonaro é a encarnação da maldade pura – intervém Paulo Maldos para iniciar a conversa. – É algo que está em suas origens, em seu DNA. É capaz de elogiar em público os torturadores da ditadura. Isso é o que fez no *impeachment* de Dilma quando proferiu seu voto contra ela em memória de Carlos Brilhante Ustra, o militar que a havia torturado, em 1970, durante sua prisão; era um autêntico criminoso,

sádico e cruel, que obrigava os filhos das vítimas a assistirem como torturavam seus pais. Por isso digo que Bolsonaro representa o mal. E também pela herança que nos deixa. Sua maneira de agir não faz parte de nossa cultura, porém, não sei como, ele e a extrema direita conseguiram despertar algo que permanecia oculto nos porões da história do Brasil e da alma dos brasileiros, algo que, sem nenhum tipo de complexos, põe às claras o pior de nós.

Parece-me curioso que Paulo Maldos faça referência à maldade. Essa leitura moral da confrontação política se faz exatamente igual, em sentido inverso, no outro lado. Parece que existe uma vontade comum de apresentar a batalha entre direita e esquerda, entre Lula e Bolsonaro, como uma luta entre o bem e o mal. É uma linha de argumentação solidamente construída e difícil de rebater, entretanto me parece mais apropriada para o altar de uma igreja do que para a arena política. De todas as formas, tendo em conta as frases míticas e os momentos estelares protagonizados por Bolsonaro, entendo perfeitamente que a reação de seus adversários e dos destinatários de seus dardos sobrepasse os limites da política e da prudência. Tanto Maldos como Carvalho lutaram contra a ditadura militar e foram vítimas da repressão, como Casaldáliga. Foi nessa época quando se conheceram e estabeleceram um vínculo de amizade e cumplicidade que duraria para sempre. Não deve ser fácil para alguém como eles ter que ouvir o presidente de seu país afirmando que o pior que fizeram os militares foi não matar mais pessoas como você.

Paulo Maldos, além disso, está especialmente indignado pelo retrocesso experimentado na proteção das áreas indígenas. A influência dos ruralistas, o grupo de deputados que defende os interesses dos grandes proprietários de terras, no Governo Bolsonaro, tem prejudicado os mais fracos e tem diminuído as resistências – em alguns casos quase as desmantelando. Os órgãos que em teoria deveriam defender os direitos dos povos indígenas e do meio ambiente, a Funai – Fundação Nacional do Índio,[1] e o Ibama – Instituto Brasileiro de Meio Ambiente e dos Recursos Naturais Renováveis. A terra, sempre a terra. Por grande que seja o Brasil, por terra que tenha, nunca será suficiente quando a ambição é infinita e passa por cima da história, da natureza e da vida daqueles que foram os primeiros habitantes deste grande país. A causa indígena, da mesma forma que para Casaldáliga, tem sido uma

---

[1] Atualmente: Fundação Nacional dos Povos Indígenas.

constante na trajetória de Maldos. Precisamente, essa foi sua principal responsabilidade nos anos em que esteve nos Governos de Lula e Dilma.

— Tudo começou em 1972, quando estudava Psicologia na Universidade de São Paulo — conta Maldos. — Tive a sorte grande de que me mandassem fazer um curso nos Estados Unidos, na Harvard, onde encontrei-me com um grupo de estudo cujos membros não faziam mais do que perguntar-me pelos indígenas. Queriam saber qual era a sua situação e quais eram seus principais problemas. Eu não tinha nem ideia. Indígenas? Não sabia nada deles. Vivíamos em plena ditadura, e desse, como de muitos outros temas conflitivos, mal se falava. Pediram-me que quando voltasse para o Brasil fizesse todo o possível para interessar-me por esse tema. E assim o fiz. Durante alguns meses busquei informação e me mantive alerta a respeito de tudo o que se publicava nos meios sobre a problemática indígena. Foi então que ouvi falar de Casaldáliga pela primeira vez. Dedicava-me a recortar qualquer notícia sobre os indígenas que saísse nos jornais, e pareceu-me curioso que em todas se repetisse o mesmo nome: Pedro Casaldáliga, um religioso que levantava a voz para defendê-los. "Tenho que conhecer a esse homem", me disse. E o consegui poucos meses depois, quando ele foi dar uma palestra na PUC, a Universidade Católica de São Paulo. Todavia me emociono ao recordá-lo. Nunca tinha visto ninguém falar dessa maneira, com aquela força, com aquela contundência, e, ao mesmo tempo, com um senso de humor que desconcertava a todo o mundo. Aquele dia, desafiando a censura, falou de tudo: dos indígenas, da guerrilha, dos militares... Para mim foi uma catarse e também uma epifania. Conquistou-me definitivamente para a causa e o segui de maneira incondicional.

Gilberto Carvalho escuta emocionado Paulo Maldos falando de Casaldáliga. O sentimento de admiração é plenamente compartilhado. Como também são comuns a preocupação e a raiva quando falam do processo de involução que, segundo eles, provocou o Governo de Bolsonaro.

— Bolsonaro foi como o antigênio da lâmpada que, com sua aparição, não só rompeu o candeeiro, mas também despertou o que há de pior do povo brasileiro — insiste Gilberto Carvalho, preocupado pela herança que deixará o bolsonarismo no país. — Impulsionou uma moral fundamentalista, fanática e neofascista que arraigou na cultura popular. O Brasil sempre foi um país hipócrita: dizíamos que não éramos racistas, mas o éramos e muito; dizíamos que éramos pacíficos, porém sempre fomos violentos. Entretanto antes existia uma certa contenção que agora já não temos, e tudo isso tornou-se legítimo. Esse é o grande problema que nos deixa Bolsonaro como herança: não só destruiu a economia e o meio ambiente, como também ocasionou um dano irreparável na cultura e na convivência dos cidadãos deste país.

Entendo perfeitamente a frustração de Paulo Maldos e Gilberto Carvalho, e poderíamos passar muito tempo repassando todas as coisas horríveis que Bolsonaro fez, porém, dado que eles são quem são e tiveram responsabilidades no Governo e no PT, interessa-me muito mais saber o que é que eles fizeram malfeito e por que perderam a confiança de muitos de seus seguidores.

– A explicação não é simples – diz Gilberto Carvalho. – Porém me atreveria a afirmar que, paradoxalmente, nosso grande milagre econômico, conseguir que mais de quarenta milhões de brasileiros deixassem de passar fome, acabou voltando-se contra nós. Os brasileiros deixaram a pobreza extrema para trás para converter-se em consumidores, porém o que não prevíamos é que durante esse processo iam ver-se apanhados pelo discurso das televisões comerciais e pela mentalidade da classe média tradicional, que são individualistas, sexistas e violentos.

Entretanto essa, logicamente, não é única explicação. Gilberto Carvalho está convencido de que um de seus grandes problemas foi que, além do distanciamento experimentado por alguns beneficiários das medidas contra a pobreza, o fato de havê-las tomado afetou diretamente os interesses das grandes empresas e dos grandes proprietários, que nunca o perdoaram. Enfrentar-se com a oligarquia, segundo ele, acarretou suportar uma duríssima campanha contra financiada pelos norte-americanos, que contou, além disso, com a cumplicidade da maioria dos grandes meios de comunicação do país.

– E tudo isso apesar de nossa prudência – afirma Carvalho. – Porque quando estivemos no Governo fizemos grandes concessões e agimos com extrema moderação. Ainda assim, tocamos determinados interesses e não nos perdoaram.

Vendo como funciona a política brasileira, essas concessões e essa moderação deviam ser de obrigatório cumprimento em função dos pactos necessários para governar. Em todo caso, a disposição política, talvez mais de Lula do que do PT, não é tão extremista como alguns queriam pintá-la. Inclusive quando lhe pediam que se definisse, Lula geralmente evitava declarar-se de esquerda e respondia que ele sempre foi torneiro mecânico e sindicalista. E, como bom sindicalista, sua carreira foi marcada pela cultura do pacto e pela vontade de entender-se com todo o mundo. Porém, francamente, não acredito que a ascensão de uma grande massa de deserdados para a classe média nem a moderação no Governo sejam argumentos suficientes para explicar o que ocorreu ao PT. Por isso lembro a Carvalho que levamos um tempo conversando e que ainda não tocamos no tema da corrupção.

– A direita, no Brasil e em todas as partes, amigo Escribano – diz Carvalho em tom mais circunspecto, porém buscando uma maior proximidade –, quando quer atacar a um Governo popular se fixa em dois aspectos: a moral e a corrupção. Crucificaram-nos porque disseram que destruíamos a família e que éramos corruptos. E a verdade é que eles ganharam a batalha da comunicação.

Não digo que não, porém, sem contradizê-lo, faço-lhe uma rápida revisão dos casos comprovados e confrontados de corrupção durante os anos em que estiveram no Governo. Uma realidade impossível de ignorar.

– Você tem razão, tivemos casos de corrupção e de pessoas no PT que se enriqueceram de maneira ilegal – reconhece Carvalho com tristeza. – O partido tornou-se permeável a um sistema e a uma maneira de fazer política que era prática comum no Brasil. E quando isso começou a ser feito por gente nossa foi quando passou a ser denunciável. Não lhe nego, alguns de nossos cargos entraram em contato com empresários que, em troca de determinados privilégios, financiavam campanhas e os subornavam com presentes. Ocorreu e não soubemos como reagir. Falhamos na comunicação e na pedagogia.

A tese de Carvalho é que o PT não soube explicar-se e não pôde contrapor-se à poderosa campanha de comunicação contrária a ele. Também acredita que não educaram adequadamente seus correligionários. Diz que nunca tiveram poder real, que chegaram ao Governo, porém se deixaram levar pela inércia dos poderes factuais.

Não tivemos a força necessária para mudar o sistema – confessa Carvalho. – Vou colocar-lhe um exemplo, verá que loucura: nós tínhamos o Ministério das Comunicações, que é o que regula a concessão de rádios e televisões, e em vez de utilizá-lo para fortalecer a base democrática da informação e potenciar cooperativas de jornalistas ou iniciativas de base popular, seguimos a corrente de maneira péssima; concedemos um montão de novas licenças às igrejas evangélicas, à Igreja católica conservadora e aos grandes grupos de comunicação, que contavam com muitas outras.

A conversa com Gilberto Carvalho e Paulo Maldos me ajuda a entender melhor o que aconteceu com o PT, porém continua havendo situações que não consigo explicar-me, e acredito que a eles também acontece a mesma coisa.

– Há uma pergunta muito incômoda para nós: por que o povo não saiu às ruas para defender-nos? – argumenta Carvalho referindo-se à pouca mobilização popular que houve quando tiraram a Dilma Rousseff do Governo com o *impeachment*. – Houve manifestações, é claro, porém ia nossa militância e um pouco mais. Buscando uma explicação, acredito que para muitos o conflito entre Dilma e Temer era uma briga entre brancos. Fomos nós os que falhamos porque não soubemos explicar a quantidade de direitos que estava em jogo e o retrocesso que suporia a vitória do golpe. Não o fizemos e o povo ficou em casa. Por isso agora, se voltarmos a ganhar, decidi que não irei para o Governo. Quero dedicar-me à formação, sentar as bases para poder mudar realmente as coisas.

Por mais vocação e vontade pedagógica que tenha Gilberto Carvalho, o desafio é gigantesco. O panorama social e político do Brasil não tem nada a ver com o que tinha o PT em suas origens. Nos anos oitenta, imediatamente depois da ditadura, contava com uma base sólida e variada de aliados, começando pelo movimento da teologia da libertação, as comunidades de base e o MST, o Movimento dos Trabalhadores Rurais sem Terra, e nas favelas e nos bairros populares ainda não se haviam perdido os costumes rurais comunitários. Atualmente todos esses movimentos estão ganhando terreno e nas favelas, com a presença predominante das máfias e as milícias, a violência é a cultura dominante.

– No princípio, muitos dos que chegávamos à política procedíamos da fé – conta Carvalho. – Porém, sabe o que aconteceu? Que, uma vez metidos na política, muitos dos que seguiram esse processo se desfizeram da fé e perderam o sentido da ética. Isso é o que devemos recuperar; precisamente o mesmo que eu aprendi há muitos anos de Pedro Casaldáliga. Recordo como se fosse ontem a primeira vez que o vi. Fazia pouco que me havia casado e vivia em uma barraca de madeira na favela de Rio Belém, em Curitiba. Foi ali onde o conheci, e isso me marcou para toda a vida. Casaldáliga significou muito para mim, sobretudo, a possibilidade de unir luta política e espiritualidade. Isso é precisamente o que mais tenho saudade e o que gostaria de recuperar.

A Gilberto Carvalho, como a Paulo Maldos, se ilumina o rosto quando fala de Pedro Casaldáliga. A partir desse momento já não mudam de tema, a recordação de sua figura monopoliza a conversa. Recuperamos relatos, frases, pequenas histórias e grandes lutas vividas a seu lado. Compartilhamos vivências para devolvê-lo à vida, porque nos resistimos a aceitar sua ausência. Porque para nós nunca morrerá.

– O dia de seu enterro fiz uma loucura – confessa Gilberto. – Peguei um carro e dirigi sozinho, sem parar, até São Félix. Mais de vinte e quatro horas de caminho. Aquela viagem foi, para mim, um retiro. Supôs uma espécie de imersão em sua memória, e passei todo o trajeto conversando com ele. Foi muito especial. Para mim Casaldáliga foi um sinal profético, a mão de Deus em minha vida. Como também foi muito forte assistir à cerimônia de sepultura lá, junto ao rio Araguaia, naquele lugar tão simples, à sombra de um frondoso pequizeiro e em companhia das muitas pessoas que o amavam e as quais ele amava, das pessoas da prelazia, dos indígenas de Marãiwatsédé...

Marãiwatsédé, um nome que ressoa com força. A última batalha de Casaldáliga. Sua última grande vitória. Para Paulo Maldos e para Gilberto Carvalho, um motivo de orgulho.

– Foi o dia mais feliz de minha etapa no Governo – confirma Carvalho. – O dia em que os indígenas voltaram para Marãiwatsédé.

Foi um longo e tortuoso processo que, por sorte, acabou com êxito. Os indígenas Xavante, que haviam sido expulsos de sua terra na década dos sessenta, recuperaram-na em 2013. Entre essas duas datas, uma longa luta liderada por um punhado de indígenas e por Pedro Casaldáliga. Ameaçaram-nos de morte e, como consequência disso, Casaldáliga teve que esconder-se por um tempo. Seu último exílio, as últimas ameaças, sua última grande vitória. O papel que tiveram Maldos e Carvalho desde o Governo foi determinante. Tiveram que enfrentar-se com os interesses dos latifundiários. Também houve uma forte oposição em suas próprias filas por parte de pessoas mais próximas ao agronegócio do que aos indígenas. Ambos, com a satisfação do dever cumprido, explicam-me as dificuldades que tiveram que superar e me animam visitar Marãiwatsédé. Falam-me do Cacique Damião e dos indígenas Xavante. Sem dúvida, quando chegar a São Félix irei visitá-los. Também me dizem que a luta continua, que os ruralistas seguem apelando nos tribunais e que buscam a aprovação de uma lei que lhes permita expulsar novamente os indígenas. No Brasil nunca se pode cantar vitória quando se enfrenta aos interesses dos latifundiários e das oligarquias. A terra. Sempre a terra.

UM DEUS ARMADO

Antes de ir-me de Brasília volto ao Congresso. Quero entender melhor o conflito da terra e não posso limitar-me ao que sei graças à experiência vivida em minhas viagens anteriores. Tenho que documentar-me e colocar-me em dia. Na essência, pelo que entendi, o problema segue sendo o mesmo; no entanto, a maneira com que evoluiu nesses últimos anos acrescentou diferenças mais que significativas. Devo escutar também outras vozes. Por isso voltei aqui, ao imponente edifício do Congresso. Quero falar com a bancada do boi, a FPA, a Frente Parlamentar Agropecuária, que representa os interesses dos fazendeiros, os grandes proprietários de terra, e as multinacionais agrícolas. Eles são, precisamente, aqueles aos quais sempre se enfrentou Casaldáliga; os mesmos aos que, em seus primeiros anos em São Félix do Araguaia, fez o firme propósito de não voltar a tratar de mais nenhum assunto. Dizia que deles não tinha que aceitar nem uma carona; os mesmos aos quais maldisse e excomungou – bem, não a eles, diretamente, senão que maldizia suas cercas e excomungava as suas fazendas –; os mesmos que tiveram a força suficiente para frear qualquer tipo de tentativa de reforma agrária e que, ao mesmo tempo, souberam tornar-se imprescindíveis nos diferentes Governos que foram se sucedendo no Brasil após a ditadura para conseguir mais poder e riqueza.

Pedi uma entrevista com o presidente do grupo, Sérgio Souza, um deputado declaradamente bolsonarista que se caracteriza pela defesa encarnada do agronegócio, do progresso e da riqueza que, segundo ele, gera e, ao mesmo tempo, nega sistematicamente as ilegalidades e as irregularidades das quais é acusado. Quando explico a seu Departamento de Imprensa que vou escrever um livro sobre o legado de Casaldáliga e lhes apresento os temas dos quais quero falar, percebo uma notável diminuição de seu interesse. Convidam-me amavelmente a colocar-me em contato com eles um outro dia, e quando lhes digo que não sei quando poderei voltar a Brasília me respondem que, bom, então faremos a entrevista por videoconferência (ao longo de muitos meses, e de numerosas comunicações por WhatsApp nas quais me dizem que sim, porém não, ainda não me deram carona e, todavia, estou esperando a entrevista).

Para entender as raízes e, sobretudo, a evolução do conflito da terra no Brasil, há que se ter presente que o que começou sendo um problema mais local de luta pela propriedade e pela sobrevivência, pouco a pouco, foi se globalizando até converter-se em uma crise que afeta a alimentação e a sustentabilidade do mundo inteiro. O protagonismo e o grau de afetação da Amazônia nesse conflito justificam esse salto de escala. Seu grande valor ecológico é indiscutível. Funciona como um grande pulmão do planeta, ou, ao contrário, como alguns cientistas precisam, como um gigantesco aparelho de ar condicionado; para medir o que há em jogo, deve-se levar em conta que recicla uns 20 por cento da chuva mundial e que é o ecossistema terrestre mais biodiverso que existe.

Desde a década dos setenta, quando começou a conquista da Amazônia – entendendo esta área geográfica como a grande extensão de território compreendida pelos nove estados que formam as regiões históricas do Amazonas e do Mato Grosso –, o processo de desflorestamento foi constante e progressivo. Calcula-se que ao longo desse período perdeu-se ao redor de uma quarta parte da selva original. Certamente, não se pode dizer que os brasileiros estejam fazendo algo muito diferente do que antes tinham feito outros países que basearam seu desenvolvimento na transformação e destruição dos ecossistemas primigênios de seus respectivos territórios. A diferença no caso do Brasil é a dimensão da área natural na qual está intervindo e o momento no qual está produzindo-se. Agora. Não obstante. Tampouco é justo culpar unicamente os brasileiros, já que por trás da exploração da riqueza amazônica se encontram também, e desde o princípio, os poderosos interesses das grandes multinacionais.

Antes de que começasse sua conquista, o Amazonas era muito mais que uma região de um país em crescimento, era um mundo inexplorado, um mistério a ser descoberto. Conseguir que a civilização chegasse até lá parecia um objetivo impossível. Porém estamos falando do Brasil: quem ousaria colocar dúvida na capacidade de um país que acabava de construir uma capital futurística no meio do Cerrado? Conquistar a Amazônia? Por que não? Esse objetivo, povoar e explorar o interior do Brasil, foi precisamente um dos grandes projetos nacionais que impulsionou o Governo militar quando chegou ao poder. Os motivos que havia por trás dessa decisão estratégica eram muito diversos, como também o eram os interesses que a incentivavam. Todo um estímulo para vencer as enormes dificuldades às quais teriam com que se enfrentar.

De início, qualquer projeto que se apresentasse o Governo brasileiro naquele momento devia assumir a realidade de uma angustiosa dívida que não deixava margem para muitos inventos. Especialmente porque a crise econômica gerada pelas políticas expansionistas dos Governos anteriores era uma das causas diretas da chegada dos militares ao Governo. Com esse precedente, o novo regime não impulsionou esse projeto com a intenção de realizar um grande investimento de recursos públicos. O objetivo era bem o contrário: os militares pretendiam obter o máximo rendimento econômico. E, de passagem, também pretendiam aliviar a pressão que começavam a sofrer as grandes cidades brasileiras com a chegada de uma autêntica legião de deserdados da terra, os quais, como já era uma constante, fugiam da seca e da miséria do Nordeste e, pelo que parecia, não tinham mais alternativa do que a miséria urbana das favelas.

Entretanto o que mais estimulava os militares, quase tanto como sua participação nos futuros benefícios provenientes das riquezas amazônicas, era garantir a integridade territorial brasileira. O fato de que aquela região delimitasse a fronteira com outros países, fosse tão vasta e estivesse tão pouco povoada supunha um perigo, uma ameaça. Pensaram que habitá-la era a melhor maneira de ocupar o território e assegurá-lo. O *slogan* oficial era "Integrar para não entregar". Muito militar. Decidiram oferecer aquela enorme extensão de terra de ninguém – porque os indígenas naquela época eram considerados praticamente como "ninguém" – ao primeiro que chegasse. A lei Posse, que garantia que alguém que tomasse posse de uma terra e a trabalhasse durante um mínimo de um ano e um dia podia reclamar sua propriedade, foi um chamamento para milhares de trabalhadores rurais sem terra em todo o país. Então, o Governo militar, como é óbvio, não tinha nenhum objetivo social nem concebia levar a cabo políticas para reduzir a pobreza no país. Assim, pois, ao mesmo tempo em que se ofereciam terras aos pequenos trabalhadores rurais, presenteavam também ao agronegócio. Durante a ditadura militar, as multinacionais e os grandes latifundiários desfrutaram praticamente de passe livre para explorar as riquezas do país e apropriar-se de toda a terra que quiseram.

Apesar das reticências e das dificuldades econômicas que tinha o Governo militar, não se podia conquistar o Amazonas sem criar umas mínimas infraestruturas imprescindíveis. Se o que se queria era povoar a região, havia que se encontrar a maneira de que as pessoas pudessem chegar até lá. Consequentemente, em 1972, iniciaram-se as obras de construção da Rodovia Transamazônica, um projeto faraônico que cruzaria a selva de ponta a ponta e que, junto com a ampliação da BR 163, que se levou a cabo anos mais tarde para unir o Sul do Brasil com a desembocadura do rio em Santarém, abriram a via à transformação definitiva da região.

Entretanto a primeira coisa que chegou através dessas rodovias rudimentares e poeirentas não foi a civilização, mas sim a destruição. Aquelas duas longas linhas traçadas no mapa de início acabaram convertendo-se em duas amplas e profundas feridas que se iam alargando na medida em que avançava o projeto de colonização. Como é de conhecimento, na primeira etapa de qualquer conquista os primeiros que chegam são, por uma parte, as pessoas desesperadas e, por outra, os aventureiros, geralmente indivíduos desalmados e sem escrúpulos. Em todo caso, pessoas que não tinham nada que perder porque nunca tinham tido nada e que estavam dispostas a tudo com tal de conseguir a riqueza que acreditava merecer; além disso, essa avalancha de pessoas que chegou graças às rodovias também o fez muito antes da lei. A conquista das regiões interiores do Brasil fez-se de maneira caótica e desordenada. Era exatamente a situação mais conveniente para aqueles latifundiários e empresas que queriam carta branca para poder construir um novo mundo à sua medida; para ocupar terras, derrubar árvores, queimar a selva e matar qualquer coisa ou qualquer pessoa que se atrevesse a opor-se a eles. Essa foi a realidade com a qual se encontrou Casaldáliga durante seus primeiros anos na região: a lei do mais forte, a impunidade dos poderosos e a ausência absoluta de justiça. Farto de enterrar a posseiros e peões sem nome, assassinados e abandonados como animais, clamava ao céu e removia a terra buscando justiça, divina e humana, porém o povo, resignado, lhe dizia que não se podia fazer muito, que a civilização ainda estava muito longe, que "Deus é grande, porém a selva ainda o é maior"... Por sorte – e por sua teimosia –, Casaldáliga não se conformou, como tampouco o fizeram muitas outras pessoas na região, e decidiu dar as caras e lutar.

As páginas de um clássico da literatura brasileira, *Grande sertão: veredas*, de João Guimarães Rosa, nos oferecem uma boa descrição de como era aquele mundo selvagem e violento. O livro é uma longuíssima conversa, ou melhor, um monólogo, entre Riobaldo, um jagunço, um pistoleiro do sertão, e um interlocutor anônimo e silencioso. O que converte em excepcional essa obra é a maneira com que fala Riobaldo, sua linguagem, uma mescla do dialeto da região de Minas Gerais, de onde é originário, e uma espécie de desconstrução do português culto, o qual faz de sua leitura uma experiência extraordinária, porém desafiante, sobretudo se não se tem um grande conhecimento do idioma, como em meu caso. Tratei de lê-lo mais de uma vez, porém é um objetivo quase impossível. Prende-me a beleza do relato e a maneira de falar de Riobaldo, porém não entendo praticamente nada do que diz. Também tentei com a tradução castelhana, e entendo um pouco mais, porém perco a magia e a música do português culto e retorcido de Riobaldo. Uma maneira de falar me parece familiar porque é como me lembro que o faziam as pessoas do interior que tinha conhecido, as pessoas do sertão. Essa palavra, *sertão*, não tem uma tradução fácil. Por uma parte, faz referência à grande área geográfica semidesértica do nordeste do país, a área de onde procede a maioria da migração interna, por falta de alternativas e de futuro em sua terra. Porém sertão também tem uma definição mais ampla: vale, por extensão, para qualquer território selvagem do interior. É similar a como entendem o Faroeste os norte-americanos: é um território, porém também é um gênero, e inclusive um estado de ânimo. Do livro de Guimarães Rosa fico com uma frase de Riobaldo. Depois de relatar algumas das barbaridades e das selvagerias das quais foi testemunha, depois de ver homens e mulheres "chorar sangue" de puro sofrimento, o jagunço lhe dá um conselho, ou melhor, faz a Deus, uma advertência, por se em algum momento lhe ocorrer pôr os pés nessa terra: "Deus mesmo, quando vier, que venha armado!".

A situação foi melhorando com o passar dos anos; longe estão os tempos de Riobaldo e também os da primeira etapa de Casaldáliga na região, porém isso não significa que a violência e a impunidade desapareceram. A selva segue sendo muito grande e não há notícias de que Deus, armado ou não, tenha feito de fato presença para resolver a situação. Ainda que o negócio tenha mudado ao longo do tempo, não parece que a dinâmica da exploração o tenha feito de maneira significativa. O modo de obter o rendimento da madeira, do ouro, e de outros minerais segue sendo basicamente o mesmo. Há mais controle do que havia antes, isso sim, porém é muito fácil passar por cima. E a apropriação ilegal da terra continua existindo. Os grileiros já não necessitam falsificar os documentos e colocá-los em uma caixa com grilos, agora o trabalho é mais simples: só tem que sentar-se diante do computador. Não é um processo muito complicado. Desde 2012 existe um registro *on-line* chamado CAR, Cadastro Ambiental Rural, que é autodeclaratório. O grileiro registra uma área sem se importar que esteja dentro de uma zona de conservação, ou seja, terra indígena. Uma vez feito isso, o passo seguinte é ocupá-la, retirando, em primeiro lugar, toda a madeira que tenha valor de mercado. Uma vez que se derrubam as árvores mais preciosas, deve limpar-se o terreno. O procedimento acontece sempre da mesma forma: dois tratores colocados em paralelo arrastam uma grossa corrente que arranca tudo o que se vê à frente. Em uma entrevista publicada em 2022 na revista *Piauí*, o proprietário de uma empresa de tratores do estado do Pará dizia que se necessitavam umas seis horas e meia para desflorestar um alqueire, uns dois hectares e meio, que cobravam R$450,00 (quatrocentos e cinquenta reais) por hora e que, atrás dos tratores, passava uma dúzia de peões lançando sementes de capim, uma erva de pasto. Normalmente essa operação costuma ser feita ao final da época de seca para que o capim, graças às chuvas, de dezembro a março, cresça forte. "Logo, em agosto, com a seca, coloca-se fogo em tudo e em pouco tempo o capim cresce novamente e tudo fica bem limpo", conclui o tratorista. Limpo significa sem rastro da vegetação original.

 Se tiver que buscar os responsáveis pela desflorestação da Amazônia, os primeiros da lista são as indústrias madeireira e de gado. Sobretudo a última. Não me refiro às pequenas e médias fazendas disseminadas pelo interior do país, mas sim às grandes fazendas que ocupam áreas de enorme extensão e que utilizam um método de exploração do negócio da carne muito particular. No Brasil, há três vezes mais vacas que pessoas, e, sem dúvida, possuem uma das indústrias de gado menos produtivas do mundo. Enquanto que em alguns países se criam sete vacas por hectare, no Brasil só se cria uma. A abundância de terra, a impunidade e a facilidade para gerar novas áreas de pasto explicam essa falta de rigor e de vontade para otimizar os recursos.

 Aos finais do século XX, apareceu em cena um novo ator no processo de desflorestamento das terras amazônicas. Tratava-se de um novo cultivo que logo se converteria no rei, ou melhor dito, na rainha. Refiro-me à soja. A exploração intensiva dessa nova *commodity* teve um impacto transcendental na agricultura brasileira e no ecossistema da região. Esse *boom* da soja está diretamente relacionado com o crescimento econômico da Ásia. A melhora de vida que experimentaram os asiáticos, especialmente os chineses, nesses últimos anos, está associada a uma demanda progressiva do consumo em matéria de alimentação. Os chineses prosperaram, comem mais carne, e isso implica que tem que se produzir mais ração para alimentar vacas, galinhas e, de maneira destacada, porcos. O que significa também produzir mais soja. Na atualidade, a metade da produção de soja mundial se concentra na América do Sul, na Argentina, Paraguai e, sobretudo, no Brasil, onde se calcula que se destinam trinta e oito milhões de hectares – uma extensão parecida à superfície da Alemanha – às plantações de soja. As condições climáticas do interior do Brasil são ideais para esse cultivo, que além disso se aproveita da permissividade existente na hora de utilizar sementes transgênicas e pesticidas proibidos em outras áreas do mundo, como por exemplo, na Europa. No caso da Catalunha, onde existe uma indústria de gado porcino muito potente – para dar uma ideia de sua importância, cada ano se sacrificam vinte e três milhões de porcos, o dobro de vinte anos atrás –, em 2020, 70 por cento da soja que entrou no porto de Barcelona vinha do Brasil. A Europa não permite a utilização de sementes transgênicas para a produção, porém autoriza a importação de produtos elaborados a partir delas.

 O ciclo depredador da Amazônia, que como vimos começa com a derrubada da madeira e continua com a queimada da selva para introduzir gado, costuma finalizar com a conversão desses pastos em campos de soja. As grandes extensões de território explorado e os escassos problemas que apresenta o sistema de produção garantem um rendimento econômico muito elevado. Algo muito difícil de deter. Mais ainda se levarmos em conta o peso do agronegócio no total do PIB brasileiro: entre 20 e 26 por cento da riqueza do Brasil provém da agricultura. Com esse panorama, o processo de destruição das regiões da Amazônia legal parece imparável.

 Imparável? A verdade é que com uma mínima vontade política não teria que sê-lo. Se nos fixarmos no sistema de exploração da maioria das *commodities* brasileiras, vemos que é muito diverso, variado e complicado de gerir na origem, porém facilmente identificável no destino. Por trás, ou melhor dito, ao final de cada processo econômico, seja ele da carne, da madeira, ou da soja, costuma ter uma multinacional encarregada de comprar, processar e exportar as matérias-primas. Não deveria ser demasiado difícil exercer um certo controle se existisse vontade de fazê-lo. É o que aconteceu com a soja.

Durante a primeira década do século XXI, em pleno *boom*, quando o preço da maioria dos *commodities* estava disparado e o primeiro Governo de Lula financiava suas políticas redistributivas graças a esses benefícios, era compreensível que não houvesse a vontade política necessária. E isso apesar de contar com Marina Silva como cabeça do Ministério do Meio Ambiente. Nascida no estado do Acre, Silva é uma das políticas mais conscientes em matéria de ecologia e com maior sensibilidade com relação aos perigos que ameaçam a Amazônia. Então, apesar da boa predisposição, havia demasiados interesses cruzados para ter o valor suficiente para colocar freio.

Apesar disso, o ponto de inflexão chegou em 2006 com um informe do *Greenpeace* que sinalizava a indústria da soja como uma das principais culpadas da destruição da Amazônia e punha o foco na Cargill, o grande *broker* global da soja, uma empresa norte-americana com sede em Minnesota e mais de cento e setenta e cinco mil empregados. Sua central em Santarém processa e distribui em todo o mundo – é também um porto de saída – milhões de toneladas de soja. A campanha do *Greenpeace* realizou-se em um momento-chave, quando milhões de pessoas começaram a tomar consciência da gravidade da mudança climática, e teve o acerto de dirigir-se aos jovens. Os ativistas souberam transferir a pressão aos clientes dos principais *brokers* de *commodities*, como *shopping centers* e franquias de *fast food*, que viram como sua imagem corporativa terminou afetada e exigiram responsabilidades, solicitando que as cadeias de suprimento fossem mais sustentáveis. A pressão recaiu sobre a Cargill e outros *brokers*, e o efeito foi imediato. Aos finais de 2006, as principais multinacionais assinaram com um grupo de ONGs e o Governo do Brasil uma moratória da soja da Amazônia que proibia sua produção em áreas desflorestadas. Pode parecer uma medida pouco agressiva, mas seu impacto foi imediato. Entre 2006 e 2008, a porcentagem de desflorestamento imputável à soja passou de 30 a 1 por cento.

As medidas relativas ao meio ambiente que tomou o Governo brasileiro não se detiveram aí. O contexto era favorável: o preço das matérias-primas seguia disparado, a opinião pública internacional estava cada vez mais sensibilizada e nem o agronegócio e nem os setores mais reticentes do Governo de Lula impediram que o ministério de Marina

Silva agisse com contundência contra a desflorestação e a destruição da Amazônia. Começou-se por fazer respeitar a lei que obriga a preservar 80 por cento da vegetação original nos nove estados da Amazônia legal. Isso implica que somente se pode explorar 20 por cento do território. Nas demais regiões brasileiras a proporção é 50/50. Porém a medida mais efetiva que o Governo tomou foi a de impedir que se explorasse qualquer área que houvesse sido desflorestada de maneira ilegal ou que não respeitasse a proporção de 80/20. Paralelamente, seguindo o exemplo de êxito com a soja, transferiu-se a pressão às multinacionais compradoras de matérias-primas. Tal e como se havia feito com a Cargill, buscou-se a implicação e a colaboração com as grandes empresas madeireiras e de carne, como a JBS, Marfrig e Minerva. Elas foram pressionadas para que não comprassem nem madeira nem animais provenientes das áreas ilegais. Além dessa ação sobre os compradores, dotaram-se de recursos os agentes que tinham que lutar contra a desflorestação sobre o terreno. O mais efetivo foi utilizar as fotografias de satélites da Nasa, China e Índia para detectar as áreas onde se estava queimando ou desobstruindo a selva. O resultado dessas políticas foi espetacular: entre 2004 e 2014 o desflorestamento reduziu-se em 82 por cento.

Entretanto essa contundência na ação de meio ambiente logo se acabou. A crise econômica, que golpeou com força o Brasil a partir de 2013, fez com que se desabassem os preços das matérias-primas, e então a pressão sobre o Governo e o agronegócio para rebaixar o rigor das medidas tornou-se irresistível. Tampouco se resistiram muito. À frente do novo Governo que surgiu após o *impeachment* de Dilma Rousseff estava Michel Temer, um homem com conexões mais que estreitas com o agronegócio, e, para acabar de arrematá-lo, em 2019, chegou Bolsonaro.

Todos os dados oficiais e oficiosos o corroboraram. O processo de conservação que se havia iniciado na primeira década do século XXI se reverteu. Apesar da resistência interna e da pressão internacional, a desflorestação e as queimadas aumentaram de maneira progressiva nesses últimos anos. Os dados confirmam que durante esta legislatura duplicou-se a extensão do território desflorestado. A cada ano se perdeu um milhão de hectares na Amazônia, o que significa que nos primeiros anos de Bolsonaro destruiu-se uma extensão similar à superfície da Catalunha. Em uma primeira tentativa de defender-se da avalancha das críticas recebidas, que apontavam diretamente a ele e a sua conivência com os ruralistas, Bolsonaro afirmou em sua intervenção na Cúpula das Américas que "o agronegócio brasileiro não é o responsável pela situação porque não necessita da Amazônia para expandir-se". A realidade, contudo, contradiz suas palavras. A principal causa da desflorestação da Amazônia durante seu mandato foi o agronegócio, especialmente a pecuária. Os grileiros continuaram ocupando e explorando novas terras de maneira ilegal. Não importa que sejam terras indígenas ou terras protegidas. Encontraram a maneira de esquivar-se das proibições, e uma porcentagem importante da madeira, dos minerais e, sobretudo, da carne provém de explorações ilegais. Também conseguiram evitar a proibição que as multinacionais têm de comprar seus produtos – a lei estimulada por Marina Silva segue vigente. O sistema que os grileiros utilizam é uma prática generalizada em toda a Amazônia. Um informe recente do *Center for Climate Crime Analysis* e da *Organised Crime and Corruption Reporting Project*, duas ONGs internacionais, explica como o fazem. Centraram sua investigação no sudeste do estado do Pará e na Floresta Nacional de Itacaiúnas, documentaram e denunciaram 48 grileiros que ocupavam uma área de 20.848 hectares. Como suas fazendas, ao encontrarem-se em áreas desflorestadas, são ilegais, em teoria não podem vender seus animais às empresas de carne e frigoríficas. Porém quando falta pouco para mandar os animais ao matadouro, eles os transferem para outra fazenda situada, esta sim, em uma área legal e conseguem vendê-los sem problema de maneira indireta. Essa operação se conhece com o nome de lavagem da boiada. Para colocar um exemplo do volume do negócio que isso representa, essas ONGs descobriram que entre 2018 e 2021 nessa área do Sudeste brasileiro foram transferidos mais de noventa mil animais de fazendas ilegais. Isso significa que foram necessários mais de dois mil caminhões para realizar a transferência. É impossível realizar em segredo um movimento dessa magnitude, assim que esse tipo de prática é de domínio público.

Diante dessas ilegalidades, esses conflitos enquistados e permanentes, uma pessoa se dá conta de que para muitos países, como o Brasil, dispor de tanta terra e tantas riquezas naturais não contribui para diminuir a pobreza nem é uma benção, senão o contrário, um castigo. O dilema que se propõe é de posicionamento e de tomada de partido. De que lado quer estar ou lhe compete estar? Ao lado dos que se aproveitam ou ao lado dos que sofrem?

Viajo para São Paulo para encontrar-me com uma pessoa que se posiciona ao lado daqueles que não se resignam a esse *status quo* e apostam claramente pela luta. Trata-se de João Pedro Stedile, fundador e líder destacado do MST, o Movimento dos Sem Terra. Marquei com ele na sede da Secretaria-Geral do Movimento. Está em uma área central onde antigamente vivia a classe alta da cidade. Seu nome já proporciona uma certa informação das origens desse bairro: se chama Campos Elíseos, tomando a popular avenida parisiense como referência de glamour e distinção a ser imitada. Tal como já me passou com a sede central do PT em Brasília, aqui tampouco encontro sinal nem símbolo algum que identifique o edifício. Por sorte não me equivoquei de endereço. A casa é um palacete nobiliário construído por um oligarca do café nos tempos gloriosos e elitistas do bairro. O ar burguês e senhoril que ainda se respira na estrutura da casa, no jardim, nos cômodos e inclusive no mobiliário contrasta com a decoração que acrescentaram os novos inquilinos. A discrição que mantém das portas para fora não vigora no interior. As paredes da sede central do MST estão cheias de pôsteres e de bandeiras. Enquanto espero que apareça Stedile – avisaram-me amavelmente de que chegará com um pouco de atraso –, fico encantado e admirando a criatividade e a força da arte revolucionária. No caso do MST, a excelência a conseguem nos pôsteres que acompanham e publicam em suas campanhas. São particularmente potentes e originais. Recordo que Pedro Casaldáliga tinha mais de um pendurado em sua casa. Ele gostava muito. Até o ponto de que, por indicação sua, o MST publicou uma recopilação de alguns deles em um livro no qual podia percorrer a história do movimento. Além dos pôsteres, a sala central está cheia de prêmios, fotografias, bandeiras, *slogans*, imagens de Che Guevara, um grande mapa do Brasil e um mapa-múndi – curiosamente uma edição catalã – com o Sul muito maior do que o Norte, já que respeita o tamanho real dos continentes. Após contemplá-lo e constatar que meus referentes etnocêntricos estremecem, fico capturado pela beleza e a épica de uma fotografia dos anos noventa, dos primeiros anos do MST, os anos da ocupação massiva de terra. É uma fotografia em preto e branco. Acima, o céu; abaixo, a terra e no meio, em uma fina linha de separação, centenas de trabalhadores rurais em uma longa formação levantando bandeiras, foices, enxadas e outros utensílios do campo. Avançando com decisão. Uma imagem que deu a volta ao mundo.

É de Sebastião Salgado – diz João Pedro Stedile, que acaba de chegar e me encontra abobado diante da imagem. Temos que estar muito agradecidos por essa foto, porque é uma das que se publicaram naquele livro, *Terra*, do qual nos cedeu todos os direitos; e graças a isso pudemos comprar esta casa.

O livro do qual fala Stedile é fruto de mais de dois anos de trabalho do fotógrafo brasileiro Sebastião Salgado acompanhando a criação de acampamentos do MST e convivendo com vários grupos de todo o país. As fotografias, todas em branco e preto, são um documento fiel e ao mesmo tempo poesia viva de um povo, de um país e de um momento histórico no qual milhares de trabalhadores rurais sem-terra decidiram organizar-se e se atreveram a desafiar ao Estado. O livro, no qual colaboraram também José Saramago escrevendo o prólogo e Chico Buarque colocando-lhe música, teve um grande impacto internacional e ajudou a popularizar o MST. Muitas de suas fotografias converteram-se em autênticos ícones. Por exemplo, a das centenas de trabalhadores rurais avançando rumo à conquista da terra ou a da capa do livro, a imagem de uma menina de cinco anos, com o rosto sujo e os olhos claros, cujo olhar à câmera te chega à alma. Chamava-se Joceli e era do Paraná. Não sei se seu caso é representativo ou não, porém há pouco tempo li, em um artigo publicado em um jornal brasileiro pelo motivo do vigésimo quinto aniversário da publicação do livro, que Joceli ainda vive no Paraná, em um acampamento do MST onde, vinte e cinco anos depois, ainda segue esperando poder ter acesso à terra.

Recordava a João Pedro Stedile como uma pessoa extremamente afável, segura de si mesmo e muito extrovertida. Havíamos nos conhecido uns anos antes em Barcelona. Ele tinha ido para participar em algumas jornadas que todos os anos a Associação Araguaia organizava, um grupo de amigos, familiares e seguidores de Casaldáliga, que agora converteu-se na Fundação Pedro Casaldáliga e trabalha de maneira constante para estabelecer uma ponte entre o Brasil e a Catalunha e garantir a difusão e a solidariedade com as causas do Bispo Pedro. João Pedro não mudou muito. Continua sendo efusivo e apaixonado e transmite a mesma imagem de liderança e segurança que eu me lembrava. Quando fala eleva o tom de voz e sublinha com ênfase as palavras para que o que tem que dizer ressoe adequadamente naqueles que o escutam; deve estar acostumado a fazê-lo em público nas campanhas e nas assembleias.

Cumprimentamo-nos afetuosamente, e, já que começamos falando da casa, dissimuladamente pergunto-lhe porque não tem nenhum sinal identificativo do MST no exterior do edifício.

– Ha, ha, ha – a gargalhada estridente de João Pedro Stedile parece querer pôr em evidência minha suposta ingenuidade; logo se explica: – Não temos placa na porta porque a prefeitura faria com que pagássemos uma taxa, e, como tampouco é que a necessitemos, pois assim poupamos o gasto.

A resposta não me convence totalmente e faço uma cara de certa incredulidade.

– A verdade é que não queremos chamar a atenção – reconhece Stedile. – Porque, cada vez que estamos em campanha eleitoral ou há algo de tensão, a direita vem até aqui protestar e fazer pichações nas paredes. Além disso, os nossos sabem perfeitamente onde estamos.

Conto-lhe que estou escrevendo um livro sobre o Brasil e sobre o legado de Pedro Casaldáliga. Quando ouve seu nome, ilumina-lhe o rosto.

– Sou um privilegiado por tê-lo conhecido e porque fomos amigos – diz Stedile emocionado. – Casaldáliga foi um dos grandes sábios que tivemos na América Latina. Considero-me seu discípulo. Sem ele não seria quem sou.

A história de João Pedro Stedile é a história do MST, uma história muito parecida à da maioria dos movimentos populares que nasceram no Brasil como reação à ditadura militar. Em todos os casos, na frente ou por trás está a igreja militante e combativa da teologia da libertação, que se implicou de maneira decisiva na luta social e política a favor dos pobres e dos oprimidos. Esta igreja, com Pedro Casaldáliga à frente, é a que ajudou João Pedro Stedile a tomar consciência, e isso mudou-lhe a vida.

Stedile é um gaúcho, nasceu no Rio Grande do Sul, um estado com muita presença de imigração proveniente da Alemanha e da Itália, a qual transformou e modelou a paisagem da região para poder sentir-se como em sua casa. Sua família, originária de Trento, chegou ao Brasil nos finais do século XIX com passaporte do Império austro-húngaro e, como muitos desses imigrantes, dedicou-se à agricultura. Viviam em uma área de colonização italiana dedicada à vinicultura.

– Os sacerdotes da teologia da libertação que trabalhavam em minha região me influenciaram muito – conta Stedile. – Animaram-me a estudar e a comprometer-me. Entrei para a Faculdade de Economia, e em seguida pediram-me para usar meus conhecimentos para ajudar as organizações e cooperativas de trabalhadores de minha região. Estávamos em plena ditadura, os sindicatos eram ilegais, mas não me importou, e nesse momento começou minha militância.

A primeira vez que Casaldáliga cruzou-se em sua vida foi de forma indireta. Graças à influência de um grupo de bispos da teologia da libertação, entre eles Casaldáliga, na década dos setenta criaram duas organizações transcendentais para as lutas e defesa da causa indígena e da causa da terra: o CIMI, Conselho Indigenista Missionário, e a CPT, Comissão Pastoral da Terra. Lá onde o Estado não chegava, porque não podia e porque não queria, essas organizações ajudavam os indígenas, os peões e os trabalhadores rurais sem-terra a fazer valer seus direitos. Tanto o CIMI quanto a CPT seguem ativos, especialmente nos momentos difíceis, como durante o Governo Bolsonaro. Durante a primeira etapa, nos anos setenta, o CIMI e Pedro Casaldáliga tiveram uma grande influência nas mobilizações de diferentes povos indígenas para reclamar e recuperar sua terra original. Aqui é onde essa história se une com a de João Pedro Stedile. Graças a essa influência, no ano de 1979, a comunidade nonoai dos povos kaingang levantou-se e, decidida a recuperar sua terra histórica – a Reserva Nonoai do Rio Grande do Sul –, expulsaram à força todos os que viviam naquela área.

– O problema é que a terra dos indígenas estava ocupada por centenas de famílias de posseiros pobres – conta Stedile. – Após serem expulsos, como não tinham alternativa, essas famílias decidiram acampar à beira da rodovia com a intenção de esperar o momento adequado para recuperar a terra que afirmavam que era sua. A tensão era enorme, e todo o mundo dava por certo que haveria enfrentamentos e mortes. Então, como eu havia ganho uma certa fama de bom negociador ajudando os trabalhadores da vinha, pediram-me que fosse.

A intervenção de João Pedro Stedile foi determinante para que o conflito não acabasse em uma tragédia e, ao mesmo tempo, semeou a semente do que mais tarde seria o Movimento dos Sem Terra.

– Reuni-me com os indígenas e com os posseiros – conta Stedile. – A todos lhes disse o mesmo, que aquela terra era indígena e que isso não era discutível. Portanto, os indígenas tinham direito de viver nela, o qual significava que tinha encontrado outra saída para os posseiros. Expliquei-lhes que na região havia muito terra, outras terras que não estavam sendo bem exploradas e que essa podia ser a solução.

O conflito teve muita repercussão nos meios de comunicação. E não era para menos, o grupo de posseiros era muito numeroso, mais de setecentas famílias, e seu enfrentamento com os indígenas havia despertado o interesse da opinião pública. Encontrar uma solução rápida não era fácil. Porém o fizeram. Muito próximo da Reserva Nonoai havia uma grande extensão de terra de titularidade pública que desde há muito tempo estava ocupada, sem demasiada justificativa, por duas fazendas, a granja Macali e a granja Brilhante. Eram fazendas de mais de 1.500 hectares cada uma. Tanta terra mal explorada foi uma atração irresistível para os posseiros.

– Nem todo mundo esteve de acordo – segue contando Stedile. – Era a primeira vez que se concebia uma ocupação tão extensa. O povo tinha medo. Lógico. Ao final instalou-se só a metade. Trezentas e cinquenta famílias. Preparamos minuciosamente e escolhemos com cuidado a data da ocupação: o dia 7 de setembro, o dia da Independência do Brasil. Sabíamos que nesse dia os militares estariam ocupados desfilando e o aproveitamos.

E saiu melhor do que esperavam. Os militares tardaram quase uma semana em fazer-se presente, e, quando o fizeram, a batalha da opinião pública havia sido captada totalmente a favor dos posseiros. Não que isso importasse muito aos militares, porém há que levar em conta que a ditadura estava encarando sua reta final e que, no fundo, não deixava de ser uma maneira de pôr fim ao conflito. O que não previram é que o êxito arrasador daquela primeira experiência seria um estímulo para milhares de trabalhadores rurais sem-terra que, com a ajuda da Igreja – e através da CPT, a Comissão Pastoral da Terra –, protagonizassem uma onda de ocupações de terra durante os primeiros anos da década dos oitenta. O movimento foi geral e estendeu-se por todo o país, porém a maioria das ações produziram-se, e seguiram acontecendo, no Nordeste e no Sul, as áreas onde há mais tradição camponesa e mais trabalhadores rurais sem-terra. Nos lugares onde os trabalhadores rurais imigraram para as grandes cidades e a terra está bem explorada, como o estado de São Paulo e Minas Gerais, com o cultivo da cana, ou na Amazônia, por motivos totalmente opostos, produziram-se poucas ocupações.

A experiência acumulada por Stedile naquela primeira ocupação e seu espírito revolucionário o animaram a seguir militando na causa da luta pela terra. Foi nessa época intensa e agitada quando conheceu Pedro Casaldáliga.

– Nem todas as ocupações foram tão rápidas e tão modeladas com a das granjas Macali e Brilhante – esclarece Stedile. – Muitas vezes o processo se alongava, e o enfrentamento com a polícia, os militares ou os pistoleiros das fazendas era inevitável. Esse foi o caso do acampamento Encruzilhada Natalino, no norte do estado do Rio Grande do Sul. O ano de 1981, devia ser o mês de maio, mais de mil pessoas se instalaram lá durante meses com a intenção de ocupar uma grande extensão de terra, no entanto, o exército o impedia. Casaldáliga veio para apoiar-nos e conviveu conosco durante três dias. Eu já sabia quem ele era, já o havia lido, sabia que era um intelectual, um poeta... Porém, quando o vi me impactou muitíssimo. Magro, com sandálias, vestido como um de nós... Pensei que se era um bispo e era capaz de fazer isso o mundo ainda tinha futuro. Todavia recordo com clareza a missa que celebrou. Pegou a Bíblia, a levantou e disse: "Em nome de Deus e do Evangelho lhes prometo que se estiverem unidos conquistarão a terra". E aí me ganhou de maneira definitiva.

A pregação de Casaldáliga tornou-se profética, porque os trabalhadores rurais da Encruzilhada Natalino finalmente ganharam a terra. Um desenlace que se repetiu em muitos outros lugares do país, como sempre com o apoio da Igreja e com o assessoramento do CPT. Porém esse apoio incondicional começou a cambalear-se na medida em que o papado de João Paulo II se consolidava. A virada ideológica que o Vaticano impôs teve um impacto especial na América Latina, e afetou algumas estruturas e políticas consideradas demasiado progressistas e esquerdistas. O CPT foi uma das sinalizadas, motivo pelo qual cada vez encontrou mais dificuldades para levar a cabo sua missão. Apesar disso, não conseguiram eliminá-la, e hoje em dia segue existindo e desenvolvendo um papel de assessoramento e acompanhamento aos trabalhadores rurais. Pelo contrário, com a ditadura agonizando, as ocupações não cessavam, e cada vez tinha mais trabalhadores rurais mobilizados. Tinha que dar forma a um movimento que em muito pouco tempo se havia tornado muito grande e poderoso. Em janeiro de 1984, na cidade de Cascavel, estado do Paraná, em um seminário da Igreja, reuniram-se os líderes da maioria das ocupações do país e fundaram o MST, o Movimento dos Sem Terra, com o objetivo principal de lutar para conseguir a reforma agrária.

Desde aquele momento até o dia de hoje, João Pedro Stedile esteve e continua estando à frente do Movimento. Passaram muitos anos, muitos Governos, muitas crises, muitos enfrentamentos e muitas ocupações. Não conseguiram a reforma agrária, porém o peso e a influência do MST foram consideráveis na história recente do Brasil.

– Depois de trinta e cinco anos, temos quase um milhão de famílias assentadas – confirma Stedile. – Nós gostamos mais de contar por famílias que por pessoas. Desse milhão, quase a metade está na Amazônia, em processos de colonização, de terra pública, porém a esses o Estado os têm deixado na mão de Deus e não estão tão organizados nem tão integrados no movimento. O resto, meio milhão de famílias divididas em mil e duzentos municípios e em mais de cinco mil fazendas, estão vinculadas ao MST. Essa é nossa força, que toda essa gente siga ativa e conectada.

A maioria dessas famílias não vive isolada, senão agrupadas em acampamentos. É uma estratégia de resistência e de sobrevivência. Mantê-los unidos, como disse Casaldáliga, assegura-lhes a conquista da terra e também facilita o trabalho de apoio e ajuda que o MST leva a cabo. A organização lhes dá cobertura legal e logística e também assegura sua formação constante, tanto no terreno profissional, no qual foi feita uma aposta decidida pela agricultura ecológica, como na formação de valores, mediante os quais se pede colocar sempre a comunidade acima dos interesses particulares e individuais.

– Uma conquista fundamental foi que na redação da Constituição de 1988 se reconheceu o direito à concessão real do uso da terra – conta Stedile. – Esse título dá todos os direitos sobre a terra, incluídos os hereditários, porém não autoriza a venda. Essa foi nossa luta mais importante ao longo desses trinta e cinco anos de história do Movimento, conseguir que o povo pense como coletivo e entenda que o que é realmente valioso não é o título da propriedade da terra, senão o direito a trabalhá-la. Os Governos, sobretudo nos processos de colonização, querem dar títulos de propriedade, é o que ocorre na Amazônia. Nós devemos convencer o povo de que isso não é o melhor. Por quê? Porque se você é proprietário da terra você a pode vender. A pressão dos latifundiários e do agronegócio para comprar é muito superior à fraca capacidade de resistência dos pequenos proprietários. Por isso defendemos que a concessão real de uso da terra é o que garante um futuro melhor para nossas famílias.

A força e a influência do MST são consideráveis, entretanto, sua capacidade de ação e de manobra estão muito condicionadas por quem esteja à frente do Governo brasileiro. Não é a mesma coisa fazer uma ocupação de terras com Lula de presidente que tentar fazê-lo com Bolsonaro no palácio da Alvorada.

– Com Bolsonaro no Governo as ocupações desapareceram – admite Stedile. – A Covid-19 também influenciou. O principal problema é que agora os fazendeiros, além de contar com seus pistoleiros, também têm a polícia e o exército de seu lado. Ocupar terra nestes momentos é perigoso. Temos oitenta mil famílias em mais de duzentos acampamentos que estavam em processo de ocupação e que tiveram que deter-se e esperar tempos melhores.

Evidentemente, com a expressão "tempos melhores", Stedile se refere ao regresso ao poder do PT. Uma expectativa quiçá um pouco otimista. Sobretudo se se julga à luz dos resultados obtidos nos doze anos de Governo de esquerda. É sabido que com o PT não houve reforma agrária e que os ruralistas mantiveram sua influência e seu poder.

– Lula, em 2003, chegou ao Governo como consequência de um pacto com a burguesia – assegura Stedile. – Uns anos antes, a finais dos oitenta, tudo haveria sido muito diferente. Naquele momento tínhamos muita força e muita presença nas ruas. Se tivéssemos chegado, então, ao Governo, teria sido graças ao poder daquela mobilização. Porém em 2003 a situação era outra, a esquerda não tinha tanta força, a direita estava desacreditada e Lula pactuou com os poderes factuais e formou um Governo de conciliação de classes. Como a economia cresceu, pôde redistribuir-se a renda e todo o mundo saiu ganhando. Voltando à terra e à agricultura, a ideia de conciliação do PT consistia em ajudar os sem-terra, porém ainda mais o agronegócio. De fato, os ruralistas mandavam no Ministério da Agricultura. É verdade que se criou um Ministério de Desenvolvimento Agrário, que estava direcionado aos trabalhadores rurais e à agricultura familiar, porém sempre com uns orçamentos muito reduzidos e com uns ministros pouco corajosos. O desequilíbrio era flagrante.

Apesar das más experiências, das expectativas frustradas e das promessas incumpridas, João Pedro Stedile não parece disposto a renunciar ao otimismo, e ainda menos à esperança. Ao longo destes anos, o Movimento conciliou os êxitos com os desenganos. Surpreende-me comprovar que meu interlocutor parece imune a esses últimos. Rodeado de simbologia revolucionária, de fotos do Che Guevara e trabalhadores rurais levantando o punho, Stedile continua com seu discurso apaixonado e carregado de argumentos, absolutamente convencido de que a utopia é possível. Não sei se sua retórica marxista está obsoleta ou não. Se o mais sensato e racional é estar desiludido e não crer em nada, e menos ainda em utopias revolucionárias aparentemente impossíveis. Não o sei. Porém seus dotes de liderança são tão indiscutíveis e sua paixão é tão contagiosa que enquanto eu o escuto tenho a impressão de que se neste preciso instante me pedisse que fosse ocupar uma fazenda não poderia negar-me. Disse-me pensar em como a luta, muitas vezes, dá sentido à vida. E me lembrou Pedro Casaldáliga, que não se rendia nem se ocultava nem concebia contemporizar quando afirmava que o capitalismo era pecado. Por isso o denunciava e se enfrentava a ele. A mesma paixão, a mesma entrega, as mesmas causas, a mesma blindagem contra o desencanto e a desesperança. "Somos os soldados derrotados de uma causa invencível". Dizia Casaldáliga, recordo a frase a Stedile. Sorri e se reconhece, porém, reage de imediato.

– Nós não fomos derrotados – responde recuperando seu tom seguro e impulsivo. – Nós defendemos uma ideia e as ideias não podem ser derrotadas. Pode ser que o agronegócio seja o marco da linha política e ganhe muito dinheiro, porém isso não significa que nos tenham derrotado. Nós nunca nos renderemos. Sabemos onde vamos, acreditamos na agroecologia e este será o futuro da humanidade, os alimentos saudáveis. Nossa ideia não foi derrotada. Entretanto, devemos sim entender e aceitar que na história há períodos de refluxo e de retrocesso dos movimentos de massa durante os quais é mais difícil obter conquistas. Porém são etapas que passam, e virão tempos melhores. Com certeza.

Stedile dá um soco na mesa para reforçar sua última intervenção e para pôr fim às duas longas horas de conversa, que para mim passaram voando. Diz-me que tem que ir ao Instituto Lula, que se aproximam as eleições e que terão muito trabalho. Deduzo que seu entusiasmo e sua confiança serão muito mais que bem-vindos. Para mim, pelo menos, foram. Como muitas outras pessoas de minha geração e de meu mundo que crescemos compartilhando uma ideologia que dizem que está fora de moda, quando escuto Stedile me dou conta de até que ponto o problema não é a hipotética vigência desse discurso, mas sim ter-nos esquecido e distanciado das causas que o justificavam.

Pede-me que, antes de despedir-nos, o acompanhe ao Armazém do Povo, uma espécie de agroloja revolucionária, como tudo o que tem a ver com o MST, que se encontra a poucos metros do edifício da Secretaria Nacional. Quer mostrar-me com fatos o que acaba de explicar-me com palavras. Diz-me que eles são o primeiro produtor de agricultura ecológica do Brasil e que, graças a diversos acampamentos organizados na rede para produzir e distribuir, são capazes de oferecer uma alternativa real ao agronegócio.

O Armazém do Povo está bastante animado. Situado em um galpão industrial de tetos muito altos, conta com um espaço dedicado à loja e outro com um bar que funciona como ponto de encontro. Stedile me mostra com orgulho os diferentes produtos que vendem e comercializam. O nome e a simbologia da embalagem já dizem tudo. Junto a gorros, bandeiras, camisetas – a maioria com as estrelas do PT e as siglas do MST –, encontramos com as mesmas imagens, pacotes de arroz Terra Livre, orgânico e livre de agrotóxicos, embalagens Tetra Pak de leite integral Terra Viva e um par de marcas de cachaça, a Camponeses e a Veredas da Terra, com o tema "Lula Livre" e a foto do líder do PT na etiqueta.

Nesse galpão geminado ao Armazém do Povo, um grupo de militantes do MST trabalha enchendo sacolas com frutas e verduras. São para as famílias necessitadas dos bairros e das favelas mais pobres de São Paulo. A campanha se chama "Tá com fome? Dá de comer". Stedile me conta que com a crise e a Covid-19, a situação de extrema pobreza, desnutrição e fome agravou-se muito nas grandes cidades. A quantidade de pessoas que vive nas ruas de São Paulo, que já era considerável em épocas de bonança, multiplicou-se até níveis insustentáveis. Vendo como esses trabalhadores rurais do MST, que tampouco devem ter sobras de recursos, enchem as sacolas de alimentos para pessoas ainda mais pobres que eles, penso no valor e na força da solidariedade e os admiro. Porém também me dou conta de que, por mais dura e limitada que seja a vida no campo, a pobreza e a miséria sempre são muito piores nas grandes cidades.

A COMUNIDADE DO ANEL

Minha primeira impressão em São Paulo foi decepcionante. Costuma acontecer. Esta é uma cidade à qual não te acostumas totalmente. Pode ser que seja pelo barulho, ensurdecedor, de vinte milhões de pessoas respirando, falando, gritando, movimentando-se e vivendo juntas em um espaço reduzido e concentrado. Pode ser que seja a selva de pedra, uma grande extensão de concreto e cimento que tenta arranhar o céu e se estende até onde se perde a vista, com mais de trinta mil edifícios de grande altura, mil dos quais de mais de cem metros. Pode ser que seja porque São Paulo é tão pouco humana e está tão distante da natureza que parece uma cidade cinzenta, irreal e extraterrestre. Esforço-me para encontrar os adjetivos que me ajudem a defini-la. E ainda mais para encontrar algum positivo. Não se pode dizer que seja uma cidade bonita, nem amável, nem acolhedora; pelo contrário, é feia, suja, dura e está superpovoada, e tem as ruas e as calçadas irregulares e cheias de buracos. Não obstante, apesar de tamanha concentração de desastres, apesar da população permanente, apesar dos milhões de carros sempre em engarrafamentos, apesar de todos os motivos que fazem com que a vida aqui se torne impossível, São Paulo me apaixona, me captura e, ainda que não possa explicar-me o porquê, quando vou embora sempre desejo voltar. Admiro a singularidade selvagem e única desta megalópole, a energia de seu povo e a variedade e a diversidade, que são uma de suas marcas distintas. Todas as raças, todas as cores, todas as identidades, todas as medidas, todas as idades, todos os ambientes, todas as almas, todos os mundos possíveis no mundo global da cidade de São Paulo.

A exceção de algumas ruas muito concretas, a sensação de desordem e a falta de planejamento é generalizada e converteu-se em outro traço característico de São Paulo. É como se nesta cidade tudo fosse periferia, como se houvesse sido levantada às pressas e sem critério unificador algum. Inclusive os grandes edifícios, como a imensa maioria das casas, parecem fruto da autoconstrução. O caos urbanístico desta grande capital vem de fábrica e se explica pelo crescimento repentino e pouco equilibrado que experimentou ao longo do século XX, quando recebeu grandes ondas migratórias. Antes disso, São Paulo não estava nem entre as dez cidades mais povoadas do Brasil. Foi a partir do *boom* do café, e mais tarde com a industrialização, quando passou a ser a cidade mais dinâmica e ativa do país, e os paulistas a ser considerados, sobretudo em contraposição aos cariocas, os brasileiros mais trabalhadores e empreendedores. Stefan Zweig, em seu livro sobre o Brasil, explica de maneira muito gráfica como São Paulo crescia aos finais dos anos trinta: "às vezes se tem a sensação de encontrar-se não em uma cidade, senão em um enorme terreno em construção. Em todas as direções, este, oeste, norte e sul, as edificações invadem a paisagem... É o quadro vivo de crescimento e transformação de uma autêntica cidade de colonos e imigrantes... Um imigrante qualquer ganhou algum dinheiro; não há casas de aluguel disponíveis, e ei-lo aí levantando sua casa ele mesmo".

A surpresa que manifestava Stefan Zweig naquela primeira etapa da construção da cidade seria superada se nas décadas seguintes tivesse sido testemunha de um crescimento que, a um ritmo frenético, alcançou limites inimaginados e praticamente inumanos. Para comprová-lo, tomo a linha 15 do metrô de São Paulo, de cujas vias elevadas, as de um transporte moderno e de tecnologia de ponta, pode contemplar-se a perspectiva dessa "selva de pedra". A linha 15 percorre os quinze quilômetros que separam São Mateus de Vila Prudente com um monotrilho que funciona sem condutor. Uma imagem que poderia servir de ícone de uma cidade cheia de contrastes e paradoxos: uns vagões futuristas circulando por uma via elevada que cruza a toda a velocidade uma paisagem urbana irregular e degradada. Faço a viagem em companhia de um velho amigo, Zecão. Reunir-me com ele era um dos motivos que me trouxe a São Paulo. Eu conheci em 1998 em Luciara, um povoado próximo a São Félix do Araguaia, a poucos quilômetros rio abaixo. Fui com Pedro Casaldáliga porque acabava de ocorrer um fato terrível: um peão havia chegado ao povoado buscando trabalho; tinha sido acolhido por uma família e, aos poucos dias, disparou contra a mãe, matou a facadas o pai e degolou a seus dois filhos pequenos. Entretanto o horror não acaba aqui. Quando o detiveram, encerraram-no na delegacia, porém isso não conteve a raiva nem o desejo de vingança de um pequeno grupo de vizinhos que a invadiram e lincharam o peão. Mataram-no a golpes e facadas ante a passividade dos dois policiais que o custodiavam. Foi assim que conheci o Zecão, no lugar dos fatos, na porta da delegacia, com os dois policiais escondidos dentro enquanto ele, levantando ostentosamente a voz para que todo o mundo pudesse ouvi-lo, nos contava a Casaldáliga e a mim como se havia produzido o linchamento. Ainda o recordo gritando sua indignação pelas ruas de Luciara, como se quisesse culpabilizar e envergonhar todos os que tinham tido algo a ver com aquele macabro acontecimento, que tratavam de esconder-se. Como costuma acontecer nestes casos, e mais ainda naquela região, nenhum cidadão de Luciara foi acusado do crime, e a única consequência que teve o acontecimento foi, simples e obviamente, que transferiram os dois policiais a outro destino.

Zecão não mudou muito, segue igual de efusivo, simpático e apaixonado, contagiosamente apaixonado. Abraça-me uma e outra vez e proclama aos gritos, esta vez euforicamente, que está contente de voltar a ver-me. Não faz muito tempo que vive em São Paulo, e ainda que se aposentou há pouco tempo, garante-me que está plenamente ativo e integrado. Graças aos contatos que havia estabelecido com vários grupos e pessoas relacionadas com a teologia da libertação, trabalha como voluntário na Pastoral do Povo de Rua, que se dedica a atender às pessoas que vivem nas ruas. Além disso, um dia por semana, ajuda a equipe da paróquia da favela de Vila Prudente. Por isso combinei com ele, para acompanhá-lo e tentar entender um pouco melhor o que significava ser pobre em uma grande cidade como esta, onde milhares de pessoas vivem em condições subumanas amontoadas em favelas ou, o que é pior, não têm outra opção a não ser viver nas ruas.

Como era de se esperar, depois de compartilhar a manifesta perplexidade que supõe sobrevoar a cidade desde o auto de um monotrilho do primeiríssimo mundo que tem como destino final uma favela terceiro-mundista, começamos nossa conversa falando de Pedro Casaldáliga.

– "Fé e teimosia" – recorda Zecão visivelmente emocionado –, essa foi a última frase que me disse em um momento de lucidez final.

Teimosia é uma dessas palavras às quais a tradução para o espanhol não tem como fazer-lhe justiça, poderia traduzir-se como tenacidade, obstinação ou valentia, porém nenhum desses vocábulos transmite o sentido e a força original que tem em português. Poderia dizer-se também que a fé e a teimosia são duas inquestionáveis virtudes da personalidade e do temperamento de Zecão e que marcaram seu destino. Sempre tinha imaginado que acabaria seus dias em Luciara. Aquele pequeno povoado às margens do rio Araguaia significava tudo para ele. Tinha deixado lá sua pele e meia vida. Instalou-se lá a princípios da década dos noventa. Antes, como muitos outros seminaristas que haviam escutado ou lido Casaldáliga, tinha abandonado tudo para apoiá-lo e compartilhar sua luta. Passou alguns anos em São Félix, porém teve que voltar para São Paulo para acabar os estudos. Aqui conheceu Rita, deixou o seminário e casou-se com ela. Porém a atração que supunha tudo o que havia vivido e tudo o que restava para fazer no Araguaia era demasiado forte e convenceu sua mulher para mudar-se. E foram viver em Luciara. Como faltavam sacerdotes, fizeram-no diácono, e desde então manteve-se sempre fiel a Casaldáliga e ao serviço na prelazia.

– Faz oito anos que vim embora de Luciara e nunca mais voltei – conta Zecão com tristeza. – E não acredito que possa fazê-lo. É uma história muito amarga e demasiado longa para te contar agora. Ameaçaram-nos, e uma noite dispararam uma rajada de tiros na fachada de nossa casa. Então decidimos que ficar lá seria muito perigoso, assim peguei minha família e fomos embora.

A reticência de Zecão para explicar-me porque teve que ir embora de Luciara não tem nada a ver com o fato de que a história seja longa. Para alguém como ele, orgulhosamente expansivo, falar nunca foi um problema. O que ocorre é que lhe dói cada vez que conta e o recorda. Ele tinha carinho por Luciara, onde ainda tem muitos amigos, e ele gostava da vida que levava. Quando encontro o momento oportuno, e insistindo só um pouco, Zecão me conta por que teve que ir embora. Como era de supor, o motivo foi uma disputa de terra. Coincidiu com o momento em que os indígenas Xavante recuperaram Marãiwatsédé, em 2013, a última e vitoriosa batalha de Casaldáliga. Muita gente da área pensou que o que havia acontecido com os indígenas poderia ser um exemplo a ser imitado por outros coletivos que reclamavam terras desde muitos anos. Em Luciara existia um conflito histórico com um grupo de retireiros, uma comunidade que criava gado de maneira tradicional nas terras inundadas das margens do rio Araguaia. Um grupo de latifundiários e pequenos proprietários consideraram que se se estabelecesse uma reserva para os retireiros seria à custa de expropriar suas terras. A situação era muito confusa e, de maneira intencionada, geraram-se alguns mal-entendidos, porque, de fato, não havia nenhum plano de constituir uma reserva. No entanto, os latifundiários locais souberam criar um clima de incerteza que fez aumentar a tensão. Zecão e a prelazia apoiaram os retireiros e se converteram em um objetivo a ser abatido. As ameaças foram constantes, houve tiros e queimaram-se algumas fazendas de retireiros. O resultado do conflito foi, obviamente, favorável aos latifundiários: não se criou reserva alguma, e se antes a comunidade tradicional era de noventa famílias, agora em Luciara somente restam trinta. Zecão teve que deixar o povoado às pressas. Antes de fixar-se em São Paulo, refugiou-se em São Félix do Araguaia, na casa de Pedro Casaldáliga. Acompanhou-o e cuidou-lhe alguns anos enquanto esperava em vão poder voltar à Luciara.

Em seu "exílio" em São Paulo, Zecão teve a sorte de encontrar boa companhia. Coincidiu com um grupo de velhos amigos, de companheiros do caminho, como gostam de se definir. É uma comunidade bastante grande de pessoas que tem um comum sua conexão com a prelazia de São Félix do Araguaia. A maioria deles visitou a região, participou na Romaria dos Mártires, uma festa que se celebra a cada cinco anos em Ribeirão Cascalheira, o lugar onde mataram João Bosco, e, sobretudo, conheceram Pedro Casaldáliga, uma experiência que os marcou, e lhes serviu para fortalecer seu compromisso espiritual, social e político. Um destes grupos se encontra na paróquia da favela Vila Prudente.

Combinamos na casa do sacerdote da paróquia, que está situada justo nos arredores da favela. Por seu aspecto, o local, mais do que a residência de um religioso, parece uma casa invadida. As paredes são de cores vivas e estão cheias de grafites revolucionários, e na sala de visitas tem um enorme mapa-múndi invertido com o Sul em lugar do Norte. As paredes do andar de cima estão decoradas com murais, a meio caminho entre psicodélicos e reivindicativos, e instalaram um ambiente de relaxamento com almofadas, uma barra de bar e um equipamento de música. Tudo encaixa quando conheço o proprietário da casa, o padre Assis. Nasceu em Cabo Verde, é missionário espiritano e tem trinta e oito anos, usa uma camiseta que diz: "As vidas negras sim, que importam" e usa cabelos rastafári que chegam à cintura. Quando saímos para a rua para entrar na favela coloca um gorro com a imagem do Che e a bandeira de Cuba.

– Não preciso me justificar pra você que com essa pinta a polícia sempre me para e demora a acreditar que sou sacerdote – comenta Assis divertido ao ver minha cara de surpresa. – Mas assim sou eu: jovem, negro e com cabelo rastafári, por isso vejo tudo de outra perspectiva. Não posso e nem quero esconder-me. Quero uma Igreja revolucionária. A mesma coisa que defendiam Pedro Casaldáliga, Hélder Câmara e Monsenhor Romero.

Durante o passeio pela favela, acompanham Assis, além do Zecão, alguns membros da comunidade que colaboram habitualmente com ele. Trata-se de pessoas que vivem aqui, alguns inclusive nasceram na própria Vila Prudente; como é o caso de André, um jovem corpulento muito extrovertido que, por um momento, se coloca sério e me adverte que não me ocorra tirar fotografias. Vila Prudente é um bairro bastante central, sempre levando em conta que na megalópole de São Paulo o centro é um conceito tão instável como relativo. Está situado junto à Mooca, e marca o princípio da Zona Leste. Como em muitas outras cidades do Brasil, a pobreza mais extrema encontra-se justo ao lado de zonas habitadas por pessoas de classe muito mais acomodada. O contraste se tornaria ainda mais ofensivo se o previsível e aparentemente inevitável contato fruto dessa vizinhança tão estreita fosse mais frequente. Não obstante, a realidade é que as favelas costumam ser um mundo fechado no qual é tão difícil entrar como sair. Os sete mil habitantes de Vila Prudente passam grande parte de sua vida na favela.

– Aqui tem de tudo – afirma André com contundência. – De tudo em todos os sentidos da expressão.

Os bairros de São Paulo que conhecia têm pouco a ver com o que encontro em Vila Prudente. Aqui as moradias, ou seja, barracos, também são autoconstruções e se aproveita ao máximo o espaço. Só têm duas ou três ruas que podem reconhecer-se como tais, o resto são becos e trilhas estreitas, becos sem saída que se enroscam ao redor de umas edificações pequenas, amontoadas e surpreendentemente elevadas, pensadas para poder alojar a maior quantidade de pessoas possível. Um autêntico "barraquismo" vertical, dá a impressão de estar em um mercado árabe. A diversidade e a variada policromia das moradias parecem querer compensar seu tamanho reduzido e a escuridão. Aqui mal chega a luz do sol, devido à estreiteza de um urbanismo anárquico e do emaranhado de fios e cabos elétricos e conexões de todo tipo que sobe pelas paredes e o teto da favela. Contam-me que isso se deve a que muitos vizinhos estão conectados às redes da iluminação elétrica e de água de maneira ilegal. Também custa muito, sobretudo para alguém que não é da favela, identificar e localizar qualquer moradia. Muitas das ruas não têm nome, e as casas tampouco têm número; a maioria dos habitantes das favelas nunca recebeu uma carta porque carece de endereço de correio postal. Como ocorre habitualmente com tudo o que está relacionado com as favelas, o Estado tem muitas dificuldades e pouca vontade na hora de resolver seus problemas, o qual implica que devam fazê-lo eles mesmos por sua conta. Isso é o que fizeram, no ano 2000, três jovens da Rocinha, uma das maiores favelas do Rio de Janeiro, na qual vivem duzentos e cinquenta mil pessoas. Criaram o Carteiro Amigo, uma empresa que idealizou um sistema de mapeamento e encontrou uma fórmula de batizar as ruas sem nome e identificar seus habitantes para poder fazer chegar o correio à favela. O êxito da iniciativa, que como tantas outras surgidas neste entorno, é fruto do trabalho coletivo e da solidariedade da vizinhança, fez com que a empresa se expandisse muito além da Rocinha e atualmente está presente em muitas outras favelas do país.

Dizem que a palavra *favela* provém de uma planta urticante de mesmo nome que cresce nos morros do Rio. Nesses morros ou colinas, tão característicos da cidade, foram parar os pobres que viviam no centro do Rio a princípios do século XX, quando os desalojaram por causa de uma reforma urbana impulsionada pela prefeitura. Uma vez instalados naquela terra de ninguém, expulsos da cidade oficial, a favela converteu-se em um novo mundo, geograficamente dentro da cidade, porém na prática longe do Estado, das leis e das normas municipais. O modelo estendeu-se logo à maioria das grandes cidades brasileiras, e é especialmente importante no Rio e em São Paulo, onde provavelmente uma quarta parte de sua população vive nessas condições.

O padre Assis e o grupo que nos acompanha me contam como foi fundada a favela de Vila Prudente. Foi na década dos anos trinta do século passado. Um grupo de imigrantes do Nordeste começou a construir no leito do rio, em uma área que então era a periferia de São Paulo.

– No princípio o povo que se instalou vinha do Ceará e de Pernambuco – conta André. Mais tarde, a partir dos anos sessenta, começaram a chegar pessoas da Venezuela e do Haiti. A convivência nem sempre foi fácil, nunca foi. Nos primeiros tempos a tensão era entre os cearenses e os pernambucanos, devido à diferença de origem e também pelo controle do território. A violência e os enfrentamentos eram constantes. Uma noite houve quatro mortes. Agora continua havendo tensões com os recém-chegados, o movimento relacionado com o tráfico de drogas também as gera, ainda que o domínio que exerce o PCC, Primeiro Comando da Capital, consegue que tudo esteja muito controlado, e, em algum momento, diria que inclusive muito mais tranquilo.

O PCC é uma organização criminosa que surgiu nos anos noventa e baseia a sua força em sua atividade principal: o tráfico de drogas. Diferente de outras organizações, como a Máfia, a Camorra e os cartéis mexicanos e colombianos, o fato de ter sua origem nas favelas supõe que sua ideologia e estrutura organizativa estejam marcadas por uma espécie de cooperativismo autogestionário de esquerda, o que a torna menos hierárquica e mais horizontal. Diferentemente do Comando Vermelho, seu grande rival, que está assentado no Rio de Janeiro, o PCC domina a cidade de São Paulo, ainda que ultimamente tenha se estendido a outras cidades na maioria das prisões do país. E foi precisamente em uma prisão onde nasceu o PCC, depois de uma partida de futebol entre dois grupos de internos. Os oito componentes de um dos times se juntaram para matar o líder de seus oponentes, que dominavam a prisão em conivência com a direção. Mataram ele e o subdiretor da prisão e cravaram suas cabeças em umas estacas. Posteriormente os oito presos declararam-se inimigos do sistema e forjaram uma aliança baseada no respeito mútuo, na autoajuda e na solidariedade. A partir daquela primeira semente, o PCC foi crescendo até converter-se em um autêntico poder factual e hegemônico em muitos presídios e bairros. Calcula-se que atualmente há um núcleo sólido de trinta e cinco mil "irmãos", como se denominam seus membros principais, entretanto, contam com milhares de membros a mais: delinquentes de todas as espécies, é claro, mas também trabalhadores, comerciantes e pequenos proprietários – a maioria dos quais vive em favelas – que segue suas normas e regras e, em alguns casos, pagam taxas em troca de proteção.

Nesses bairros a ausência do Estado é notória, só intervém quando tem que reprimir. Por isso muitas de suas funções básicas, como a ordem e a justiça, costumam ser assumidas pelas organizações criminosas. Tanto o PCC como o Comando Vermelho têm o mesmo procedimento de atuação. Instalam-se nas favelas e tomam pouco a pouco o controle de tudo: supervisionam a convivência, transmitem a justiça e administram a economia do bairro. Também aproveitam essa presença para recrutar novos membros para a organização, a fim de que substituam as numerosas baixas que, sejam elas temporárias ou definitivas – isto é, por prisão ou morte –, são produzidas como consequência da natureza extremamente violenta do tráfico de drogas. Começaram traficando em pequenas escalas e terminaram sendo uma peça fundamental do narcotráfico nacional e internacional. Seu poder é tão evidente e está tão consolidado que em muitos casos a polícia não se atreve a entrar nos territórios controlados por essas organizações ou tem muitas dificuldades para fazê-lo. Por isso criaram corporações policiais especiais com carta branca para capturar os criminosos.

– Quando eu era pequeno queria ser tenente da Rota – conta-me André –, um dos batalhões especiais da polícia de São Paulo, que, como o Bope (Batalhão de Operações Policiais Especiais) no Rio, são os que se atrevem a entrar nas favelas. Entretanto quando eles me deram a primeira porrada comecei a inteirar-me de como eram e me passou a mania estúpida de querer ser policial. Aqui ninguém confia neles. A polícia não trata da mesma maneira os daqui como os de fora da favela. E para que veja como mudaram as coisas, tenho certeza de que se agora perguntássemos às crianças do bairro o que querem ser quando se tornarem adultas muitas responderiam que querem ser do PCC.

O passeio pela Vila Prudente, graças à tão boa companhia, não poderia ser mais tranquilo. Apesar da estreiteza das ruas, as pessoas passam o dia na parte externa das casas. A rua principal está cheia de crianças brincando e de pequenos bares e comércios, que na maioria dos casos são simplesmente uma mesa na rua ou um minúsculo aposento onde, ainda que pareça impossível, vendem e atendem sem perturbar-se com nada. Lembram-me novamente que não faça fotografias e, em um dado momento, quando passamos diante de um grupo de jovens sentados na entrada de uma casa, aconselham-me que é melhor não olhar para eles.

O Brasil é, em termos absolutos, o país com mais assassinatos do mundo, seguido muito de perto pela Índia. Em relação com a população, é o quarto país depois de El Salvador, Venezuela e África do Sul. Em 2020, produziram-se no Brasil 22,38 assassinatos por cada 100.000 habitantes, enquanto que nos Estados Unidos 6,8 e na Espanha 0,61. Isso quer dizer que no país se cometem 131 assassinatos por dia. Logicamente, esse alto índice de violência tem muito a ver com a existência de quadrilhas e organizações criminosas, mas também está diretamente relacionado com a maneira em que a polícia se enfrenta com eles. Tal e como me contava André, a imagem da polícia no bairro está condicionada pelos métodos selvagens e extremos que utilizam e pela impunidade que lhes é concedida por estarem protegidos por determinados poderes. É o caso do Governo Bolsonaro, que oferece cobertura à brutalidade policial sob o *slogan* de que o melhor delinquente é o delinquente morto.

Nos últimos anos, além disso, tem surgido outro problema: a crescente expansão das milícias. Esse fenômeno se dá sobretudo no Rio de Janeiro, e tem sua origem em alguns movimentos vicinais que, com a intenção de frear a influência do Comando Vermelho em seu bairro, decidiram organizar grupos de autodefesa com a participação interessada de algumas pessoas relacionadas com a polícia e o exército. Essas últimas tornaram-se de imediato controladoras da situação, impuseram paz e expulsaram os criminosos, porém rapidamente viram também uma oportunidade de negócio, e, uma vez eliminada a organização criminosa do bairro, passaram a substituí-la. Chamam-se milícias, como dizia, costumam ser dirigidas por ex-policiais ou gente muito próxima a eles e contam com a conivência e a cumplicidade de alguns policiais da ativa. Dedicam-se à extorsão e ao tráfico de drogas, e também a outro negócio mais que rentável: a especulação imobiliária, uma atividade para a qual são muito necessários esses bons contatos no Governo que eles costumam ter.

As milícias são hoje em dia a maior organização criminosa do Rio de Janeiro e uma das mais responsáveis diretas pelo aumento da violência e dos assassinatos. De acordo com as últimas referências, estão presentes em ao menos 37 bairros e em 167 favelas da capital carioca. Calcula-se que uns dois milhões de pessoas vivem sob seu domínio.

Marielle Franco, política de esquerda, vereadora da Câmara Municipal do Rio, mulher, negra e abertamente declarada bissexual, era uma das vozes mais críticas e uma das personalidades mais envolvidas em sinalizar a atividade ilegal das milícias e sua cumplicidade com grupos paramilitares vinculados à polícia. Denunciava a suspeita conexão existente entre os interesses das milícias e algumas intervenções de determinados grupos especiais da polícia. No dia 10 de março de 2018, atreveu-se a denunciar uns assassinatos cometidos pelo 41º Batalhão da Polícia Militar na favela de Acari – desde 2011, foram mortas 567 pessoas nas áreas controladas pelo Batalhão 41. Quatro dias depois, dia 14 de março, Marielle Franco foi assassinada com quatro tiros na cabeça. Seu motorista, Anderson Gomes, também morreu. Todos os indícios apontam que Marielle foi executada por um grupo de pistoleiros conhecido com o nome de Escritório do Crime, muitos deles antigos membros de um esquadrão de elite da polícia. Esse grupo, estreitamente ligado às milícias, é dirigido por Adriano Nóbrega, um ex-capitão do Bope com uma conexão mais que suspeita com um dos filhos de Bolsonaro. Pouco depois do assassinato de Marielle Franco, soube-se que Flávio

Bolsonaro, que também era vereador da Câmara Municipal do Rio, tinha dado emprego para a esposa de Adriano Nóbrega.

Conviver com a criminalidade, seja a que provêm das quadrilhas ou a que pratica a polícia, é uma realidade à qual todos os habitantes da favela tiveram que acostumar-se, arraigada endemicamente em suas vidas e em sua paisagem física e mental. Porém isso não desanima o padre Assis nem o impede de trabalhar com entrega para melhorar as muitas carências do bairro. Se eu contar os sorrisos e os abraços que receberam meus acompanhantes em somente dez minutos de passeio pela Vila Prudente, fica claramente certificada a boa relação existente e o respeito que o padre Assis e sua equipe ganharam entre as pessoas da favela. Também me impressiona a grande quantidade de espaços e serviços que a paróquia construiu.

– A história deste bairro é a história de uma luta coletiva – diz André com orgulho. – Começou com a chegada, na década dos anos setenta, de um sacerdote irlandês, Patrick Clark, que foi fundamental em nossas vidas. Deu-nos o impulso necessário, organizamo-nos em mutirões e juntos construímos a igreja, o centro cultural e o jardim de infância. Eu tenho lembrança de participar, quando era criança, nos trabalhos que eram feitos em comunidade nos dias de festa que não acabavam nunca. Quando me tornei maior, tomei a consciência da força da comunidade e de todo o potencial que tinha o que havíamos feito e o que estávamos fazendo... Também me ajudou muito a tomar consciência um filme que vi, *O anel de tucum*, no qual descobri Pedro Casaldáliga.

Patrick Clark chegou a Vila Prudente na mesma época em que chegaram ao Brasil outros religiosos, entre eles Casaldáliga, com muito empenho e muita vocação. Graças a seu compromisso e a sua capacidade para revelar compromissos ao seu redor, conseguiram melhorar os serviços, a organização e as condições de vida dos bairros e dos povos aos quais estavam destinados.

O padre Assis me conta que foi Patrick Clark quem o convenceu para que o substituísse e que ele trata de ser fiel a seu legado. Enquanto me diz me mostra um anel negro que usa na mão e que conheço muito bem. André, Zecão e o grupo que os acompanha também o usam. É um anel de tucum. Sua história e o que representa explica-se no filme que tanto impressionou André. De fato, é Pedro Casaldáliga que o conta: "Este anel é feito de uma palmeira do Amazonas – diz em uma cena do filme. – É um símbolo da aliança com a causa indígena e com as causas populares. Usar esse anel significa que assume essas causas. E também suas consequências. Você se atreveria a usá-lo? Deve saber que isso lhe compromete. Muitos, por esse compromisso, chegaram até a morte".

Dizem que nos tempos coloniais, os indígenas e os negros, que não podiam ter anéis de metais nobres, criaram o anel de tucum como símbolo de amizade, de resistência e de luta pela liberdade. Quando Pedro Casaldáliga foi ordenado bispo, recusou a mitra, o báculo e o anel tradicional, e pegou um chapéu de palha, um remo e um anel de tucum. A partir de então, esse anel converteu-se em um símbolo que marca e define.

– Esse anel não pode ser comprado – esclarece Zecão, exibindo orgulhoso o seu. – Alguém tem que presenteá-lo. É muito importante que alguém o presenteie. Pedro Casaldáliga costumava dizer que o tucum é uma planta com muitos espinhos, e que se você usa esse anel tem que estar disposto a espinhar-se e a sangrar.

Quando Zecão termina de dizer isso, olha minha mão e constata que eu também uso um.

– Você também está disposto a sangrar? – Pergunta-me.

Fico boquiaberto sem saber o que responder. Quando vejo o povo daqui com esse anel, quando penso no que fazem, em seu compromisso e em tudo o que participam, qualquer comparação me parece absurda e frívola. Trato de recordar quanto tempo faz que uso o meu. Eu o coloquei em 1998, quando escrevi a biografia de Casaldáliga. É o único anel que uso. É curioso porque nunca nem sequer usei a aliança matrimonial. Minha mulher e eu nos casamos muito jovens e dissemos que não queríamos anéis, que não necessitávamos nenhum símbolo exterior para exibir diante do mundo o nosso vínculo. Não sei muito bem porque decidi colocar este anel de tucum nem porque nunca deixei de usá-lo no dedo ao longo de mais de vinte anos. É evidente que não tem nada a ver com a exibição. Usar esse anel na Catalunha não representa o mesmo que no Brasil, onde usar tucum no dedo é sinônimo de ser de esquerda, comunista, da teologia da libertação, amigo dos indígenas e de tantas outras coisas mais que talvez impliquem certa cumplicidade de determinados setores, mas que também geram uma alta dose de menosprezo e rejeição. Não sei o porquê, mas necessitava usá-lo. Não era pelos outros, era por mim. Ao longo dos anos me coube lutar por problemas e por trabalhos de responsabilidade nos quais tive que tomar decisões complicadas e comprometedoras. O anel no dedo me ajudava a relativizar algumas prioridades e me recordava que existem outro mundo e outras causas pelas quais o povo sangra e dá a vida...

Também me servia para recordar a existência de um homem que vivia nas remotas terras do Araguaia e que um dia me disse que "quem não é ético em tudo, não é ético em nada". Não tenho a certeza de haver estado à altura daquele homem e do que representa este anel, porém, pelo menos, levá-lo no dedo me fazia pensar nele e me obrigava a não esquecer que são as causas que dão sentido à vida.

Já chegando ao final do percurso, o padre Assis e sua equipe insistem em mostrar-me um dos equipamentos sociais que melhor funciona no bairro: o jardim de infância Júlio César Aguiar. O nome provém de um menino de oito anos que, há trinta anos, foi atropelado por um caminhão na rua que margeia a favela. Foi um duro golpe para os habitantes de Vila Prudente, que, no entanto, souberam converter essa dor em estímulo positivo. Organizaram-se em mutirão e combinaram para que em todos os domingos trabalhassem na construção de um jardim de infância que queriam que fosse modelo. Passaram-se dez anos até que o concluíssem, porém hoje em dia é motivo de orgulho para todos e uma autêntica joia que os vizinhos não se cansam de exibir diante dos que, como eu, passam por aqui de visita.

– É hora da sesta – informa-me uma das educadoras do jardim. – Estão todos dormindo.

Subimos ao andar de cima e nos encontramos com uma longa fileira de sapatinhos diante da porta de uma grande sala-dormitório com colchões alinhados no solo; as crianças estão deitadas sobre eles, uns aos lados dos outros aproveitando o espaço. A maioria dorme, os que não, nos olham com curiosidade, mas também permanecem disciplinadamente quietos e calados em sua parte do colchão. Cumprimento-os acenando com a mão e um deles, o mais comunicativo ou desperto, responde-me com educação.

Mostram-me o resto do edifício, as salas de jogos, o refeitório e a cozinha, onde estão preparando a merenda. Contam-me que as crianças permanecem lá desde as sete da manhã até as quatro da tarde. Sem dúvida este equipamento não tem nada a invejar de qualquer jardim de infância da Catalunha. Têm motivos de sobra para se sentirem orgulhosos do que fizeram e da qualidade do serviço que oferecem. Ver o que conseguiram e como o mantêm dá a medida de sua capacidade de luta, de autogestão e de seu valor.

Para acabar a visita, fazem com que eu suba a cobertura do edifício, onde puseram o pátio para que as crianças possam brincar sem perigo. O padre Assis e André me mostram a vista lá de cima. Querem que preste atenção em um terreno enorme sem construir que está junto à favela.

– Esse terreno tem a mesma extensão da favela – diz André –, uns sessenta mil metros quadrados. Eram terrenos da Companhia das Águas, porém há pouco tempo uma empresa imobiliária o comprou e não sabemos o que acontecerá.

Meus interlocutores, como os demais habitantes de Vila Prudente, vivem com a incógnita de saber se esse espaço ajudará a resolver alguns de seus problemas históricos – se for destinado a serviços ou residências sociais – ou se, ao contrário, representará uma nova ameaça. A especulação imobiliária, sobretudo em favelas próximas à cidade, não respeita nada. Não seria a primeira vez que, com a desculpa de abrir rua ou levar a cabo uma remodelação urbanística – e com a cumplicidade da prefeitura –, expropriam e expulsam os vizinhos da favela para transformar a zona em um bairro para gente com mais recursos.

Quando me despeço do padre Assis, de sua equipe e das educadoras do jardim de infância, noto certa preocupação. Ninguém ignora essa ameaça latente, ainda que também percebo muita confiança em sua capacidade de mobilização e de luta. É o que sempre fizeram e sabem que podem fazê-lo chegado de novo o momento. O anel de tucum que usam o recorda: deve estar disposto a sangrar.

Quando vejo como essa gente trabalha, com os pés no chão, ao lado dos que sofrem, sem grandes discursos, sem grandes pretensões, constato até que ponto são coerentes. Me dou conta de que, simplesmente, é o que deveria implicar qualquer compromisso social e político. Vendo-os, tenho a impressão de que, às vezes, parece que na esquerda determinados princípios tenham se dispersado, como se tivessem complicado demasiado a vida e tivessem se esquecido das causas originárias que dão sentido à luta. Recordo que em certa ocasião perguntei a Pedro Casaldáliga, na última etapa de sua vida – quando a situação política e social havia melhorado de maneira significativa em muitos lugares da América Latina –, se, com esses novos ventos que sopravam, a existência da teologia da libertação seguia tendo sentido.

– Enquanto continuar havendo pobres e Deus seguir existindo, a teologia da libertação seguirá tendo plena vigência – respondeu Casaldáliga. Tudo é relativo, salvo Deus e a fome.

Com essa frase ressoando em meu interior, no dia seguinte, com a vontade de tomar consciência do povo que sofre vivendo no limite da dignidade em uma megalópole como São Paulo e de ter contato direto com sua situação, acompanho Zecão ao local da Pastoral do Povo de Rua. Está muito próximo do centro histórico da cidade. Passamos diante da catedral, onde há um autêntico acampamento de sem-teto, e, um pouco mais adiante, nos detemos diante de uma longa fileira de pessoas para conseguir um pouco de comida em um centro paroquial onde distribuem café da manhã.

– A pandemia agravou a situação – conta Zecão. – Em São Paulo sempre houve muita gente vivendo nas ruas, porém nestes últimos meses a cifra aumentou de maneira considerável, e você encontra gente que nunca teria esperado... Família inteiras e crianças, muitas crianças.

Calcula-se que mais de duzentas mil pessoas vivem nas ruas no Brasil. Somente em São Paulo, a cidade com maior quantidade de população de sem-casas, tem sessenta mil. A Casa de Oração da Pastoral do Povo da Rua é um edifício grande, localizado a pouca distância da catedral. É pensado para acolher o povo da rua e dar-lhe de comer. É um espaço amplo com muitos serviços – tem inclusive um forno de pão. Na cozinha a atividade é frenética. Contam-me que, entre as pessoas que trabalham lá – pessoal da Igreja e um numeroso grupo de voluntários –, têm várias pessoas que antes estavam nas ruas e que conseguiram seguir adiante. Muitas usam um anel de tucum no dedo. Explicam-me com orgulho que esse equipamento social, como muitos outros que funcionam na cidade, é mérito da generosidade e audácia de Paulo Evaristo Arns – arcebispo de São Paulo de 1970 a 1998 –, uma das pessoas da jerarquia eclesiástica que mais defendeu e protegeu Casaldáliga quando este necessitou. Paulo Evaristo Arns, que morreu em 2016, continua despertando uma admiração reverencial entre muitos paulistas, entre outros motivos porque, quando fazia três anos que era arcebispo, decidiu vender o Palácio Episcopal Pio XII, sua residência, para construir igrejas na periferia e equipamentos sociais como esta Casa de Oração para os sem-teto. No andar de cima, acima da cozinha, tem uma grande sala muito espaçosa dedicada à oração, daí o nome do equipamento. Os sem-teto podem vir quando quiserem para reunir-se, descansar ou rezar. Na sala está em destaque um mural de grandes dimensões com um Jesus crucificado. Ao lado dessa espécie de altar há um espaço com seis cruzes metálicas cravadas na parede. Impressiona-me saber que cada uma delas corresponde a um sem-teto assassinado recentemente; seis crimes ainda pendentes de resolução. Outra impunidade habitual que pouca gente denuncia.

Há de se levar em conta que alguns setores da sociedade brasileira consideram as pessoas que vivem nas ruas uns preguiçosos incômodos, ao contrário de uma realidade social que reclama e necessita ajuda. Um bom exemplo disso é a polêmica surgida em agosto de 2021 quando Janaína Paschoal, do PSL, uma correligionária de Bolsonaro que se tornou muito popular por ser umas das deputadas que mais se destacou no *impeachment* contra Dilma Rousseff, denunciou o padre Júlio Lancellotti, um religioso que sempre se destacou por sua forte implicação na defesa dos direitos e na ajuda aos sem-teto, por fomentar a criminalidade na cidade de São Paulo. A razão dessa acusação foi a iniciativa de Lancellotti, motivada pelas dificuldades de mobilidade que impunha a pandemia, de levar comida às ruas e aos bairros onde vivia o povo mais necessitado, já que o povo não podia deslocar-se para as igrejas ou aos locais destinados à distribuição de alimentos. Um dos lugares onde Lancellotti distribuiu marmitas foi a Cracolândia, um bairro que, como seu nome indica, se caracteriza pela forte incidência do tráfico e do consumo de drogas em suas ruas.

A denúncia teve muita repercussão, porém não conseguiu o efeito desejado pela deputada. Lancellotti soube defender-se atacando com dureza a insensibilidade de Paschoal. A disputa acabou com um aumento significativo das doações destinadas aos sem-teto. Não era, nem muito menos, a primeira vez que Júlio Lancellotti se via envolvido em uma polêmica com o conservadorismo político, por definir de uma maneira amável esse setor ideológico. Durante a etapa de Bolsonaro no poder, os conflitos e os enfretamentos entre os representantes ativos da Igreja progressista e a direita brasileira foram frequentes. Lancellotti, que segue escrupulosamente o conselho de Pedro Casaldáliga, "Não se calar nunca", está muito presente nos meios de comunicação, sempre disposto a denunciar e a rebater os ataques que recebe de maneira sistemática.

Dizem-me que é fácil encontrá-lo a cada manhã na paróquia São Miguel Arcanjo. Como não está longe da Casa de Oração, decido aproximar-me. A Igreja não é muito grande. Falta pouco para as dez horas da manhã e no portal de entrada há um numeroso grupo de pessoas que, ao parecer, fazem fila. Me surpreende ver, em uma das paredes exteriores, um grafite de grande tamanho com a imagem de Lancellotti oferecendo uma marmita a uma mulher vestida com uma túnica negra. É uma imagem que eu já tinha visto e que se converteu em um ícone de sua atividade. Lancellotti sabe perfeitamente que "não se calar nunca" no século XXI significa aprender a comunicar-se de maneira constante, sabendo utilizar o megafone que proporcionam as redes sociais. Nisso é muito hábil e efetivo. Pergunto-me, a partir de seu exemplo, o que haveria feito Pedro Casaldáliga com o Twitter e Instagram ao seu alcance. Acredito que os teria utilizado, mas estou convencido de que não se teria cedido ao exibicionismo narcisista que parece estar inevitavelmente associado à comunicação através das redes.

Na paróquia São Miguel Arcanjo a atividade é intensa. Um grupo de voluntários prepara sacolas com alimentos e outro as distribui. Em um canto da igreja, sentado em um banco, Lancellotti fala com uma mulher que dá o peito a um bebê de poucos meses. Há uma fila para falar com ele. A maioria é gente que vive nas ruas. Não sei muito bem o que fazem, mas estão lá há um bom tempo. Às vezes o padre Lancellotti se levanta, entra em uma sala contígua – onde está o pessoal que prepara a comida –, pega um pacote ou uma marmita e dá para a pessoa com a qual estava falando. Outras vezes simplesmente as escuta e logo as abraça.

O padre Lancellotti é alto. Está vestido igual ao grafite, usa uma máscara FFP2, uma camisa azul e um avental amarelo com a imagem da irmã Dulce dos Pobres, uma religiosa baiana que conta com uma autêntica legião de devotos em todo o Brasil. É enérgico. Eu o espero discretamente sentado em um banco da igreja. Dá dois longos e decididos passos e se senta no banco em frente. Olha-me nos olhos, muito sério, e me diz que dispõe de pouco tempo.

Conto-lhe quem sou e o que estou fazendo. De imediato, muda o olhar e o inunda uma expressão de tristeza e pesar.

– Quero que saiba que a morte de Pedro me doeu muito – confessa Lancellotti com um gesto que transmite uma dor tanto emocional como física. – Realmente passei muito mal. Ele foi muito importante para mim. Tenho a sensação de que com ele se acaba toda uma época... Entretanto as causas continuam, por isso devemos seguir lutando e resistindo.

"Santo súbito". Esse foi o *tuíte* com que Lancellotti reagiu quando se inteirou da morte de Casaldáliga. Mais do que um desejo, um grito. Não tanto dirigido a uma Igreja que ele já sabia que dificilmente elevaria aos altares uma figura como a sua, senão ao povo que o havia conhecido e por aqueles pelos quais havia entregado sua vida. Eles não necessitam, não necessitamos, nem jerarquias, nem burocracias para ter um referente claro quando olhamos para o céu para carregar-nos de esperança.

– O pior de conviver com as pessoas que vivem nas ruas é que vê como, pouco a pouco se desumanizam – conta Lancellotti para que entenda sua realidade. – A rua desumaniza. Nossa tarefa consiste em ajudá-los a resistir. Tenho a impressão de que a grande missão da Igreja deveria ser descravar da cruz aos crucificados e fazer que desçam para que tenham uma vida e que a vivam com dignidade. Essa é a tese de Jon Sobrino (teólogo, professor da UCA em El Salvador e companheiro de Ignacio Ellacuría e das outras sete vítimas do massacre de 16 de novembro de 1989; ele se salvou porque aquele dia estava viajando). Para Sobrino, Jesus continua crucificado hoje em dia, e nossa missão é descê-lo daí. Por que deveríamos fazê-lo? Porque esse ato representa a resistência ante o sistema que crucifica o povo e o obriga a viver nas ruas toda uma vida, em uma situação de miséria permanente.

Jesus continua na cruz. Uma imagem poderosamente evocadora que conecta com a realidade de milhões de pessoas e, ao mesmo tempo, um discurso tão religioso como político.

– O problema é que o povo que vive nas ruas também é neoliberal – afirma Lancellotti. – O pior é que não têm ferramentas para lutar contra o que os oprime e os exclui. É a cruz. O que estamos vivendo é a Cruz.

Detemos nossa conversa. Há pessoas que levam um tempo esperando e Lancellotti deve atender-lhes. Indica-me um homem em uma cadeira de rodas e me conta que a pessoa que o acompanha, outro homem, é seu marido. Esse trato normal e cotidiano com o coletivo LGBT é outro dos seus posicionamentos que tem lhe trazido críticas da direita.

– O que deveria fazer eu? – pergunta Lancellotti com um sorriso irônico. – Dizer-lhes que são o demônio? Que não são filhos de Deus? Valha-me, Deus!

O sorriso se transforma em uma sonora gargalhada e Lancellotti se despede afetuosamente de mim. Fico um pouco mais olhando o povo que vem e que vai. Pensando, também, que o legado de Pedro Casaldáliga está vivo e parece palpável. Tenho a sensação de ter conhecido um digno herdeiro de seu compromisso e de suas causas. Felizmente, não é o único. Espero seguir encontrando-me com mais pessoas como ele, militantes da esperança, na próxima etapa de minha viagem.

PESSOAS SIMPLES EM LUGARES SEM IMPORTÂNCIA

Quando chego a Belo Horizonte, a capital de Minas Gerais, é noite e chove a cântaros. Terei que esperar amanhã para descobrir a cidade. Não é uma área especialmente turística nem muito relacionada com Pedro Casaldáliga, mas sempre me falaram muito bem desta terra e deste povo e tinha desejo de conhecê-la.

Os mineiros, diferentemente dos cariocas e dos paulistas, que sempre estão às contendas, despertam poucas antipatias entre o resto dos brasileiros e, ao contrário, são considerados como uma espécie de guardiães da essência das tradições e da cultura popular. Talvez por isso exista um certo consenso de que os mineiros são bastante representativos do conjunto da população do Brasil. De fato, quando há eleições, os dados deste estado costumam ser o barômetro mais fiel e a mostra mais fiável do que serão os resultados gerais em todo o país, como acontece em outros países com algumas regiões muito específicas. Quem ganha em Minas, ganha no Brasil.

Como bons representantes do conjunto de seus compatriotas, os mineiros são agradáveis, trabalhadores e, sobretudo, amantes da boa mesa. A cozinha mineira ganhou uma merecida fama e é um dos principais argumentos que justificam a admiração que os brasileiros sentem por este território. Se alguém se pergunta por que, só tem que provar o pão de queijo, uma espécie de biscoito, crocante por fora, feito de amido com ovo, sal, azeite vegetal e queijo, uma de suas principais contribuições. Por que, isso sim, se há algo que identifica e une todos os mineiros é a devoção pelo queijo. Na maioria das piadas sobre mineiros que se contam, e se contam muito, sempre costuma ter um queijo. Ou dois. Como aquela de um mineiro que encontra uma lâmpada mágica, ele a esfrega e aparece um gênio que lhe concede três desejos; ele lhe responde que o primeiro que quer é um queijo, depois outro queijo e, em terceiro lugar, uma mulher bonita. O gênio, estranhando, lhe recorda que não tem por que conter-se, assim que pode pedir o que realmente deseja. Então o mineiro reconsidera e reconhece que como terceiro desejo pediu uma mulher porque ficou com vergonha de pedir o que de verdade desejava: outro queijo.

Esta piada, como muitas outras sobre mineiros e muitas outras histórias do povo e do país, me contou há muito tempo Paulo Gabriel López Blanco em um jantar que compartilhamos na casa de Pedro Casaldáliga em São Félix do Araguaia. Ele foi um dos seus colaboradores mais estreitos e uma das pessoas que mais me ajudou a entender a realidade do Brasil e as causas e as lutas de seu povo. De fato, escrevo este livro porque ele me incentivou fazê-lo. "Há de se dar valor ao legado de Casaldáliga", disse-me. Isso fez com que me decidisse a empreender esta viagem. Por isso estou aqui em Minas Gerais. Aqui é onde Paulo Gabriel está destinado desde há alguns anos. Ele, que deveria ter sido o substituto natural – e desejado – de Casaldáliga como bispo de São Félix, é agora capelão da Chapada do Norte, um pequeno povoado situado ao norte do estado, em uma das áreas mais pobres e desoladas da região.

Entretanto, antes de reunir-me com Paulo Gabriel, vim a Belo Horizonte porque quero conhecer Vicente Ferreira, Bispo de Brumadinho, a quem se poderia considerar como um autêntico herdeiro espiritual de Casaldáliga. Creio que não chegaram a conhecer-se, porém, em outro tempo e em outro lugar, parece que Ferreira segue seus passos e, praticamente, reproduz sua vida. Apesar de suas origens e de sua formação tradicional e conservadora, Ferreira não quis ignorar os conflitos que causam a pobreza e a desigualdade do povo de sua diocese, e se atreveu a sinalizar e a denunciar os culpados. Como Casaldáliga, ele também recebeu ameaças de morte, porém, apesar disso, não quis afrouxar nem renunciar. Tampouco ficou calado. Faz um tempo, em meio ao desgoverno que o Brasil viveu durante a onda mais grave da Covid-19, Bolsonaro, com sua habitual fanfarronice, subestimou as críticas e se reafirmou dizendo que "só Deus lhe tiraria o cargo de presidente". Vicente Ferreira respondeu-lhe com um tuíte pungente e descarado: "Senhor, não tardes!". A reação da milícia digital bolsonarista foi imediata e muito agressiva. Organizaram uma dura campanha contra ele, acusando-o de dividir a Igreja, de comunista e de seguidor de Satanás. Não era a primeira vez que o faziam. Ferreira teve que acostumar-se a ser objeto de pressões e o centro da polêmica devido à atitude que adotou naquele dia de 2019, em que Brumadinho viveu uma desgraça terrível que foi notícia de manchete em todo o mundo.

Brumadinho não está longe de Belo Horizonte, a pouco mais de uma hora de carro. Combinei com Durval Ângelo Andrade para irmos juntos. Trata-se de um político de longa trajetória na região, que foi deputado do PT durante muitos anos e que agora desempenha o cargo de conselheiro do Tribunal de Contas do Estado de Minas Gerais. Como muitos outros fundadores do PT, seu compromisso político está diretamente relacionado com sua vocação religiosa, vinculada à teologia da libertação. Ele também faz parte dessa espécie de comunidade do anel de tucum conectada com a igreja de São Félix do Araguaia e marcada pela influência de Pedro Casaldáliga. Daí que seja um bom amigo de Paulo Gabriel e mantenha muito contato com Vicente Ferreira. Quando passa para buscar-me para irmos a Brumadinho, surpreende-me que viaja com dois carros.

– É a escolta – esclarece Durval Ângelo sinalizando o veículo que nos segue. – Há vinte anos que a tenho. Porém pode ficar tranquilo, são de confiança. A polícia e o exército estão cheios de bolsonaristas, porém eu escolho com muito cuidado a minha escolta e me asseguro de que todos sejam de esquerda. Estes são de confiança.

Andrade, como tantos outros políticos e ativistas, está acostumado a viver sob ameaças. Durante a viagem falamos dos perigos e dos medos com os quais convive, do aumento da violência em um país onde, graças a Bolsonaro, cada vez tem mais gente armada. Falamos também das dificuldades da esquerda e da Igreja para terem um discurso e uma linha de atuação que conectem com a população e com a realidade atual.

– Envelhecemos – queixa-se Durval Ângelo. – Antes, contra a ditadura, tudo era mais simples. Somar vontades contra um inimigo tão evidente era fácil. Agora necessitamos encontrar uma nova maneira de fazer política. Se formos capazes de redescobrir uma espiritualidade que nos una, nós o conseguiremos. Um biblista contava uma história muito ilustrativa do que nos passa. Havia um pastor cujas cabras estavam doentes. Recomendaram-lhe um xarope como remédio; o homem tentou dar uma colherada a cada cabra, porém não o conseguiu. Uns dias depois, acidentalmente a garrafa caiu ao solo e quebrou-se, as cabras lamberam o líquido do xarope derramado e se curaram. Ao PT e à Igreja nos acontece a mesma coisa que ao pastor, temos o remédio, porém não sabemos como administrá-lo.

A rodovia que leva a Brumadinho atravessa uma paisagem verde e montanhosa cheia de vida. Esta é uma terra rica. Pode ser inclusive demasiado. A cidade se encontra no vale do rio Paraopeba, uma das áreas de maior produção de ferro do mundo. Como muitos outros territórios do país, a história deste lugar e de toda a região é marcada pela ambição que despertaram suas riquezas naturais. O nome, Minas Gerais, já diz tudo. Algumas de suas cidades históricas, como Diamantina, Turmalina ou Ouro Preto, também têm seu passado e seu destino marcado no nome. Se em um primeiro momento o processo de colonização de Minas Gerais foi determinado pela abundância de ouro e pedras preciosas, agora é o ferro a riqueza "maldita" que mais condiciona seu presente e seu futuro.

Releio *As veias abertas da América Latina* para tratar de reconstruir a história desta região, a partir do olhar crítico e do espírito revolucionário de Eduardo Galeano. O livro, que foi publicado em 1971, em plena Guerra Fria, uma época efervescente e agitada na América Latina, propõe uma maneira nova e alternativa de explicar a história do continente. Os títulos das duas partes da obra, "A pobreza do homem como resultado da riqueza da terra" e "O desenvolvimento é uma viagem com mais náufragos do que navegantes", são uma boa referência tanto do conteúdo como da ideologia que o inspira. A partir destas duas ideias-chave, Galeano viaja por todo o continente e confirma até que ponto as riquezas naturais supuseram uma maldição para as regiões que as possuíam. A falta de capacidade industrial desses países e a vontade exploradora e depredadora dos países colonizadores são a explicação.

Foi um livro de cabeceira de toda uma geração de intelectuais de esquerda do século XX, alguns dos quais chegaram ao poder em seus respectivos países a princípios do século XXI, como Evo Morales, Hugo Chaves, Rafael Correa e Lula da Silva. A devoção que gerou o livro entre o público de esquerda contrasta com as críticas enfurecidas e a censura que provocou entre os intelectuais de direita. Para pôr um exemplo significativo, só há que se recordar da resposta em forma de livro que publicaram Álvaro Vargas Llosa, Carlos Alberto Montaner e Plinio Apuleyo Mendoza, com um título que também o diz tudo: *Manual do perfeito idiota latino-americano*. Sem dúvida, *As veias abertas da América Latina* é fruto de uma época muito determinada, e Galeano era muito jovem quando o escreveu, ainda não havia completado os trinta anos. Talvez por isso, ou pela evolução e as mudanças experimentadas pelo continente nestes últimos anos, em 2014 seu autor fez um insólito exercício de autocrítica e admitiu que seu livro talvez tenha sido um pouco simplista. Não serei eu quem diga o contrário do autor, pois é um fato que 1971 está muito longe e que o livro contém alguns excessos e algumas carências atribuíveis à sua juventude e inexperiência, porém, lido hoje em dia com a perspectiva que dá o tempo, creio que Galeano se excedeu com sua autocrítica. *As veias abertas da América Latina*, apesar de tudo, continua oferecendo uma visão válida, documentada e muito bem enfocada da história e da realidade latino-americanas. O livro está escrito com essa raiva justa e contagiosa que é fruto da injustiça. A raiva que sentia o jovem Galeano diante do primeiro mundo explorador e espoliador que, naquele momento, ao final da década dos setenta, identificava o crescimento do terceiro mundo com uma grande ameaça. Por esse motivo, propugnava políticas de controle de natalidade e condicionava as ajudas em função de seu seguimento. Um bom exemplo desta linha de pensamento é o que disse o presidente norte-americano Lyndon B. Johnson sem ruborizar-se: "Cinco dólares investidos contra o crescimento da população são mais eficazes que cem dólares investidos no crescimento econômico". Como resposta, praticamente em defesa própria, Galeano cita as palavras de Josué de Castro, um médico brasileiro que liderava uma cruzada internacional para lutar contra a fome no mundo: "Eu que recebi um prêmio internacional da paz, penso que, por desgraça, para a América Latina não há outra solução que a violência".

No capítulo "Dentes de ferro sobre o Brasil", Eduardo Galeano conta a história da companhia mineira Vale do Rio Doce, que é, com alguma evolução e algumas mudanças de acionistas, a mesma empresa, praticamente com o mesmo nome, que na atualidade explora o ferro da região e a responsável pelo desastre que se viveu em Brumadinho. A origém da atual Vale se remonta à década dos anos cinquenta do século passado, quando a poderosa companhia norte-americana *Hanna Mining Corporation* se fixou no ferro do vale do Paraopeba. Segundo Galeano, o papel dessa empresa, que atuava de maneira coordenada com o Governo dos Estados Unidos, foi determinante para instaurar a ditadura militar no Brasil. A *Hanna Mining Corporation* tentou consolidar um monopólio no vale do Paraopeba, empurrada pela necessidade estratégica que tinham os Estados Unidos de conseguir ferro a bom preço para transformá-lo em aço. O problema surgiu quando o Governo brasileiro de João Goulart quis enfrentar-se a esse monopólio e tratou de vender o ferro por sua conta a alguns países europeus e a alguns países socialistas. Os Estados Unidos, como sempre que seus interesses econômicos e políticos se veem afetados, atuou com contundência e rapidez: sem economizar recursos, comprou todas as consciências e as vontades necessárias para provocar uma mudança de regime. E o conseguiu. Em março de 1964, um golpe de Estado colocava os militares no poder e em dezembro do mesmo ano o novo Governo promulgava um decreto que dava carta branca à *Hanna Mining Corporation* para extrair ferro no vale do Paraopeba.

Com esse precedente, e blindada pela proteção governamental – que se estendeu também aos Governos posteriores à ditadura militar –, a companhia Vale explorou as riquezas minerais da região com muita voracidade e muito pouco respeito pelo meio ambiente e pela segurança dos trabalhadores.

Uma prova disso são os desastres de 2015 em Mariana e 2019 em Brumadinho. Ambos tiveram características similares. O sistema de exploração que essa companhia utiliza – e muitas outras – para obter o mineral gera uma grande quantidade de resíduos que são armazenados em grandes represas. São construções de grande tamanho que devem ser capazes de acumular milhares de toneladas de barro proveniente do processo de extração. É necessário, sobretudo, que sejam suficientemente sólidas para garantir a segurança e para evitar a contaminação do rio. Nos dois acidentes, primeiro em Mariana e logo em Brumadinho, as represas rebentaram porque se havia optado pelo método de construção mais barato e menos seguro. Em Mariana, o acidente provocou uma vintena de mortos e danos consideráveis ao meio ambiente.

Quatro anos mais tarde, como se a experiência de Mariana não tivesse servido para nada, a represa de Brumadinho se rompeu, destroçou o vale e causou a morte de duzentos e setenta pessoas; o acidente trabalhista com mais vítimas mortais da história do Brasil.

– Foi um horror – afirma Durval Ângelo enquanto nos aproximamos de Brumadinho e o carro passa pela área onde se produziu a tragédia. – Foi pouco depois do meio-dia, na hora do almoço. Muitas das vítimas ficaram presas no refeitório da empresa, que estava situado ao pé da represa. A área afetada foi enorme. Impressiona-me o simples fato de recordá-lo. Barro por todas as partes, muitos mortos e ainda mais desaparecidos... Muitos profissionais e voluntários se mobilizaram e compareceram para ajudar no socorro. Entre eles, minha filha Maria

Júlia. Estava grávida de gêmeos. Ficou tão impressionada com o que havia vivido que perdeu os filhos que esperava. Passou dois meses aqui trabalhando com as equipes de resgate, com dois filhos mortos no ventre. Quando dizem que no acidente morreram duzentos e setenta pessoas, eu acrescento mais dois, meus netos.

Depois de pouco mais de uma hora de sair de Belo Horizonte, chegamos a Brumadinho. A casa na qual vive Vicente Ferreira, mais que uma residência episcopal, parece um centro comunitário aberto a todo o mundo e planejado para acolher o povo e organizar encontros. Sempre há algum grupo realizando alguma atividade, me adverte Durval Ângelo. E isso é o que encontramos quando chegamos. Não saberia dizer se se trata de uma reunião ou de uma aula, mas Vicente Ferreira a interrompe para dar-nos as boas-vindas. Acostumado à informalidade de Pedro Casaldáliga e da igreja de São Félix do Araguaia, surpreende-me que se vista de sacerdote. Usa terno, colarinho clerical muito bem abotoado e uma cruz pendurada no pescoço. É mais jovem e mais clássico do que havia imaginado. Por seu aspecto e pelo sorriso com que me recebe, poderia passar perfeitamente por desses religiosos atrativos que ilustram os calendários para turistas que as lojas do Vaticano vendem. No entanto, a distância que impõe o hábito se reduz de maneira imediata: dá um longo abraço carregado de cumplicidade em Durval Ângelo, e comigo se mostra extremamente afetuoso e cálido. A couraça formal de bispo desaparece de imediato.

A origem de Vicente Ferreira é muito humilde. Nasceu em Araraí, um povoado do estado do Espírito Santo. Seus pais eram agricultores, e isso, naquela terra, significava ser pobre. Sua vocação religiosa permitiu-lhe acessar uma formação acadêmica que provavelmente sua família não teria podido oferecer-lhe. Optou pela Congregação do Santíssimo Redentor, foi ordenado sacerdote e progrediu rapidamente. Aos quarenta e seis anos, foi nomeado bispo auxiliar de Belo Horizonte com a responsabilidade territorial sobre a região de Brumadinho. Uma carreira muito prometedora que era consequência de sua preparação e capacidade, porém também poderia interpretar-se como a progressão lógica de alguém que não questiona a jerarquia e se comporta como se espera dele. Tanto é assim que, quando o nomearam bispo, nunca nos ocorreria compará-lo com Pedro Casaldáliga. Contudo, a tragédia do rompimento da barragem da Companhia Vale, ocorrida em 25 de janeiro de 2019, mudou tudo e, definitivamente, também mudou a ele.

Fazia pouco mais de dois anos que era bispo da região, e o que viveu então supôs um ponto de inflexão em todos os sentidos.

Vicente Ferreira nos conduz a seu quarto para falar com mais tranquilidade. É um cômodo muito austero. Não há muito espaço, o mínimo imprescindível para dar lugar a uma cama estreita e uma mesa repleta de livros e papéis. Nos sentamos como podemos ao redor da mesa. Pergunto a Ferreira se posso gravar a conversa. Me diz que sim, pega meu telefone e o coloca sobre a Bíblia. Esclarece-me que é para assegurar-se de que tudo irá bem. Vejo que ao lado, sobre a mesa, está o *Manifesto comunista* e lhe proponho que também o ponha debaixo.

– No mesmo lugar não – diz Vicente Ferreira com um sorriso malicioso –, mas o colocaremos ao lado.

E, assim, começamos a falar, inspirados pela Bíblia e pelo *Manifesto comunista*, daquele dia fatídico que o marcou para toda a vida.

– Foi uma experiência brutal – confessa Vicente Ferreira. – Também totalmente inesperada. Viver aquela tragédia me afetou muitíssimo. Não posso comparar-me com as mães que perderam seus filhos, mas é uma dor que ainda não se foi, que tenho muito presente e com a qual devo aprender a conviver. Nunca teria pensado que seria capaz de superar aquele trauma. Não sei de onde tirei força, mas ao menos soube encontrá-la para falar claro. No Brasil estamos vivendo um momento crucial. As agressões contra a natureza e o ser humano são muito violentas. Como Igreja devemos assumir um compromisso inequívoco em defesa da vida. Não podemos esconder-nos e devemos ser muito claros.

Isso é o que fez Vicente Ferreira depois do acidente, não se esconder e abaixar até o barro. Não só para ajudar e dar consolo ao povo que dele necessitava, senão, sobretudo, para denunciar os responsáveis pela tragédia.

– O que mais custa a aceitar é que aquele desastre poderia ser evitado – disse resmungando Vicente Ferreira. – Produziu-se por negligência e porque a companhia não quis tomar as medidas de segurança básicas para evitar uns riscos dos quais estava muito consciente. A causa do acidente não foi outra que um sistema econômico que viola a vida em nome da acumulação de riqueza. A constatação dessa realidade é a que nos empurrou a passar do luto individual à luta comum.

O acidente de Brumadinho supôs um autêntico processo de transformação da figura pública de Vicente Ferreira. Não só falou claro, como também assumiu uma liderança e um protagonismo que nunca haveria imaginado. Essa atitude de denúncia, dura e constante, serviu-lhe para ganhar a confiança das vítimas e da maioria do seu povo e, ao mesmo tempo, para enfrentar-se com poder e perder algumas amizades e a alguns seguidores que não lhe perdoaram a mudança. O processo que viveu resume perfeitamente uma frase clarividente que há muitos anos pronunciou Hélder Câmara, uma das grandes referências da teologia da libertação: "Se ajudo a um pobre me chamam santo, mas se pergunto as causas de sua pobreza me chamam comunista".

– Pisar o barro de Brumadinho supôs um processo de conversão para mim – afirma Vicente Ferreira. – Foi um longo caminho e sinto que ainda o estou percorrendo. Partia com a desvantagem de ser branco, descendente de europeus, homem, intelectual, heterossexual e, além disso, bispo. Imagine uma mulher negra, pobre, analfabeta e lésbica. Pois meu objetivo é estar a seu lado. Isso significa para mim conversão.

Isso e, como dizia Casaldáliga em um de seus poemas, "não se calar nunca". Ferreira começou clamando contra os responsáveis diretos pela tragédia de Brumadinho, seguiu contra aqueles que davam cobertura política e acabou convertendo-se em uma das vozes mais críticas contra o Governo de Jair Bolsonaro. Esse alto grau de exposição pública e a dureza de seu testemunho significam que Vicente Ferreira teve que acostumar-se a receber ameaças de morte de maneira constante.

Não me considero uma pessoa corajosa – afirma Vicente Ferreira. – Não suporto a dor e reconheço que tenho medo... Entretanto, não deixei que isso me influenciasse e não mudei de atitude. As ameaças foram muito sérias e me ofereceram escolta. Até agora me neguei. Não quero que essa situação condicione minha vida.

Durval Ângelo, que até então permanecera em silêncio, intervém para dizer que, para ele, viver sob o peso da ameaça de morte sabendo que se trata de uma ameaça real é pior do que a morte.

– Eu inclusive poderia dizer que me acostumei com tudo isso – acrescenta Vicente Ferreira. – Porque não acredito que seja de todo consciente. Não sei se estou em perigo de morte ou não... Por outro lado, o que sim experimentei, e acho pior, é a tortura da difamação.

A expressão de Vicente Ferreira é severa e amarga. Não deve ser fácil converter-se no alvo permanente das hordas bolsonaristas. Então, insuspeitadamente, como para romper a pesada gravidade do momento, o religioso se vira, pega um violão que tem atrás e começa a tocar. E a cantar.

Bruma de Brumadinho
Se foi embora
Seu povo chora
Dor que dói demais.

Ferreira compôs essa canção, *Lamento*, pouco depois da tragédia. Uma balada triste que acaba arremetendo contra a Companhia Vale para não desaproveitar a mais mínima ocasião de denúncia.

– Minha estratégia é poética – esclarece Vicente Ferreira enquanto deixa o violão em seu lugar. – A poesia e também o senso de humor. Como da vez em que escrevi o tuíte com aquilo de "Senhor, não tardes!", dedicado a Bolsonaro. A repercussão foi incrível, porque é uma maneira de pôr às claras sua fanfarrice. Poesia e humor... Não falha!

Se Vicente Ferreira pretendesse reclamar a herança de Pedro Casaldáliga, não poderia haver utilizado melhores argumentos. Até agora tinha encontrado muitos pontos em comum entre ambos – o processo de conversão, o compromisso radical e o fato de viver sob ameaça –, porém as palavras que acabo de ouvi-lo dizer me recordam Casaldáliga, dizendo que graças à poesia tinha conseguido sobreviver aos momentos mais difíceis. Que a poesia o havia salvado.

– Não tive a sorte de conhecer pessoalmente Pedro Casaldáliga – confirma-me Vicente Ferreira –, porém sua presença tem me acompanhado toda a vida. Li todos os seus livros e seus poemas. Para mim sempre será uma referência e um exemplo a ser seguido.

Ferreira se emociona falando de Casaldáliga e toma um momento para recompor-se.

– Para mim era um profeta – prossegue. – A força de sua profecia era corpórea. A força de sua missão consiste em que soube pôr o corpo e entregar a vida. Ele sempre esteve fisicamente ao lado de seu povo, em São Félix do Araguaia. Nunca os abandonou. Isso é o que eu também trato de fazer aqui. A cabeça e os pés têm que estar no mesmo lugar. Com eles. Com sua gente. Entre o povo.

Deixo Brumadinho com a sensação de ter encontrado um digno sucessor de Pedro Casaldáliga, um homem que soube recolher seu legado, atualizá-lo e aplicá-lo a uma realidade conflitiva que exigia uma entrega total e um compromisso incondicional. É o que faz Vicente Ferreira, em corpo e alma. Com a força da poesia e o bálsamo do senso de humor. Como Casaldáliga. E como Paulo Gabriel López Blanco, outro herdeiro, neste caso não só espiritual, com quem tenho muita vontade de encontrar-me.

Como é habitual no Brasil, a viagem para chegar a Chapada do Norte, o povoado no qual Paulo Gabriel é capelão, é mais longa do que eu esperava. Está situado ao norte de Minas Gerais, na fronteira com o estado da Bahia. À medida que avançamos, a paisagem vai se tornando mais montanhosa, mais rochosa, a terra é mais pobre. Já não se veem variadas plantações agrícolas nem as características fazendas desta região; rumo ao norte há grandes extensões de eucaliptos. Essas árvores de rápido crescimento e de natureza depredadora substituíram as plantações de café, que eram menos rentáveis e davam mais trabalho. Além do impacto ao meio ambiente que provoca esse cultivo, o intenso trânsito de caminhões carregados de troncos de eucalipto fez com que se destruíssem as rodovias até quase torná-las intransitáveis. Quilômetros e quilômetros de buracos que obrigam os condutores a prestar mais atenção para esquivar-se deles. Durante o trajeto nos encontramos com dois terríveis acidentes por causa do mal estado da rodovia.

Demorou muito para chegar, mas valeu a pena. Chapada do Norte é um povoado encantador de casas brancas com as janelas pintadas de cores vivas e brilhantes. Respira-se paz e tranquilidade. Dá a sensação de que aqui o tempo se deteve. Enquanto espero Paulo Gabriel na praça do povoado, passa um homem a cavalo e me saúda. Não há muita gente pela rua, mas todos são negros. Já me haviam comentado. Chapada do Norte está no Vale do Jequitinhonha, que leva o nome do rio que o cruza. Uma terra de população quilombola. São descendentes dos africanos escravizados que fugiram das plantações da costa ou das minas do interior e chegaram aqui durante o século XVII. Se o acesso é difícil hoje em dia, naqueles tempos o era ainda mais. As pessoas escravizadas buscavam estas terras inexploradas e despovoadas para estabelecer suas próprias comunidades e começarem do zero uma nova vida como homens e mulheres livres. Neste vale foram identificados até catorze quilombos, que é o nome com que são conhecidas estas comunidades, segundo consta a Fundação Palmares, que leva seu registro. A maioria da população atual de Jequitinhonha descende daqueles escravos que souberam conquistar a liberdade. O problema, tanto daqueles homens e mulheres como de seus descendentes, é que o preço da liberdade era instalar-se em um lugar onde a terra quase não dá para viver.

Tinha muita curiosidade de saber como era a Chapada do Norte e por entender o que faz Paulo Gabriel aqui. Depois de tantos anos em São Félix ao lado de Casaldáliga, e de uma longa etapa em Belo Horizonte com responsabilidades importantes na comunidade agostiniana, me perguntava porque havia deixado tudo para viver neste rincão perdido e desconhecido do mundo.

Quando Paulo Gabriel chega à praça, depois de um longo abraço e de colocar-nos rapidamente em dia sobre a saúde e a família, a primeira coisa que me pergunta é que livros lhe trago. É um leitor incansável e de pensamento aberto. Como já lhe ocorria quando estava em São Félix junto a Casaldáliga, também longe da civilização, agradece estar em dia sobre as novidades literárias e se mostra disposto a descobrir a um autor que não conhecia ou um livro que o surpreenda. Traga o que trouxer, sempre acerto. Quando estou com ele, sinto-me em casa. É a mesma sensação que tinha quando visitava Pedro Casaldáliga. Nesta viagem por um Brasil dividido em dois em que, a partir de sua ausência, quero fazer caminho e fazer memória, me dou conta de que seu legado não é uma lembrança, senão algo presente e muito atual. Eu o comprovei com Vicente Ferreira e o corroboro com Paulo Gabriel.

– Foram muitos anos vivendo ao lado dele – recorda Paulo Gabriel com saudades. – Isso me permitiu superar o mito e encontrar a pessoa. Nossa relação foi fraterna, porém em alguns momentos era como a de um mestre com seu discípulo ou a de um pai como seu filho. Assim é como eu sentia minha relação com ele. Por sua parte? Não saberia o que dizer-lhe... Fico com a dedicatória de um livro com o que me presenteou. Pôs "Para meu *alter ego*".

Noto que o olhar de Paulo Gabriel se enternece com a lembrança. Foram muitos anos de convivência, mas também toda uma vida marcada por sua figura.

– Eu devia ter pouco mais de vinte anos quando estudava no *El Escorial* – rememora Paulo Gabriel. – Era o ano de 1971. No seminário recebíamos a revista *Vida Nueva*. Ainda recordo o muito que me impressionou a manchete dedicada à ordenação de Casaldáliga como bispo. Aquela foto mítica dele com o chapéu de palha, o anel de tucum e o remo de tapirapé com o rio Araguaia ao fundo. O título da reportagem que Teófilo Cabestrero tinha escrito era: "Um bispo profeta, um bispo poeta". Nesse momento vi claro que aquele homem era meu destino. Meu ideal. Queria ser como ele... Tinha que ir para o Brasil.

Os ventos de mudança que sopravam na Igreja após o Concílio Vaticano II e o fato de pertencer à ordem dos agostinianos, mais abertos que outras congregações religiosas, ajudaram a tornar realidade os sonhos do jovem Paulo Gabriel. Ao cabo de pouco mais de um ano de ler o artigo, em janeiro de 1973, aterrissava no Rio de Janeiro.

– No dia em que chegamos nos roubaram – recorda divertido Paulo Gabriel –, apontaram com um revólver para nossas cabeças e nos tiraram tudo o que levávamos. Porém não me importei. Nos primeiros tempos estava tão ilusionado pelo fato de estar lá que tudo me parecia maravilhoso. Estava apaixonado... pelo país, pelo povo, pelo idioma, por Jesus, por minha vocação... Era muito feliz.

Pela maneira com que o recorda, Paulo Gabriel transmite a agradável sensação de que aquele primeiro amor segue muito vivo. Ao Rio de Janeiro lhe seguiram Belo Horizonte e São Félix do Araguaia; logo regressou a Belo Horizonte, e, desde 2019, está em Chapada do Norte. Quase cinquenta anos de dedicação religiosa, social, política e poética com profundas raízes no Brasil e com seu povo. A veia literária de Paulo Gabriel o levou a publicar vários livros de poesia, sempre em português, a língua que tornou definitivamente sua. Além disso, quando chegou ao Brasil começou a escrever, como Casaldáliga, um diário íntimo e pessoal. Todavia não se decidiu a publicá-lo e não sabe se o fará, porém me deixou lê-lo para escrever este livro. Começo pelo final. Já que me encontro aqui, busco quais foram suas primeiras impressões de Chapada do Norte. Reproduzo um par de fragmentos:

O ritmo do interior é lento; acostumado às pressas da grande cidade, aqui a natureza impõe um caminhar mais tranquilo, tenho que acostumar-me. Desacelerar é a palavra!

Já passei praticamente dois meses na Chapada do Norte e pouco a pouco a normalidade vai se impondo. Há uma rotina: visita às famílias pelas manhãs, celebrações na zona rural pelas tardes, encontro com os agentes de pastoral pelas noites. Agora as pessoas já têm rosto próprio, endereço, história. Na realidade apenas são três ou quatro famílias que se ramificam e formam toda a cidade: os Soares, os Evangelista, os Lourenço.

Peço-lhe, para entender melhor o que faz aqui, que me permita acompanhá-lo nessa rotina, que me confirma que segue sendo quase a mesma desde o primeiro dia.

– Nós o faremos amanhã – diz –, porque hoje é um dia importante na Chapada. É dia 20 de novembro, o Dia da Consciência Negra.

O Dia da Consciência Negra se celebra em homenagem a Zumbi, o último líder do Quilombo dos Palmares, um reduto de luta contra o escravismo que foi submetido pela força no dia 20 de novembro de 1695, data em que as tropas coloniais acabaram com uma resistência de mais de quinze anos e executaram Zumbi, cortando-lhe a cabeça e expondo-a na praça pública do Recife para que servisse de exemplo e de advertência. Em 2011, instituiu-se por lei no Brasil a Festa da Consciência Negra para recordar a história de Zumbi e para não esquecer a ignomínia que este país arrasta por sua tradição escravocrata. O Brasil foi um dos últimos países do mundo a abolir a escravidão, e lidera o *ranking* de ter recebido a cifra mais elevada de pessoas desterradas da África. Calcula-se que entre 1525 e 1866 chegaram ao Brasil uns cinco milhões de seres humanos. Atualmente, segundo os últimos dados estatísticos que descrevem a composição étnica do país, os grupos majoritários são 48 por cento brancos, 44 por cento de pessoas de ascendência étnica mista, que aqui se denominam pardos, e uns 7 por cento negros.

Na Chapada do Norte, a celebração do Dia da Consciência Negra, como tudo o que tem que ver com a luta contra o racismo, a desigualdade e a reivindicação da negritude, está estreitamente vinculada com uma instituição histórica da cidade, a Irmandade de Nossa Senhora do Rosário dos Homens Pretos. Há anos, quando se fundou a instituição, seu nome era ainda mais longo, porque, além dos homens negros, a irmandade também incluía os libertos e os cativos. Com a abolição da escravidão, corrigiu-se essa anomalia, porém isso não supôs, nem muito menos, o fim do racismo. Paulo Gabriel me apresenta a Maurício Aparecido Costa, procurador-geral da irmandade. Hoje está ocupado com a organização da celebração, apesar de que não parece que tenha muita atividade no povoado. Esclarece-me, como se quisesse justificar-se, que essa celebração é muito importante para eles, porém que não tem nada que ver com sua grande festa, o dia de sua patrona, a Mãe de Deus do Rosário, que foi celebrada há pouco.

– Para que tenha uma ideia do problema que temos aqui – conta Maurício Aparecido Costa deixando-se as festas e celebrações –, só lhe direi que em Chapada do Norte, apesar de que 92 por cento da população é negra, todos os prefeitos que tivemos até agora foram brancos.

O fato de que no Brasil tenha feito da mestiçagem um valor de distinção cultural, e muitos brasileiros se orgulham de ter gotas de sangue negro ou indígena correndo por suas veias, pode dar a falsa impressão de que não é um país racista como outros com uma trajetória similar.

– Lembro-me perfeitamente que quando cheguei ao Brasil me disseram que aqui não havia racismo – intervém Paulo Gabriel. – Não há, me disseram, porque aqui os negros sabem perfeitamente que lugar lhes corresponde.

Segundo o sociólogo Jessé de Souza, o poder dos escravistas foi tão enorme e determinante durante tantos anos que ainda tem peso e presença na cultura e na sociedade brasileira. Sustenta que este país foi uma "escravocracia" e que para algumas pessoas "os negros seguem sendo os escravos que fugiram das plantações". Esse é, em resumidas contas, "o lugar que lhes corresponde". A população negra no Brasil teve que acostumar-se a ser a última. Chapada do Norte é isso. O final de linha, como a chamam aqui. Uma terra paupérrima que pode ser sua porque ninguém a quer. Foi a única saída para aqueles antigos escravos que fugiam de suas correntes, e agora parece que seja a única alternativa possível para seus descendentes. Estas terras e o povo aos quais Paulo Gabriel dedica sua vida agora. Ele vive na casa paroquial, em uma pequena comunidade de agostinianos que se ocupa desta área há muitos anos. A seu lado estão Felipe Cruz, um capelão; Leandro Carvalho, um frade, e Allison Pereira, um seminarista. À noite, enquanto compartilhamos o calor e o jantar no pátio, à sombra de um enorme abacateiro, me contam que a área que lhes compete cobrir é muito extensa e que passam o dia pra cima e pra baixo, na temporada seca por caminhos pedregosos e poeirentos, enlameados e inundados na temporada de chuvas. A população, basicamente quilombola – descendente dos catorze quilombos que havia aqui –, está muito dispersa e muito dividida. São muito religiosos e, ainda, muito católicos. Isso os obriga a repartir-se como podem, e há dias que têm que celebrar três ou quatro missas em diferentes bairros e povoados da área. É o que compete a Paulo Gabriel fazer amanhã. Compete a ele e tocará a mim também. Vê-se que está feliz. Rejuvenescido. Como se na Chapada houvesse dado marcha ré no tempo e voltasse a ser o sacerdote jovem e entusiasta que acaba de chegar a São Félix do Araguaia.

Aquela fascinação por Pedro Casaldáliga, a quem Paulo Gabriel descobriu no seminário e que o conduziu ao Brasil, materializou-se em março de 1981. Já estava vivendo no país há oito anos quando finalmente o destinaram à prelazia de São Félix. O que havia começado sendo uma missão decididamente claretiana se foi diversificando. As causas dessa mudança foram a vontade de Pedro Casaldáliga de abrir-se tanto a leigos como a religiosos e sua linha de compromisso político. Isso motivou que os claretianos brasileiros, por razões ideológicas, fossem se distanciando da prelazia e pouco a pouco seu espaço foi suprido pelos agostinianos. Esta comunidade, com muito mais sintonia e cumplicidade, estabeleceu um vínculo com Casaldáliga que durou até o fim de seus dias. Desde aquele primeiro momento, sempre houve um agostiniano a seu lado, Félix Valenzuela, Paulinho, Saraiva, Ivo e, com certeza, Paulo Gabriel. Lendo seu diário me parece muito reveladora a descrição que faz de seus primeiros dias em São Félix:

Esta noite, sozinho em meu quarto, iluminado apenas pela lamparina de querosene, cansado pelas tarefas cotidianas, antes de pegar no sono, reflexiono sobre a jornada que se acaba.

Penso: vivemos pobres, muito pobres... Antes de apagar a lamparinazinha reflito sobre minha vida em São Félix durante esses quatro meses.

Já estou integrado na vida do povo, conheço as pessoas pelo nome e me sinto querido pela comunidade.

Sinto-me seco por dentro, estou rezando pouco, o ativismo exagerado não me deixa espaço para a interiorização. Tenho que dar vida ao que faço, não devo ser somente um funcionário do sagrado, necessito ter alma de profeta e de missionário.

Apago a luz e rezo antes de dormir.

A primeira etapa de Paulo Gabriel ao lado de Pedro Casaldáliga, que foi quando o conheci, durou dez anos, até princípios dos anos noventa. Em 2003, quando voltou a São Félix, Casaldáliga já se enfrentava com a etapa final de sua vida, e o Parkinson começava a diminuir suas capacidades.

– Nos últimos anos não podia fazer praticamente nada – recorda Paulo Gabriel. – Foi duro vê-lo tão limitado, pelo ativo que era. Porém nunca se queixou. Assumiu tudo de uma maneira exemplar. Sempre admirei Pedro, mas, pensando em como aceitou sua velhice, ainda o admiro mais.

A velhice, segundo me conta Paulo Gabriel, teve um efeito transformador em Pedro Casaldáliga.

– Enterneceu-se – recorda com emoção. – Tornou-se um avô. Um homem muito mais afetuoso e cálido. Todos o dizíamos, como havia mudado... ele sempre tinha sido um homem extremamente livre, de grande lucidez intelectual e de grande maturidade espiritual, porém custava-lhe muito relacionar-se com a afetividade. Quando acontecia algum conflito afetivo na equipe, ele custava muito a entendê-lo.

Respeitava-o e nunca julgava. Porém não o entendia. Tenho a sensação de que em seus últimos anos isso mudou.

Quando Paulo Gabriel fala da dificuldade de Casaldáliga para relacionar-se com os conflitos afetivos, o faz por experiência própria. Lendo seu diário, descubro que se apaixonou, que sofreu uma crise profunda e que pensou seriamente deixar de ser sacerdote e começar uma nova vida ao lado da mulher que amava.

– Entre os trinta e cinco e os quarenta anos, pensei seriamente em deixar o sacerdócio e formar uma família – recorda Paulo Gabriel. – Passei por uma crise profunda que me exigiu repensar a vida. Compartilhei o que acontecia comigo com algumas pessoas próximas. Compreenderam-me e respeitaram meu processo. Falei com o coordenador dos frades agostinianos daquela época, meu amigo Félix Valenzuela... E também falei com Pedro, que era meu bispo e a pessoa com quem vivia. Pedro sofria muito quando surgiam problemas de relações na equipe pastoral, fossem motivos afetivos ou de quaisquer outras espécies. Queria ajudar, mas não sabia como fazê-lo. Quando falei com ele, me abraçou e repetiu: "Você tem vocação, você tem vocação...". Nunca mais voltamos a falar sobre isso. Segui meu próprio processo até que cheguei a ter clara minha opção: fui para terapia, falei com meus amigos e acabei de decidir em um retiro espiritual. Estive um mês em retiro no Mosteiro de Itaici. Entrei confuso e saí sabendo perfeitamente o que tinha que fazer. Suei sangue pela ruptura e a eleição, mas uma voz interior me dizia que o verdadeiro caminho de minha vida era seguir sendo sacerdote.

A mim, por motivos diametralmente opostos aos de Pedro Casaldáliga, também me custa muito entender o dilema que teve que superar Paulo Gabriel. Renunciar à opção de viver com a pessoa que ama? Em nome de que ou de quem o faz? Da fé? De Deus? Me pergunto em nome de que ou de quem estaria eu disposto a levar a cabo esse tipo de renúncia e me custa encontrar uma resposta. Paulo Gabriel, por outro lado, o tem claríssimo, mais do que assumido, e em nenhum caso o vive como uma renúncia ou um sacrifício.

– Você que é agnóstico ou que diz que não sabe o que é – começa Paulo Gabriel tratando de explicar-se –, há que ter claro que isto não é racional. Trata-se de crer ou não crer. A motivação fundamental que impulsionou a vida de Pedro, e também a minha, ainda que numa escala diferente, menor e mais limitada, é uma opção de fé. Crer em Deus e em um Deus de verdade. A que me refiro quando digo Deus? Pois não sei exatamente, só sei que se o explica já não é Deus. E também que esta é nossa opção. Um compromisso que não nasce de uma ideologia, senão da fé. É um chamado profundamente teológico, é vocacional, de seguimento de Jesus, de entregar a vida por um ideal... Há pessoas que O vivem nas nuvens e pessoas que O interpretam como uma vida de compromisso com a história e com as lutas do povo. Entretanto, é uma opção de fé. É um chamado de Deus ao qual uma pessoa pode responder ou não. Se o faz, é fiel a sua consciência. Eu, até agora, nunca fui infiel a minha consciência.

Não sei se é uma questão de fé ou simplesmente de coerência. De qualquer forma, não estou seguro de que eu pudesse afirmar com a mesma certeza que nunca fui infiel a minha consciência. Pode ser que tenha que ver com o fato de crer ou não crer. Ou talvez essa seja uma pergunta que não me faço de maneira habitual e o problema seja precisamente esse. Que até agora havia pensado que poderia viver sem a fazer-me, sem enfrentar-me ao espelho ou ao abismo de minha própria consciência.

No dia seguinte saímos cedo da casa paroquial. Paulo Gabriel tem uma agenda apertada: três missas e um batizado em três lugares diferentes do vale. Passaremos todo o dia fora. Ao cabo de uma hora de trajeto por uma rodovia péssima, rezando para que não chovesse e não enlameie mais que já está, cruzamos o rio Araçuaí e chegamos a São José. O povoado não é mais do que um montão de casas agrupadas ao redor de uma igreja, como todas por aqui, de paredes branquíssimas e porta e janelas pintadas de azul. É muito pequena, parece mais uma capela com uns quantos bancos, um altar, uma cruz e duas figuras de santos brancos. Quando chegamos ainda não havia ninguém. Pouco a pouco, uma vez que o povo se inteira de que o capelão já está na igreja preparando-se para a missa, começa a aproximar-se e vai se sentando. Antes, todos acolhem e saúdam Paulo Gabriel com reverência. Nota-se que o sacerdote é uma figura valorizada e de prestígio para eles.

– São muito religiosos – pontua Paulo Gabriel. – Curiosamente, as igrejas evangélicas têm pouca presença nesta zona. Aqui são muito católicos e sua religiosidade está muito condicionada pela tradição e o peso das culturas negra e indígena.

Essas raízes são muito visíveis em todas as celebrações as quais acompanho ao longo do dia. Todas com muita participação, música, festa e alegria. E também com muitas mulheres. Não me surpreende que haja tantas – também há muitas crianças –, senão a ausência de homens.

– É normal – esclarece Paulo Gabriel. – A maioria dos homens está fora, trabalhando nas plantações de cana ou de café de São Paulo ou de Minas. Costumam passar meses fora de casa trabalhando como temporários. Aqui não há trabalho e a agricultura familiar não garante o autoconsumo. É uma terra muito pobre.

A maioria dos homens do vale do Jequitinhonha passa mais de meio ano fora de casa trabalhando como temporários. Suas famílias têm que viver com o pouco que ganham e complementá-lo com algum subsídio que recebem durante os meses que não trabalham. Esta é uma terra de "viúvas de maridos vivos", como bem disse Paulo Gabriel em um de seus poemas.

> *No vale do Jequitinhonha eu vi*
> *mulheres que carregam o peso do mundo,*
> *mudas e altivas,*
> *viúvas de marido vivo*
> *porque sobreviver exige migrar para São Paulo,*
> *viúvas da seca*
> *que amamentam a vida ao som de cantos ancestrais.*

Como se a dureza do trabalho nas plantações ou o fato de verem-se obrigados a imigrar não fosse o suficiente castigo, às vezes os temporários se expõem ao risco de serem maltratados por parte das pessoas que os contratam, que em ocasiões não lhes pagam. Lamentavelmente, o destino de alguns desses trabalhadores temporários pode acabar sendo a mesma escravidão da qual provinham. Ainda que pareça mentira, esta é uma realidade ainda muito presente no século XXI. A existência de trabalho escravo foi a primeira denúncia pública que Pedro Casaldáliga fez em 1970, em um informe que deu a volta ao mundo e pôs em evidência uma ignomínia que os poderes factuais queriam ocultar. Não foi até 1995 quando o Estado brasileiro reconheceu pôr fim à existência do trabalho análogo à escravidão. Desde então foram identificados e resgatados mais de cinquenta e sete mil trabalhadores. No entanto, o trabalho escravo está longe de ter sido erradicado: a cifra havia diminuído, mas com o Governo Bolsonaro a situação piorou, e em 2021 teve que resgatar 1.930 pessoas que estavam trabalhando em condições inumanas, com a liberdade muito limitada e sem receber.

O dia é intenso e apertado. Deixamos São José e nos dirigimos a Cachoeira. Outro povoadozinho, outra igreja, um pouco maior e com a fachada completamente pintada de azul. Outra missa, com a mesma paixão, a mesma alegria e a mesma participação. E logo em seguida um batizado. O menino se chamará Otávio Henrique. Toda a família vestiu-se de branco e tira muitas fotos com Paulo Gabriel, que, para não desentoar, também usa uma casula branca. Vê-se que todos estão radiantes. Todos.

Regressamos a Chapada do Norte na última hora da tarde. A jornada ainda não acabou. Falta uma última celebração. Temos que ir ao bairro Céu Azul. Antes passamos pela casa paroquial, porque Paulo Gabriel combinou com Zé Augusto para pegá-lo. É um jovem muito simpático e conversador que o acompanha sempre que pode e que costuma ajudá-lo. Chamam-no "professor", porque ele gosta de passar muitas horas na escola que tem no centro e fingir que dá aula. Paulo Gabriel me conta que aqui as comunidades eram muito endogâmicas, daí que os sobrenomes se repitam, e que no povoado haja muitos casos de doenças ou de pessoas com capacidades limitadas devido à consanguinidade.

A primeira coisa que me surpreende quando chegamos a Céu Azul é que o edifício da igreja ainda está em construção. Há anos que está em obras, realizadas por toda a comunidade em mutirão nos dias de festa. É um bairro pequeno, porém querem uma igreja grande com duas torres. E isso significa muito mais trabalho. Até o momento só conseguiram levantar quatro paredes, e as torres estão escoradas, mas lhes falta o teto. Paulo Gabriel saúda a todo o mundo e, com a ajuda de Zé Augusto, veste-se para uma missa que se celebrará sob o céu estrelado, entre quatro paredes nuas cuja única decoração é uma cruz cravada nos tijolos ocos e uma mesa de madeira coberta por um lençol branco. Nada mais. A austeridade do espaço e a simplicidade da cerimônia contrastam com a atitude e a disposição de todos os participantes, mulheres e crianças em sua maioria. Todos se vestiram para a ocasião e se respira um ambiente de festa e de celebração. Não se trata de uma missa chata e repetitiva; a maneira com que Paulo Gabriel fala e se relaciona com o povo durante a cerimônia, sem a ostentação e a rigidez litúrgica clássica e tradicional, faz com que compartilhar esta missa com eles me pareça curiosamente entranhável e emocionante. Pouco a pouco entendo os motivos da escolha de Paulo Gabriel de vir para Chapada do Norte.

– Há um refrão africano que o explica muito bem – sentencia Paulo Gabriel com um sorriso. – Diz: "Pessoas simples em lugares sem importância fazendo coisas pequenas são as que mudam o mundo". Isso é o que faço aqui.

Depois da experiência de Chapada do Norte com Paulo Gabriel, depois do percurso que realizei através do Brasil, de todo o vivido nesta viagem e das pessoas com as quais me encontrei em minha busca pelo legado de Pedro Casaldáliga, neste país partido e dividido, creio que estou preparado para abordar a última etapa da viagem, São Félix do Araguaia. Se comecei por Batatais, o lugar onde Casaldáliga morreu, tenho que acabar pelo lugar onde tudo começou, onde ele tinha sua terra e seu povo e onde está enterrado como ele queria, às margens do rio Araguaia.

Contudo, por mais preparado que eu esteja para completar esta última etapa, tenho a sensação de que não poderei empreendê-la sem que antes se resolva o dilema político que condiciona a vida e o futuro deste país. Lula ou Bolsonaro? Para decifrar essa incógnita, devo esperar um ano e voltar para as eleições. O confronto será épico e definitivo; o resultado, transcendental. Não posso perdê-lo.

ÚLTIMA VIAGEM
OUTUBRO-NOVEMBRO DE 2022

DOIS BRASIS, UMA VITÓRIA

Volto a São Paulo, passou quase um ano desde minha última viagem e faltam quarenta e oito horas para que ocorram umas eleições históricas, decisivas e, segundo indicam todas as pesquisas, ajustadíssimas. Enfrentam-se Lula e Bolsonaro, o bem contra o mal, como ambos sustentam; o Deus de um contra o Deus do outro, a esquerda contra a direita, ou, melhor dito, a ultradireita mais descarada do planeta contra uma ampla frente que abarca desde a esquerda até a centro-direita. São dois Brasis cara a cara em uma luta descarnada onde só pode haver um vencedor. Daí a tensão, os nervos e a incerteza que percebo no ambiente. Diferentemente da última vez, não há rastro de Covid-19. Parece que aqui ninguém quer recordar essa pandemia que traumatizou o país – causando mais de seiscentos mil mortos – nem sua péssima gestão. Eu o interpreto como um sinal preocupante, porque essa amnésia pode jogar a favor de Bolsonaro.

Ao longo de minha última viagem, falei com muita gente e captei os motivos e as raízes dessa profunda e nociva divisão provocada pelo bolsonarismo. Encontrei-me com dois coletivos, com duas visões e com duas almas aparentemente irreconciliáveis. Também, seguindo as pegadas de Pedro Casaldáliga, comprovei a vigência das causas pelas quais ele lutava. Encontrei-me com muitas pessoas comprometidas de maneira ativa que o recordavam vivamente e que seguiam seus passos e seu magistério. Descobri muitos motivos para a esperança. Mas também um país terrivelmente dividido, onde o ódio e o medo se empenhavam por impor-se.

No dia 30 de outubro, dia das eleições, combino com meus amigos do PT, Paulo Maldos e Gilberto Carvalho. Estão expectantes e preocupados. Enfrentam-se um candidato que joga sujo, que aproveita os poderes do Estado para sua campanha e que não dissimula. Encontramo-nos na sede eleitoral do PT, uma casa senhorial no centro de São Paulo. Contam-me que era a residência de Delfim Netto, um economista que ocupou o cargo de Ministro da Fazenda durante a ditadura. Isso não impediu que, com o passar dos anos, estabelecesse uma boa relação com Lula, chegando a ser inclusive um de seus conselheiros em matéria de política econômica durante sua etapa na presidência. Uma mostra a mais do jogo de cintura e da flexibilidade de Lula. O rebuliço do pessoal, que se desloca freneticamente pela residência, indica o caráter excepcional do momento. Faltam poucas horas para que se encerre o escrutínio e se respira um ambiente contido. Ninguém se atreve a exteriorizar um otimismo excessivo, como se isso trouxesse má sorte. A trilha sonora a coloca uma moça que desde que cheguei cantarola a mesma cançãozinha: "tá na hora de Jair, tá na hora de Jair, ir embora".

Gilberto Carvalho se mostra prudente. Tanto ele como Paulo Maldos não podem nem imaginar um cenário em que Lula não ganhe, seria uma catástrofe. Também lhes preocupam as possíveis consequências de uma vitória, pois temem que a violência possa explodir devido à resistência dos bolsonaristas em aceitar a derrota. Durante a campanha, produziram-se alguns incidentes violentos bastante graves. O mais espetacular foi um protagonizado por Roberto Jefferson, um ex-deputado e estreito aliado de Bolsonaro, uma semana antes das eleições. Jefferson, que estava em prisão domiciliar e tinha sido proibido de manifestar-se publicamente, rompeu a proibição, saiu e qualificou de prostituta uma juíza do Supremo Tribunal. Quando a polícia foi à sua casa para detê-lo, opôs resistência. Disparou cinquenta tiros de fuzil e lançou sobre eles uma granada que causou feridas leves em dois agentes. Por mais que Bolsonaro se distanciasse, esse tipo de comportamento não é estranho em seu entorno. Essa evidência, somada ao fato de que durante seu mandato a venda de armas incrementou-se de maneira alarmante, serve de base à preocupação de Carvalho e lhe dá argumentos.

– Entretanto temos esperança, Escribano – afirma Gilberto Carvalho com confiança. – Pedro Casaldáliga está aí em cima, olhando-nos.

Quero pensar que Casaldáliga não se limita a observar, senão que faz algo mais, porque Lula, na eleição mais ajustada e dramática da história do Brasil, ganha de Bolsonaro.

Tenho a sorte de estar presente na sala onde Lula anuncia sua vitória e pronuncia seu primeiro discurso. Ao longo de minha carreira jornalística, cobri muitas eleições em várias partes do mundo.

O entusiasmo que vejo nesta sala não é habitual. Os jornalistas – têm jornalistas do mundo todo – gritam e aplaudem ruidosamente quando se anuncia de maneira oficial que Lula foi eleito presidente. A fanfarronice de seu oponente e a má imprensa que ele ganhou ilicitamente têm muito a ver com essa reação. Entretanto não se trata somente disso. Todos têm claro que nestas eleições não estava em jogo só o futuro do Brasil. Um hipotético triunfo de Bolsonaro, com a continuidade de sua não política de meio ambiente, haveria afetado o mundo inteiro.

O momento é emocionante e libertador. Lula ganhou. Era previsível, pode ser que sim, porém ninguém estava totalmente seguro. Lula aparece na sala de imprensa rodeado de sua equipe de campanha. Há figuras históricas do PT, mas também uma forte presença das novas incorporações a esta ampla frente formada para derrotar Bolsonaro: políticos destacados de esquerda como Marina Silva, que foi ministra de Meio Ambiente no primeiro Governo do PT, ou Guilherme Boulos, líder do PSOL (Partido Socialismo e Liberdade); políticos de centro e de centro-direita, como Simone Tebet, do MDB (Movimento Democrático Brasileiro), candidata a presidenta no primeiro turno das eleições e Geraldo Alckmin, do PSB (Partido Socialista Brasileiro), número dois da candidatura e eleito agora vice-presidente – curiosamente, disputou a presidência com Lula em 2006. Todos estão exultantes e transmitem uma imagem de unidade que será muito necessária na etapa que começa hoje. Entretanto, vendo esse leque ideológico tão variado que foi necessário para vencer a Bolsonaro, e levando-se em conta que o centrão e o conservadorismo saíram reforçados no Congresso, temo que o novo Governo do terceiro mandato de Lula como presidente não poderá levar a cabo demasiada política de esquerda. Algumas reivindicações históricas terão que seguir esperando. Não é que queira aguar-lhes a festa, porém nestes momentos penso no povo que conheci ao longo da minha viagem e no que esperam. Parece que estão me escutando, porque começo a receber mensagens de muitos deles: Durval Ângelo, Zecão, Paulo Gabriel... Não poderiam estar mais felizes. Inundam-me de memes e de alegria.

Nesse preciso momento, Lula começa a falar. A seu lado, a inseparável Janja, que lhe passa as folhas com o discurso e o pega pelo braço para transmitir-lhe força e confiança. Rosângela da Silva, Janja, era uma militante do PT que começou a visitar Lula dois anos depois da morte de sua segunda mulher, Marisa Letícia. Visitou-o de maneira regular quando esteve preso e contam que ali se enamoraram. Casaram-se em maio de 2022 e desde então converteu-se em uma peça-chave de sua vida e da campanha. Segundo uma definição de Gilberto Carvalho, que teve êxito, Janja é uma leoa que lhe cuida e protege. Lula tem setenta e sete anos, e, apesar da voz rouca, consequência de um câncer de laringe que superou, quando fala transmite uma força e uma credibilidade pouco habituais em um político. Impressionam-me suas primeiras palavras: em referência ao calvário judicial com o qual teve que enfrentar-se, diz que se considera um cidadão que viveu um processo de ressurreição, porque trataram de enterrá-lo vivo; porém aqui está, disposto a governar este país com a ajuda de Deus e do povo brasileiro. Ninguém põe em dúvida que Lula sabe fazer bons discursos, e hoje tampouco frustra. Fico com dois momentos: o primeiro, quando diz que não há dois Brasis, que só há um e que se compromete em restaurar a paz e acabar com a divisão. O outro, quando promete lutar contra o desflorestamento da Amazônia e a defender a diversidade e a vida: "Quando uma criança indígena morre assassinada pela ambição dos depredadores do meio ambiente, uma parte da humanidade morre junto com ela".

Essas duas promessas, absolutamente necessárias, serão difíceis de cumprir. Lula, o queira ou não, terá que pactuar com o agronegócio para poder governar, e a vontade de acabar com a fissura que dividiu os brasileiros de maneira irreconciliável não será fácil de cumprir. O bolsonarismo não desaparecerá pelo mero fato de que haja um novo presidente. O bolsonarismo, como muitos outros movimentos de extrema-direita que apareceram em todo o mundo, por desgraça veio para ficar.

A referência de Lula ao menino indígena me fez pensar na última etapa e em Casaldáliga. Devo voltar a São Félix do Araguaia, o lugar onde deixou uma pegada mais profunda, onde sua ausência se nota mais, onde o enterraram.

Chegar a São Félix do Araguaia cada vez é mais complicado. Antes tinha um voo em um teco-teco duas vezes por semana, mas faz algum tempo que o retiraram. Assim que me cabe tomar o ônibus, o sistema de transporte mais popular do Brasil. Eu o descobri, precisamente, graças a Casaldáliga, a quem acompanhei em mais de uma viagem através da região. Não se pode dizer que conhece o Brasil se nunca passou uma péssima noite em um ônibus.

Antes de chegar a São Félix farei uma parada em Porto Alegre do Norte, onde há muitos anos se encontra a residência atual do bispo de São Félix. Dom Adriano. Como tantas outras pessoas e instituições, sua prelazia teve que transferir-se seguindo o ritmo de crescimento e da atividade econômica da região. Antes a principal via de comunicação era o rio Araguaia, agora é a BR-158, que passa a uma centena de quilômetros de distância de São Félix.

O ônibus que vai para Porto Alegre do Norte sai da nova e flamejante capital do estado de Tocantins, Palmas, uma cidade criada em 1989 com o objetivo de fazer dela o centro político e administrativo de um estado que também acabava de nascer.

Se há algo que não falta em Palmas é o espaço. Os edifícios estão disseminados e as avenidas são amplas e quilométricas. Há poucos veículos e ainda menos gente nas ruas. A praça dos Girassóis, uma das maiores do mundo, segundo dizem, é o centro da cidade. Por sua extensão, calculo que 70 por cento dos municípios da Catalunha poderiam caber em seu perímetro.

Só deveria ter passado algumas horas em Palmas, porém circunstâncias imprevistas me obrigam a ficar três dias. Os seguidores de Bolsonaro, mais do que descontentes, chateados com o resultado das eleições, acamparam diante dos quartéis militares para pedir a intervenção do exército e trancaram as rodovias em todo o país, de modo que a maioria das linhas de ônibus está paralisada. Não se pode fazer nada. Só esperar. E passear pela praça dos Girassóis; bem olhada agora, talvez eu não tenha chegado tão próximo ao afirmar que caberiam dentro de seu perímetro só 70 por cento dos municípios catalães.

Uma vez restabelecida a normalidade das rodovias, posso finalmente pegar o ônibus. Ao longo de catorze horas de uma viagem agitada, agradeço que Dom Adriano venha a receber-me na estação de Porto Alegre do Norte e me mostre a cidade. Rapidamente se vê todo o povoado. Apesar de ser um dos mais antigos da área e estar na BR-158, não se pode dizer que o progresso o tenha favorecido muito. Por não haver nada, não tem nem rede de esgotos nem serviço decente de água corrente.

– Este lugar é mais um acampamento do que uma cidade – diz Adriano. – Não tem personalidade nem há nada digno de menção. Dá a sensação de que tudo é provisório. Só há um par de ruas asfaltadas, e ainda por cima mal asfaltadas. Aqui toda a vida transcorre ao redor da rodovia, que divide o povoado em dois. Há dez anos que nos instalamos aqui e não se pode dizer que nesse tempo tenha melhorado muito.

Esta situação se repete em outras áreas onde se implantou o agronegócio. O desenvolvimento é desigual, e a riqueza se concentra em pontos muitos concretos, em algumas cidades. O resto fica excluído. No caso desta região, a riqueza se concentrou em Confresa, Vila Rica e Querência, as cidades onde se instalou a maioria dos comércios e serviços e onde vivem os principais gestores das plantações e fazendas.

– O agronegócio é uma mancha – afirma Adriano entre penalizado e aborrecido. – Está nas mãos de multinacionais e de fundos de investimentos. Antes você sabia quem eram os grandes proprietários da terra, os fazendeiros, agora não sabemos quem ou o que estamos enfrentando. Só sabemos que têm muito dinheiro, que mudaram as regras do jogo e que estão transformando o território de maneira radical. O mais grave é que esse progresso, que tem um enorme impacto de depredação e destruição do meio ambiente, só beneficia uns poucos. A riqueza não se reparte em absoluto. Tampouco se criam postos de trabalho, porque está tudo muito mecanizado. Ao contrário, se gera um êxodo dos trabalhadores rurais e pequenos proprietários.

Conheci Dom Adriano em 2012, quando foi nomeado bispo de São Félix do Araguaia. Sua chegada à prelazia coincidiu com a gravação da série *Descalço sobre a terra vermelha*. Sua nomeação teve uma acolhida muito favorável por parte de todos. Adriano Ciocca, de origem italiana, de Piamonte, vinha do Nordeste, onde tinha vivido mais de trinta anos e era bispo de Floresta, em Pernambuco. Sua experiência naquela região esquecida e marginalizada, à frente de uma comunidade muito pobre, fez com que se sintonizasse com a teologia da libertação. Por isso, Pedro Casaldáliga estava satisfeito. E ainda mais depois que seu processo de sucessão tivesse se prolongado tanto e, incompreensivelmente, tivesse sido tão complicado.

Em 2003, quando completou setenta e cinco anos, Pedro Casaldáliga apresentou sua renúncia como bispo. Sempre tinha dito que seu sonho era ir à África, seu primeiro amor pastoral, para passar os últimos anos de sua vida. Porém o Parkinson, que o limitava cada vez mais, o obrigou a renunciar dessa ideia. Por isso pediu para ficar em São Félix e morrer lá. Também, como é habitual nesses casos, ofereceu uma lista de três possíveis candidatos para substituí-lo. Em um lugar destacado da lista estava Paulo Gabriel López Blanco, que conhecia bem a realidade da região e havia garantido a continuidade do trabalho que estava sendo levado a cabo. No entanto, a jerarquia eclesiástica tinha outros planos, queria mudanças profundas. Dado que a presença de Casaldáliga poderia ser de impedimento, pediram-lhe que abandonasse São Félix do Araguaia. Ele resistiu, o que despertou um movimento internacional de solidariedade que conseguiu que replanejassem e lhe permitissem seguir vivendo na região. Finalmente, ao cabo de dois anos de medição de forças, em 2005, Leonardo Ulrich foi nomeado o novo bispo de São Félix. As coisas começaram a mudar na prelazia. No mesmo ritmo que Pedro Casaldáliga se apagava lentamente, a peculiar maneira de ser que havia caracterizado e diferenciado esta igreja única do Araguaia ficava pouco a pouco desprezada. Sete anos depois, Adriano substituía Leonardo Ulrich.

– Não entendo porque não escolheram Paulo Gabriel – afirma Adriano. – Era a sucessão natural. Quando em 2012 me ofereceram para vir aqui, eu já era bispo de Floresta, no Nordeste do país. Não queria sair de lá, pois com o tempo havia me acostumado com aquela terra e com aquele povo. Era meu povo. Ainda que também é verdade que tanto o que fazia em Floresta como minha maneira de entender a Igreja têm muitos pontos em comum com Casaldáliga.

Sem dúvida, o estilo de Adriano, sua opção pelos pobres e sua disposição a abrir a Igreja à participação popular serviram para retomar a linha histórica da prelazia, organizada a partir das comunidades eclesiais de base e com um claro espírito de assembleísmo. Casaldáliga sintonizou-se rapidamente e se tranquilizou, ainda que boa vontade não foi suficiente para reverter a situação. A sociedade tinha mudado e a população da região não se parecia em nada com a "legião de deserdados da terra", os "pobres do Evangelho" com os quais Casaldáliga se havia encontrado quando chegou.

– Custou para adaptar-me – confessa Adriano. – Eu vinha do Nordeste, uma terra desértica e de população muito homogênea com a que é muito fácil identificar-se. Assim que, quando cheguei e vi tanto verde e estes rios com tanta água, pensei que isto era um paraíso. Entretanto foi só a primeira impressão. Esta terra é enorme, e necessitei de um ano e meio para percorrer toda a prelazia. Além disso, aqui predomina a mescla e a diversidade. Tem indígenas do Nordeste, que vieram ao princípio; gaúchos do sul do país e bastante gente de Goiás, que chegou mais tarde... Também há muita diversidade cultural e religiosa. Nos tempos de Casaldáliga, só havia duas igrejas, a conservadora e a progressista. Agora, com a proliferação de pentecostais, há muitas e muito diferentes. Além disso, sua forte presença nos apresenta um desafio muito maior, sobretudo no posicionamento diante de um tema fundamental na região como é o agronegócio: os evangélicos renderam-se aos grandes proprietários, e nós, como já sabe, somos muito críticos.

Uma das primeiras decisões que Adriano tomou como bispo foi transferir a sede da prelazia de São Félix para Porto Alegre do Norte. Preparou um edifício na periferia e instalaram lá o Centro Padre Josimo, chamado assim em homenagem a outro mártir da luta pela terra na região. É um espaço polivalente, onde há dois galpões com quartos para acolher grupos e visitantes como eu e uma grande sala de reuniões. Em um canto do complexo, localiza-se uma moradia modesta onde vive o bispo.

Chego ao Centro Padre Josimo numa sexta-feira. Há muito movimento. Três religiosas que vivem lá, vestidas com a mesma camiseta de cores com o desenho de um grupo de crianças, vão para cima e para baixo atarefadas. Acaba de chegar um numeroso grupo de mulheres procedentes de várias partes da prelazia, algumas de aldeias indígenas, para participar de uma reunião da Pastoral da Criança. Apesar das melhorias e dos avanços experimentados na região, continuam existindo muitas deficiências e limitações quanto a direitos e serviços básicos para a população. Educar as mães e ajudá-las a cuidar de seus filhos é das tarefas que assume a igreja de São Félix do Araguaia. Os principais problemas, apesar do progresso e do agronegócio, são os mesmos dos tempos de Casaldáliga: as infraestruturas, a educação, a saúde...

– Antes, na época do PT, tínhamos uns médicos cubanos que faziam um bom trabalho... – comenta Luís Cláudio da Silva, capelão de Santa Teresinha, de passagem pelo Centro Padre Josimo. – Porém Bolsonaro suprimiu esse programa devido à sua aversão por tudo relacionado com Cuba, e o atendimento sanitário na região, sobretudo aos pobres, é muito precário.

Parece evidente que para a maioria das pessoas vinculadas à prelazia a vitória de Lula foi uma alegria e não dissimulam. Adriano, como membro destacado de um grupo de bispos progressistas relacionados com a teologia da libertação, participou da publicação de um manifesto que não deixava espaço para muitos matizes.

– Declaramos que a eleição não consistia em eleger entre dois candidatos – conta Adriano –, senão entre dois projetos de país. Um deles é um projeto autoritário e de morte; o outro, com todos os defeitos, deixa espaço para o diálogo e para a mudança.

Aquele manifesto gerou muita polêmica e provocou um grupo de bispos conservadores a publicar outro de posição contrária. Quando pergunto a ele qual é neste momento a opinião majoritária na CNBB, a Conferência Nacional dos Bispos do Brasil, responde-me que de esquerda há uns setenta ou oitenta e que os declaradamente de direita são uns quarenta, o resto uns duzentos, são de centro. Então me vem à memória o que dizia Casaldáliga dos que politicamente se definem como de centro ou de opiniões intermediárias: "Todos de direita". E recordava o que sustentava Gustavo Gutiérrez, uma figura destacada da teologia da libertação, que comparava a terceira via com os morcegos, que não são nem pássaros nem ratos... Todos de direita.

– A opinião mais disseminada na região é que nós somos do PT – ratifica Adriano. – Destroçam-nos nas redes sociais. Eu lhes digo que não somos nem de esquerda nem de direita, mas que estamos ao lado dos pobres, e que se temos que nos posicionar nós o faremos sempre com os que estão por baixo. Nós somos os de baixo. Porém nem todo o mundo vê assim, especialmente o agronegócio, que considera a prelazia o câncer do vale do Araguaia.

Para entender melhor o trabalho que desempenham e as tensões com o agronegócio, eu o acompanho a Confresa, a cidade da região que mais cresceu nessa nova etapa. Como as demais, se articula ao redor da BR-158, entretanto a diferença se percebe em seguida, pela quantidade de comércios de todos os tipos e de grandes armazéns dedicados à construção e à agricultura que se encontram em ambos os lados da rodovia. Mais de sete quilômetros que concentram a prosperidade e a riqueza da cidade. Adriano me conduz a uma casa muito nova, com um amplo pórtico, e um pátio com jardim e com três cachorros que se movem e latem em completa liberdade. Nos recebe Marco Antônio Gallo, um jovem de vinte e nove anos que se veste com roupa esportiva. Por seu aspecto e sua corpulência, mais parece um jogador de *rugby* que o capelão titular da paróquia de Confresa.

– Fui ordenado há quatro anos – explica-me para satisfazer minha curiosidade. – Minha vocação provém de minha família, que era católica, e de um fato que vivi durante minha adolescência. Nós somos do Sul, porém, como consequência da crise, meu pai transferiu-se para o Nordeste, para o Piauí, onde vendia arroz de uma variedade muito barata e de baixa qualidade. Compravam-no as pessoas com poucos recursos. Um dia, voltando do supermercado, perguntei a minha mãe porque comprávamos um arroz diferente para nós e porque o dávamos para os porcos o que meu pai vendia. Foi então quando comecei a tomar consciência e minha vocação despertou.

Também me conta que descobriu Casaldáliga no seminário. Um dia, na biblioteca, folheava um de seus livros e alguém se acercou e lhe disse que era um manual para comunistas. A advertência, em vez de dissuadi-lo, provocou-lhe um efeito contrário. Desde aquele momento, a Igreja de São Félix do Araguaia converteu-se em uma de suas referências e, com o tempo, em seu destino.

– Sou do PT e não o escondo – confessa Marco Antônio. – Nesta casa fizemos o seguimento da jornada eleitoral e celebramos a vitória. Com cerveja e churrasco. O povo queria comemorar na rua, porém tive que convencê-los de que não o fizessem. A vitória de Lula não caiu nada bem por aqui. Há dias que não paro de receber insultos e ameaças. Me dizem que logo começarão a matar petistas e que os primeiros seremos os da Igreja. Não lhes faço muito caso. Reconheço que fico revoltado, mas quando penso que Bolsonaro perdeu, me compensa. Me faz muito feliz.

Marco Antônio Gallo mostra-se orgulhoso e satisfeito de ter ganho na munheca a animosidade do agronegócio e dos bolsonaristas. Participou de maneira ativa da defesa dos principais afetados pelos múltiplos conflitos da terra que se viveram e se vivem na área. Um dos últimos e mais graves aconteceu em 2021, no Portal da Amazônia. Fazia mais de trinta anos que lá tinha se instalado um grupo de pequenos proprietários, umas sessenta famílias, provenientes do Sul.

– A maioria era de gaúchos e tinha a vida muito bem organizada – conta Marco Antônio. – Um dia chegou uma caravana de onze veículos com gente armada. Disseram-lhes que dispunham de uma ordem de um juiz de São Paulo que confirmava que aquela terra pertencia a uma empresa pecuarista, Agropecuária Grande Lago, que a reclamava fazia tempo. Antes esse trabalho o faziam os pistoleiros a soldo do latifúndio, agora são milícias e empresas de segurança. O resultado é que expulsaram os posseiros. Assim, pois, eles ficaram sem terra, suas fazendas foram destruídas e se encontram imersos em um longo processo judicial que não sabemos como acabará.

O conflito do Portal da Amazônia não é o único ao que se enfrenta atualmente a prelazia. A expansão do agronegócio é muito difícil de deter, e sua necessidade de terra é constante. Às vezes se apropriam dela pela força, com certa conivência governamental e judicial, mas geralmente a conseguem de maneira legítima, comprando-a de seus proprietários.

– Muita gente pensa que a melhor saída, às vezes a única possível, é vender a terra ao agronegócio – assegura Marco Antônio. – Esta realidade está cada vez mais disseminada. São os filhos e os netos dos posseiros que nos anos sessenta e setenta lutaram com afinco para ganhar a terra, porém cujos filhos estudaram e não querem ficar por aqui, porque não há postos de trabalho e preferem ir para a cidade. Antes a pobreza e o sofrimento uniam os pobres. Agora os une o desejo de serem ricos. Muitos anseiam essa riqueza que propugna falsamente o agronegócio, e, portanto, lhes parece muito mais fácil vender a terra e ir embora. Estamos vivendo um êxodo muito doloroso.

Além disso, segundo me contam aqueles que resistem e se negam a vender porque preferem seguir vivendo por aqui, encontram-se cada vez mais com as maiores dificuldades, sobretudo se suas terras se limitam com as grandes plantações de soja. O uso e o abuso que essas explorações fazem dos pesticidas têm efeitos nocivos para as pequenas fazendas familiares vizinhas, que mal podem proteger-se. O panorama que me apontam Marco Antônio e Adriano é sem dúvida desalentador. Penso na luta que muitos agricultores e posseiros tiveram que sustentar e no sangue que se viram obrigados a derramar para ganhar o direito de viver nesta terra. Também me dou conta de que fazer frente e dar uma resposta a essa nova realidade é muito mais difícil. A igreja de São Félix o tenta e, vendo a virulência com a que a criticam determinados poderes factuais da região, diria que seu trabalho é percebido e tem influência.

– Há uma pergunta que como Igreja devemos sempre fazer-nos – diz Marco Antônio –: se agora mesmo fechássemos as portas e desaparecêssemos, como se veria afetada a vida de nosso povo? Sentiriam nossa falta? E não me refiro somente aos serviços religiosos que temos que oferecer. A vida de nosso povo seria pior? Se não pudermos responder de maneira segura e satisfatória é que não estamos fazendo bem nosso trabalho.

Apesar das dúvidas, as perguntas e a autocrítica, parece evidente que a linha de atuação atual da prelazia de São Félix do Araguaia é coerente e impecável. Entretanto, também percebo que o passado pesa, e muito. Em todas as conversas e em todas as atividades, sempre estão presentes a sombra da lembrança e o gostinho amargo da ausência. Esta igreja é o legado de Casaldáliga, não resta dúvida, e isso a fará sempre diferente e especial, mas também é certo que sem ele se perde de certa maneira aquele caráter excepcional que a fazia única.

– Não temos a mesma força que tínhamos antes – confirma Adriano. – Sentem falta da espiritualidade e da grande capacidade de comunicação de Casaldáliga. Tampouco temos a conexão com o exterior e o reconhecimento internacional que tínhamos com ele. Também influenciou o fato de que a Igreja perdeu muita gente que se integrou aos movimentos evangélicos e carismáticos, que ultimamente cresceram muito no Brasil. Seja como for, ainda que talvez sem a força de antes, aqui estamos e aqui seguimos. Temos um nome e uma história, e isso é muito importante.

A esperança, como diria Casaldáliga, sempre a esperança. Essa é a faísca que brilha com intensidade nos olhos de Adriano e de Marco Antônio. Também a de sua firme vontade de continuar lutando. E nesta terra, nunca faltam ocasiões nem motivos para a luta.

Despeço-me de Adriano e de Marco Antônio. Devo prosseguir a viagem para São Félix do Araguaia, o destino final. Um percurso a partir da memória, dominado por uma ausência que marca tudo e pela vigência de umas causas compartilhadas por umas pessoas que assumem com coragem e responsabilidade a herança de Pedro Casaldáliga. A próxima etapa será Marãiwatsédé. Terra indígena, a terra dos Xavante. A última batalha de Casaldáliga. Também sua última vitória. Ainda que, como costuma acontecer nesta região, as vitórias nunca são de todo doces e muito menos definitivas. Os indígenas sempre foram um objetivo fácil e apetecível, primeiro do latifúndio histórico e agora do agronegócio. Além disso, durante a presidência de Bolsonaro, que declarou pomposamente que enquanto ele mandasse não se demarcaria nem um centímetro a mais de terra indígena, os indígenas viveram quatro anos muito duros. Bolsonaro retirou a maioria dos responsáveis da Funai, o órgão governamental que se ocupa das comunidades indígenas, e os substituiu, majoritariamente, por militares, pouco ou nada preparados. O resultado foi de quatro anos de conflitos permanentes, com invasões constantes em territórios indígenas por parte dos garimpeiros, dos pecuaristas e dos empresários florestais. Em alguns casos, como em Roraima com os Yanomami, gerou um autêntico genocídio tolerado pelo Governo de Bolsonaro. No vale do Araguaia, praticamente todas as comunidades indígenas tiveram problemas, e Marãiwatsédé não é uma exceção.

Os Xavante têm fama de ser um povo guerreiro. Até o século XX, resistiu às várias tentativas de invasão de seu território. Seus domínios se estendiam por uma enorme área que cobria toda a região atual do vale do Araguaia, que chega até o rio Tapirapé. Diferentemente de outras comunidades mais pacíficas e mais receptivas, os Xavante rejeitavam o contato com os recém-chegados, e inclusive se enfrentaram com os primeiros colonos que se instalaram em São Félix. A partir da década de cinquenta do século XX, a situação melhorou e a violência cessou. As crônicas dos religiosos, militares e funcionários da época afirmavam que tinham conseguido pacificar os Xavante. Segundo a versão dos indígenas, foram eles que pacificaram aos brancos.

A princípios da década dos sessenta, anos de expansão e de colonização crescente na região, o estado de Mato Grosso vendeu oitocentos mil hectares ao empresário Ariosto da Riva, apesar da presença dos Xavante no território. Pouco depois, este a revendeu à família Ometto, que fundou a fazenda Suiá-Missu, de uma extensão praticamente igual à metade da superfície da Espanha. Durante os primeiros anos, os latifundiários praticaram com os povos indígenas da área a política de tratá-los bem: davam-lhes presentes e lhes ofereciam comida. Os indígenas não suspeitaram, pelo contrário, o consideraram uma benção; tanto assim que, a pedido dos novos proprietários, a família Ometto, para tornar mais fácil a distribuição de alimentos, decidiu instalar-se ao lado da fazenda. Ao final de dois anos de convivência, os latifundiários, em conivência com o exército e o estado de Mato Grosso, convenceram os indígenas para que se transferissem a um lugar melhor. Em agosto de 1966, aviões das Forças Armadas Brasileiras transferiram os 264 indígenas que viviam lá para São Marcos, uma área indígena do Estado de Goiás, a quatrocentos quilômetros de Marãiwatsédé. A deportação teve consequências terríveis para os Xavantes. Alguns morreram durante a viagem ou poucos dias depois de serem transferidos. Foi muito difícil para a maioria adaptar-se à nova reserva, um ecossistema diferente e desconhecido que se parecia muito pouco com a terra que lhes haviam obrigado a abandonar. Os proprietários da Suiá-Missu, para recompensá-los pelas moléstias, lhes doaram um trator e prometeram que mandariam dinheiro todos os meses. A quantidade não era muito elevada, e deixaram de pagar quase que em seguida. Aquele compromisso caiu ainda mais no esquecimento quando uns anos depois a família Ometto vendeu a Suiá-Missu para a petroleira italiana Agip, que, como muitas outras multinacionais, investiu e segue investindo na compra de terras e propriedades no Brasil.

Esses tempos foram duríssimos, mas os Xavante nunca deixaram de lutar; primeiro, pela sobrevivência, e logo para recuperar a terra. Desde o princípio, Pedro Casaldáliga e a igreja de São Félix, dentro e fora do Brasil, estiveram ao seu lado denunciando essa flagrante injustiça. A campanha de protesto chegou à Itália, onde um grupo de parlamentares e ativistas exerceu uma forte pressão contra a multinacional. Em

1992, coincidindo com a Conferência Mundial do Meio Ambiente da ONU, a chamada Rio-92, acontecida no Rio de Janeiro, o presidente da Agip, Gabriele Cagliari, comprometeu-se publicamente a devolver as terras aos indígenas. Firmou-se um acordo com o Governo brasileiro e a Agip lhes devolveu duzentos mil hectares. Uma parte dessa terra, que estava ocupada por posseiros, foi respeitada e reservada para eles, e a terra original dos indígenas, uns cento e sessenta e cinco mil hectares, foi doada ao Governo brasileiro para que a devolvessem aos Xavante, que subsistiam na reserva de São Marcos.

Quando parecia que tudo tinha acabado da melhor maneira, a cobiça, a intolerância e o racismo de um grupo de latifundiários e de personalidades influentes da região impôs uma inesperada reviravolta de roteiro: uma longa e tortuosa história. "Vão devolver Marãiwatsédé aos indígenas? Aos Xavante? De maneira nenhuma", disse esse grupo de latifundiários, e, empurrados pela ânsia de possuir mais terra, se conjuraram para impedi-lo. Fizeram um chamado aos posseiros e aos trabalhadores da área que não tinham terras e os animaram a ocupar Marãiwatsédé antes de que a entregassem aos indígenas. Utilizaram-nos como escudo protetor e para camuflar o fato de que eram eles, um grupo de latifundiários, os que se apropriavam da maior parte do território.

A ocupação ilegal durou vinte anos. Os Xavante, com a ajuda da prelazia de São Félix e de outros organismos relacionados com a Igreja, como a CPT (Comissão Pastoral da Terra) e o CIMI (Conselho Indigenista Missionário), fundados nos anos setenta por Pedro Casaldáliga, iniciaram um longo processo judicial para que se reconhecesse seu direito à terra. Pouco importou, que em 1988, o então presidente do Brasil, Fernando Henrique Cardoso, demarcasse e homologasse oficialmente Marãiwatsédé como a terra dos Xavante. A invasão não cessou, e durante vinte anos continuou o desflorestamento para aumentarem as áreas de plantação e de pastos. Também se consolidaram os assentamentos urbanos e se construiu uma cidade ao lado da BR-158, Posto da Mata, que cresceu consideravelmente e dispunha de todos os serviços necessários para atender às necessidades dos seus ocupantes. Construiu-se inclusive uma igreja com um Cristo – imitação do Corcovado do Rio de Janeiro – de quase dez metros de altura.

Apesar de que fosse pedido em numerosas ocasiões, Casaldáliga nunca celebrou um ofício na igreja de Posto da Mata. Sempre recordou a seus habitantes que sua invasão tinha sido ilegal, que aquela era terra indígena e deveriam devolvê-la aos indígenas. Em 2004, os

Xavante, dada a lentidão da Justiça, decidiram abandonar a reserva de São Marcos. Homens, mulheres e crianças se transferiram, com tudo o que possuíam, para Marãiwatsédé, onde levantaram um acampamento à beira da BR-158. E ali permaneceram oito anos, vivendo de maneira muito precária e quase infra-humana. Até a resolução do conflito.

No outono de 2012, após múltiplas decisões judiciais favoráveis emitidas durante o Governo de Dilma Rousseff – graças, sobretudo, à obstinação dos amigos da prelazia no Governo, Gilberto Carvalho e Paulo Maldos –, a Força Nacional de Segurança Pública interveio e expulsou os ocupantes. Gilberto Carvalho confessou-me que, de tudo o que tinha feito quando estava no Governo, a resolução desse conflito era seu maior motivo de orgulho. Também me disse que teve que enfrentar-se e brigar com muita gente, tanto amigos como inimigos. E que a resistência mais dura foi oposta pelo próprio Ministério da Agricultura, no qual o agronegócio tinha muita influência.

O processo de desintrusão foi traumático. O povo que vivia lá tinha construído casas, tinha plantações, gado... Não aceitaram a decisão de maneira pacífica: enfrentaram-se com a polícia e com o exército e bloquearam a BR-158 durante meses. Também ameaçaram o cacique Damião, o líder histórico dos Xavante, e trataram de assassiná-lo, e apontaram a Pedro Casaldáliga como principal responsável, e, portanto, culpado, de sua expulsão. Também o ameaçaram de morte. Aos seus oitenta e quatro anos, doente de Parkinson, Casaldáliga estava ameaçado de morte novamente. O Governo lhe ofereceu proteção policial, que ele recusou, porém, dada a seriedade e a gravidade do perigo que corria, convenceram-no para que deixasse São Félix do Araguaia por um tempo e se ocultasse. Seu amigo de alma e companheiro de tantas batalhas, Tomás Balduino, bispo de Goiás, o acolheu durante dois meses, os mais duros do processo de desintrusão, que passou escondido em um mosteiro perto de Goiânia.

Marãiwatsédé, que na língua xavante significa "selva maligna", fica a meio caminho entre Porto Alegre do Norte e São Félix do Araguaia. Percorro uns cem quilômetros para chegar, duas longas horas por uma rodovia sem asfaltar, poeirenta e cheia de buracos. Este é meu primeiro contato com a terra vermelha do Araguaia e com a paisagem que a exploração agrícola e pecuária transformou de maneira progressiva: muitos pastos, muito gado e cada vez mais soja. Quilômetros e quilômetros de novas plantações. Já quase não resta rastro daquela selva maligna.

Pelo que me contam, só se conserva 11 por cento da vegetação original que havia quando deportaram os indígenas.

Chego ao povoado indígena de A'Ôpa, que é onde vive o Cacique Damião Paridzané, um bom amigo de Pedro Casaldáliga. O conheci há anos e me causou uma forte impressão: alto, corpulento e com o olhar desafiante. A'Ôpa me desconcerta. As cabanas se disseminam ao redor de uma espécie de praça ou descampado que ocupa um enorme espaço central. Sujeira e desordem, um punhado de cachorros latindo e umas quantas galinhas esqueléticas correndo pra cima e pra baixo. Ao redor do único edifício de tijolos que há no povoado, sob uma caixa de água, há uma dezena de Xavante de todas as idades sentados à sombra. Por sua indumentária passariam despercebidos em qualquer lugar do país, mas seu corte de cabelo os delata: todos usam uma longa cabeleira com uma franja curta e reta, de têmpora a têmpora, seu sinal de identidade mais característico. Lhes cai muito bem, creio que seria a inveja de mais de um jovem nacionalista radical vasco e os antissistema na Espanha. Sua altura e sua corpulência também se destacam por cima das demais comunidades indígenas. Me surpreende que todos estejam grudados no celular. Dizem-me que tem internet e que o *Wi-Fi* é livre, pois se acaso eu queira conectar-me. Também me informam de que Damião não está. A noite passada, como geralmente ocorre desde que se instalaram de novo em sua terra, queimaram os pastos e sabotaram uma ponte. A poucos quilômetros de distância de A'Ôpa se encontra a comunidade de Marãiwatsédé, localizada em um dos lugares onde viviam os Xavante antes de que os deportassem. Um sobrinho de Damião me acompanha para que não me perca. Pelo caminho passamos por Posto da Mata. Não resta praticamente rastro da antiga cidade. Só um grande cartaz metálico costurado de tiros que indica que aquela é terra indígena, as ruínas das casas dos anteriores ocupantes e a estátua gigante do Cristo com os braços abertos. Antes de chegar a Marãiwatsédé nos detemos em uma casa e uns galpões situados à beira da rodovia, uma espécie de centro logístico construído pela comunidade logo ao instalar-se para dar serviço e realizar o seguimento dos trabalhos agrícolas. Há um grupo de umas dez pessoas, a maioria indígenas, ainda que também haja alguns funcionários do Ibama (Instituto Brasileiro do Meio Ambiente e dos Recursos Naturais Renováveis), cuja missão é vigiar e proteger o território. Aqui encontramos Damião.

Damião, como querendo imitar o Cristo de Posto da Mata, me acolhe de braços abertos. Os anos lhe são notados, tem setenta e sete, porém sua presença segue impondo. Diz que se recorda de mim. Minha visita lhe traz esperança. Tanto meu livro *Descalço sobre a terra vermelha*, que foi traduzido para o português, como a série tiveram um forte impacto na região, e ao parecer me deram um certo reconhecimento por aqui, só comparável com o que tenho em meu povoado natal. *Vilanova i la Geltrú*. Talvez por isso Damião queira dar um ar formal e protocolar a nosso encontro. Pede a um de seus filhos, Elídio Tsoroni, que vá buscar algo que guardam no edifício. Elídio volta com um diadema de penas, com um garrote de tamanho considerável adornado com fitas de cores e penas e uma corda branca enegrecida e desgastada pelo passar do tempo. Damião coloca as penas na cabeça, pega o garrote e amarra, com muito cuidado com a ajuda de seu filho, a corda ao redor do pescoço. São o cocar, a borduna e a gravata xavante: o acompanhamento indispensável que, segundo o ritual, o cacique deve usar sempre que representa seu povo.

– Somos eternamente gratos a Dom Pedro porque nunca nos abandonou – começa a explicar Damião. – A primeira vez que fui vê-lo para pedir-lhe ajuda, faz muitos anos, quando ainda vivíamos na reserva São Marcos, eu sabia que ele era um homem corajoso, que tinha recebido muitas ameaças de morte e que era um lutador. Desde aquele momento sempre nos apoiou na defesa de nossos direitos. Foi o melhor aliado que nunca antes havíamos tido.

O agradecimento e a devoção de Damião por Casaldáliga chega ao ponto de ter chamado de Dompedro a seu último filho. E também ficou, como contrapartida lógica, uma grande proximidade e sintonia entre os Xavante e a prelazia de São Félix do Araguaia. Apesar da resistência e a reticência de Casaldáliga para evangelizar os indígenas, seguindo a linha de não aculturação e de respeito pelas diferentes culturas e crenças praticada pelos seguidores da teologia da libertação, a realidade é que muitos Xavantes são batizados, e inclusive alguns foram ordenados sacerdotes. Elídio, o filho de Damião, me explica que estuda teologia em Porto Alegre do Norte.

– Aqui somos católicos – confirma Elídio orgulhoso e, por sua vez, desafiante. – Aqui os pastores, que tentaram muitas vezes, ainda não conseguiram entrar em nenhuma de nossas comunidades. Mantemo-nos todos unidos.

Ao que parece, segundo me contam os Xavante e outras pessoas da prelazia, a penetração dos evangélicos nas comunidades indígenas costuma ter um efeito negativo e desestruturador. Não pude comprová-lo.

Em todo caso, o que sim constato é que o catolicismo entre os Xavante é praticado com discrição e convive perfeitamente de maneira sincrética com sua cultura e religião tradicionais.

Em minha visita a Marãiwatsédé, admira-me comprovar que os Xavante são unidos e cresceram notavelmente. Há muitas crianças. Damião me conta que agora são dois mil e cem indígenas divididos em catorze comunidades, com catorze caciques locais e ele na cabeça como cacique principal. Depois das penúrias que tiveram que superar, de tanta morte, agora, tanta vida. Parece um milagre.

– Eu vivi aquele horrível dia em que nos fizeram subir nos aviões e nos expulsaram de nossa terra – recorda Damião. – Meu pai morreu três dias depois de chegar a São Marcos, e meu irmão mais velho pouco tempo depois. Muita gente morreu de doenças que não conhecíamos e de tristeza. E, quando decidimos voltar para recuperar o que era nosso e nos instalamos em um acampamento à beira da estrada, também morreu muita gente; no primeiro dia, três crianças. Aqui não tínhamos nada. Nossa terra estava devastada. Entretanto nós continuávamos vindo de São Marcos para visitar o cemitério e buscar material para arcos e flechas. Cada vez que regressávamos víamos como tudo mudava pouco a pouco. Até finais dos anos oitenta, ainda restava selva virgem e original. Logo já não. Não deixaram nada.

A imensa maioria do território Xavante foi desflorestada, queimada e preparada para que crescesse o pasto com o qual iria alimentar o gado. Para os indígenas é muito difícil se querem viver em suas terras. Primeiro porque foram esquecendo os métodos tradicionais de agricultura e de caça, e segundo porque já não há condições para colocá-los em prática. Recuperar a selva original é um processo muito lento e custoso, por isso que continuar com os pastos e o gado parecia a única solução viável. E isso é o que tratam de fazer os Xavante: viver da pecuária. Por outro lado, apesar de que a terra lhes pertence oficialmente e seus ocupantes foram embora, a tensão não diminuiu. Os ataques como o da noite passada, em que um grupo de desconhecidos pretendia queimar os pastos, é um problema que se repete de maneira frequente. Têm muito ressentimentos e muito ódio. Damião teve que acostumar-se a viver sob ameaça.

– Não me preocupam as ameaças enquanto tenha isto – diz brandindo a borduna com coragem. – Porém o perigo é constante e sempre que viajo e saio de nosso território quatro guerreiros me acompanham para proteger-me.

As ameaças não são, nem de longe, a questão que mais preocupa a Damião. Os quatro anos de presidência de Bolsonaro supuseram um desgaste enorme e um retrocesso significativo na defesa de seus direitos.

– Os indígenas estamos totalmente sós – grita Damião visivelmente contrariado. – Somos como cachorros abandonados. Ninguém nos ajuda. A Funai não é de confiança e está acabada. A escola está acabada. A saúde também está acabada. Bolsonaro é uma pessoa má e foi um mal presidente. Todos estamos sofrendo muito por sua culpa. É um malandro. Todos são uns malandros, uns ladrões!

Damião foi se esquentando à medida que repassava os agravos acumulados e acaba gritando e repetindo com raiva a palavra malandro, cuja tradução para o espanhol, por mais precisa que seja, não tem a mesma força que essa palavra gritada em português por um cacique Xavante.

– A única alternativa que encontramos para sobreviver é alugar nossas terras e permitir a entrada de rebanhos de latifundiários vizinhos – explica-me Damião. – Com esse dinheiro podemos comprar alimentos, remédios e peças para os veículos. Sem isso não poderíamos viver.

Os Xavante não são a única comunidade indígena que aluga sua terra para permitir a entrada dos rebanhos dos grandes latifundiários ou para que o agronegócio plante soja. Esse tipo de acordos comerciais é, de fato, um subarrendamento. Na legislação brasileira, os indígenas têm um *status* especial que, para favorecer sua proteção, limita geralmente sua capacidade de ação e de decisão. O proprietário da terra indígena é o Estado brasileiro que, por sua vez, a delimita e a distribui para as comunidades indígenas, que gozam de seu usufruto. Portanto, os indígenas, como em muitas outras áreas vitais, não podem fazer o que querem com suas terras. Qualquer operação deve ser autorizada e tutelada pelo Estado, que neste caso está representado pela Funai.

Durante a etapa Bolsonaro tudo ficou solto pelos ares. O responsável pela Funai da área foi substituído por um ex-militar da Marinha, Jussielson Gonçalves, cuja principal preocupação era aproveitar seu cargo para enriquecer-se de maneira ilegal. Com a ajuda de outro ex-militar e de um policial, organizou o subarrendamento da terra dos Xavante. O fez de maneira negligente, enganando os indígenas e os latifundiários.

– Esse malandro nos enganou – levanta novamente a voz Damião. – Ele ficava com a porcentagem mais alta dos aluguéis. Nós não o sabíamos. Dizia que o fazia por nosso bem e nós acreditamos nele. Porque eles são militares. Nós não. Não somos militares, somos indígenas.

Esse subarrendamento irregular, para não dizer abertamente ilegal, abriu um novo processo judicial contra os Xavante, ainda que todas as provas apontassem Gonçalves como o principal responsável e culpado. Em abril de 2022, o juiz decretou a prisão sem fiança para esse ex-militar da Marinha brasileira. Entretanto, no momento, enquanto não se solucionar o caso, toda a operação de subarrendamento das terras está suspensa, com o prejuízo econômico que isso supõe para a comunidade.

– Quando Lula assumir o cargo de presidente irei vê-lo – afirma Damião com rotundidade. – Quero contar-lhe o que está acontecendo conosco. Com certeza ele nos escutará. Era amigo de Dom Pedro.

A referência a Casaldáliga, agora que estamos acabando a conversa e o passeio pela comunidade Xavante, faz com que Damião mude a expressão.

– Estou triste porque estou sozinho – Diz Damião. – Ele partiu e nós ficamos aqui. Foi um grande companheiro, corajoso, valente e fiel. Nunca o esquecerei. Seu espírito fugiu, mas ele está aqui, conosco.

Com a constatação, irrefutável para Damião, de que Pedro Casaldáliga está vivo e continua conosco, concluí minha estada na comunidade Xavante e me disponho a encarar a última e definitiva etapa de minha viagem, o lugar onde tudo começou, São Félix do Araguaia.

SETE PALMOS E A RESSURREIÇÃO

Os primeiros anos de Casaldáliga na região de São Félix do Araguaia (Mato Grosso), aos finais da década dos anos sessenta e princípios dos anos setenta do século passado, foram marcados pelo processo de colonização selvagem que imperava na Amazônia legal. Sem regras, sem controle e sem escrúpulos. Os enfrentamentos foram constantes e generalizados. Os dois mais espinhosos estavam relacionados com as duas maiores fazendas que se instalaram na região: o dos Xavante com a Suiá-Missu – o que mais se prolongou no tempo e que foi a última vitória de Casaldáliga – e o dos posseiros de Serra Nova contra a fazenda Bordon, uma autêntica guerra que foi, de fato, a primeira de Casaldáliga.

Tudo começou em 1971, quando o proprietário da Suiá-Missu vendeu uma parte de sua imensa propriedade à empresa Bordon S.A., Agropecuária Amazônia, e esta, seguindo o método habitual, apropriou-se de maneira agressiva das terras que a rodeavam. Os principais afetados foram um grupo de pequenos agricultores que tinham se instalado fazia pouco tempo na área e que inclusive tinham construído um povoado, Serra Nova. Os pistoleiros da Bordon tentaram expulsá-los pela força, aquilo deu lugar a um dos conflitos mais tensos e violentos que se viveu na região. Também dos mais desiguais. Por uma parte porque o poder e a impunidade protegiam os latifundiários – por trás da Bordon tinha uma família muito rica, proprietária de uma empresa de frigoríficos, e, entre os acionistas, gente muito influente, como por exemplo, o ministro da Fazenda do Governo Militar da época, Delfim Netto (o mesmo que anos mais tarde tornou-se amigo de Lula e ao que, não sei se para fazer-lhe um favor, o PT alugou a residência de São Paulo, para instalar sua sede para a campanha eleitoral). Por outra parte, porque os posseiros de Serra Nova, após passar muitas penalidades e fadigas lutando contra a selva para conseguir que suas explorações fossem produtivas, fazia pouco que tinham começado a recolher os frutos da terra e não estavam dispostos a perder assim de repente o que tanto lhes havia custado levantar.

Serra Nova não me pega no caminho para ir para São Félix do Araguaia, mas tampouco tenho que desviar-me muito. Decido aproximar-me. Atrai-me a ideia de comprovar a situação atual deste lugar mítico na história de Casaldáliga e das lutas populares da região. Também o faço, porque, quanto mais me aproximo de São Félix, mais difícil se torna a viagem. Inquieta-me com o que posso encontrar-me. Até agora, durante todo o trajeto, tive a sensação de que Casaldáliga estava sempre a meu lado, no coração e na memória, na emoção e a recordação daqueles que o conheceram e na vigência de suas causas e de suas lutas neste Brasil dividido em dois após a irrupção de Bolsonaro. Por isso me resisto a que essa viagem acabe. Me entristece imaginar como estará São Félix sem ele, sem aquela presença que enchia de luz e de sentido um rincão perdido do Mato Grosso que, pelo que sei – e tal como impõem as leis de desenvolvimento econômico que afetam a região –, agora está um pouco mais abandonado e esquecido.

O ônibus me deixa no Posto Arnon, um cruzamento com a BR-158 a pouca distância de Serra Nova e de Bom Jesus do Araguaia, onde vive há pouco tempo Vânia Costa, com quem combinei para que me acompanhe para visitar a antiga Fazenda Bordon. Conheço a Vânia há muito tempo e sempre a considerei uma das pessoas mais ativas, comprometidas e preparadas da equipe da prelazia de São Félix. Há muitos anos que é diretora da Ansa, uma ONG criada em 1974 para ajudar e dar formação e instrumentos aos pequenos agricultores para organizar-se e sobreviver. Ao longo desses anos, a Ansa se converteu em uma infraestrutura-chave no desenvolvimento da região. Começou dando apoio logístico e formação agrícola muito básica, porém, ao longo dos anos, impulsionou programas para conceder microcréditos, sobretudo destinado às mulheres, criou programas para melhorar as condições sanitárias nos assentamentos e nas aldeias indígenas e contribuiu decisivamente para o surgimentos de pequenas indústrias pensadas para dar saída aos produtos agrícolas locais, como quando, no ano 2000, impulsionou uma fábrica de sucos feitos com a fruta do Cerrado que logo foram distribuídos nas escolas da região.

A sede central da Ansa está em São Félix, e, ao que me consta, Vânia continua sendo a diretora e a alma da instituição. Por isso não entendo porque se mudou para Bom Jesus, a uns cento e setenta quilômetros; uma distância que, com umas rodovias precárias e sem asfaltar, parece excessiva.

– Tive que sair de São Félix – responde Vânia, passando paulatinamente do sorriso a uma expressão de tristeza estranhamente amarga. – Não aguentava mais. Foram meses duríssimos, inclusive fiquei doente. A Ansa acumulou uma dívida de três milhões de reais. Três milhões! Basicamente por culpa de um convênio com o Governo e que estava mal elaborado, assim que não pudemos cumprir. Em outras épocas tínhamos recursos e, graças à figura de Casaldáliga, mais ajuda internacional. Agora não temos nem patrimônio suficiente nem maneira de pagar. Estou em um doloroso processo de fechar nossa organização e transferir toda nossa atividade aos programas de uma nova ONG. Lamento muito ter que comunicar que a Ansa já não existe, que agora não somos mais do que memória histórica.

A origem dos males atuais da Ansa remonta ao primeiro mandato de Lula. O PT acabava de chegar ao Governo, carregado de boas intenções e tendo feito muitas promessas. Dadas as expectativas que se haviam gerado, os novos governantes eram obrigados a fazer coisas e, sobretudo, que se notassem que as faziam. Por desgraça, quando há pressa, as boas palavras e a boa vontade não são suficientes. O Brasil é um país muito burocrático, e a falta de experiência na gestão e o desconhecimento do funcionamento do sistema costumam ser garantia de problemas e frustrações. É o que aconteceu com a Ansa. O PT queria chegar onde ninguém havia chegado antes e ajudar de maneira direta milhares de trabalhadores rurais. Fazê-lo através do Governo, do Incra (Instituto Nacional de Colonização e Reforma Agrária), o organismo oficial, era muito complicado e, sobretudo, demasiado lento; a máquina burocrática engoliria o dinheiro e a paciência de uns e de outros. Por isso decidiram confiar em algumas ONGs de solvência comprovada e de longa experiência sobre o terreno para veicular os programas de ajuda. Nessa etapa, a Ansa, como outras ONGs, recebeu uma dotação econômica que foi distribuída, em seu caso, entre quatro mil famílias da região. Uns anos mais tarde, o Incra, o órgão que deveria ter realizado esse serviço, denunciou esses convênios e questionou o procedimento e a maneira pela qual se havia gasto o dinheiro. Isso deu início a um longo e tortuoso processo de revisão e reclamação, primeiro entre o ministério e as ONGs e mais tarde com a intervenção da Justiça.

– O pior de tudo é não poder dizer que a culpa foi do Bolsonaro – confessa Vânia. – É o que mais raiva me dá. A única esperança que me resta é, com Lula de novo no Governo, que eles, que foram os responsáveis por tudo, o arranjem, agora que voltaram ao poder.

Escutando Vânia, e antes, Damião, me dou conta da quantidade de trabalho que espera Lula nesta nova etapa. A lista de mudanças urgentes e de problemas que muita gente espera que se resolvam com sua chegada ao poder é tão longa como difícil de cumprir. Um desafio quase impossível. De todas as formas, por muito que Vânia não possa culpar Bolsonaro de haver gerado o problema da Ansa, foi seu Governo que tomou a decisão de transferir o caso à Promotoria de Justiça, provocando um salto de escala e dificultando ainda mais qualquer resolução amistosa ou pactuada. Os advogados dos agostinianos – uma vez mais a comunidade dos agostinianos ajudando a prelazia como havia feito tantas vezes com Casaldáliga – estão assessorando Vânia e o resto da equipe e trabalhadores da Ansa; por uma parte, para evitar que lhes prejudique individualmente, e, por outra, para tratar de salvar os programas e as atividades transferindo-as a outra ONG, Mata Viva, que a substituirá.

– Bolsonaro cortou pela raiz todos os programas que beneficiassem os pobres e os indígenas, e isso dificultou nosso trabalho quando era mais necessário que nunca – queixa-se Vânia, ainda que tenha mudado rapidamente o tom, como se estivesse farta de queixar-se. – Porém deixemo-lo, acabou-se a tristeza... Nos espera um bom churrasco em Bordolândia.

Bordolândia é o nome que tem agora a antiga fazenda Bordon. Há anos que os latifundiários se foram, e atualmente a terra está nas mãos de umas setecentas famílias que tiveram que suar sangue para viver lá. A paisagem não é muito diferente do que tenho visto ao longo da viagem. Aqui não há soja, mas sim grandes extensões de pasto para o gado. Há anos que esse terreno foi desflorestado, por isso que a alternativa econômica mais viável e fácil é a pecuária. Uma das contribuições da Ansa foi potencializar a agricultura familiar. Por isso, de vez em quando, encontramos alguns pedaços de terra e algumas fazendas com pequenas plantações que tentam, seguindo a linha que propugna o MST, praticar uma agricultura mais ecológica, potencializando as sementes e os produtos autóctones tradicionais do Cerrado.

– Imagine o poder que tinham e como deviam viver os fazendeiros da Bordon – diz Vânia a meio caminho entre a admiração e a indignação, quando passamos por um lago artificial e uma antiga represa elétrica, atualmente em desuso e em ruínas. – Construíram essa represa para ter sua própria eletricidade.

Enfrentar-se a um inimigo tão poderoso como a fazenda Bordon em plena ditadura militar foi um dos desafios mais exigentes para Casaldáliga. Fazia relativamente pouco tempo que havia chegado à região. Eram tempos de viagens intermináveis e esgotadoras pelo terreno e de visitas de *desobriga*, nome que se dava aos primeiros contatos com os diferentes núcleos de povoação. Em uma dessas viagens, Casaldáliga foi testemunha do nascimento de um povoado, Serra Nova. Foi emocionante e admirável ver como um grupo de homens, mulheres e crianças de todas as idades trabalhavam lado a lado, em mutirão, para construí-la.

"A primeira impressão de Serra Nova foi um descobrimento – escrevia Casaldáliga em seu diário –. No coração da mata virgem (úmida, viva, feroz) nascia a golpes de machado um povoado de pobres generosos... Visitei às famílias. E fui sentindo dor e ira, esse entusiasmo que os néscios denominariam subversivo...".

Daquelas notas que Casaldáliga escreveu impressionado por assistir ao nascimento de um povoado, fiquei com a descrição de uma geografia que já não existe, a mata virgem, e com a dor e a ira que ele também compartilhou. O motivo, as cercas que os fazendeiros da Bordon haviam levantado sobre a terra ocupada pelos posseiros e as constantes incursões dos pistoleiros a soldo dos latifundiários, que os pressionavam para que abandonassem suas terras e suas casas. O resultado foi um conflito armado que durou meses e que obrigou o Governo a intervir. Casaldáliga viveu esse conflito na primeira fila e, contagiado pelo espírito épico e romântico que se respirava, escreveu inclusive um hino dedicado a Serra Nova.

Somos um povo de gente
Somos o povo de Deus
Queremos terra na terra
Já temos terra nos Céus...

Esses versos eram uma declaração de intenções e também um *slogan*. Diferentemente da ladainha tradicional da Igreja, que nos pede que aguentemos e suportemos os sofrimentos terrenos com a promessa de uma recompensa divina no além, Casaldáliga, como pastor, incitava as ovelhas a rebelar-se e a lutar para conquistar o céu na terra. "Porque entendo que o céu corre por conta de Deus – dizia Casaldáliga –, porém a terra corre por nossa conta".

Os posseiros de Serra Nova, empurrados por Casaldáliga, não ficaram de braços cruzados, souberam defender-se, e graças a isso conquistaram sua terra. Como a maioria dos conflitos históricos da região, esse também foi desigual, longo e violento. Porém, a julgar pelo resultado final, o esforço valeu a pena. Os posseiros de Serra Nova resistiram com coragem e conseguiram manter a propriedade de suas parcelas. A finais dos anos noventa, quando a situação econômica se tornou desfavorável para seus interesses, porque desapareceram uns incentivos fiscais que os favoreciam, os latifundiários da fazenda Bordon malbarataram a propriedade e abandonaram a região. O que veio depois foram mais dez anos de conflitos com os novos proprietários, de operações militares e paramilitares para expulsar os posseiros, de ocupações por parte desses das terras inativas ou subutilizadas e de múltiplas tentativas de mediações por parte do Governo para solucionar o problema. Finalmente, no ano 2009, com o PT no Governo, conseguiu-se que a área fosse declarada um projeto de desenvolvimento sustentável, parcelou-se a propriedade em seiscentos lotes e umas setecentas famílias puderam, por fim, assentar-se de maneira legal no antigo território da fazenda Bordon, que foi rebatizada com o nome de Bordolândia.

Finalmente, chegamos a nosso destino. O lugar onde se faz o churrasco é a imponente mansão onde viviam os antigos latifundiários. Os novos colonos de Bordolândia coletivizaram o edifício e o converteram em uma espécie de centro comunitário do povoado. Nesse edifício senhorial, onde ainda se percebe o rastro da opulência dos tempos passados, um grupo numeroso de famílias, os novos proprietários da terra, se divertem e disfrutam de um dia de festa bebendo, comendo, jogando futebol no antigo jardim e banhando-se na piscina da fazenda.

– Que lhe parece? – Diz Vânia sem dissimular seu orgulho. – Agora somos nós que desfrutamos dos luxos que antes tinham os senhores.

O ambiente é relaxado e tranquilo. Compartilho o churrasco e a galinhada, um prato típico do interior do Brasil a base de arroz, frango e, como estamos em plena temporada, pequi, uma fruta do Cerrado de sabor intenso e complexo, não muito agradável para meu gosto, que se costuma usar como uma especiaria. Falo com uns e com outros, estão contentes. Depois de tantos anos de luta e confrontações, não diria que são felizes, mas sim que agora vivem tranquilos, em paz, e conseguiram certo equilíbrio. Me confirma Rone César, o presidente do Acampaz, a associação agroecológica que agrupa as famílias de Bordolândia em uma espécie de cooperativa que, com a colaboração da Ansa, primeiro, e agora com a Mata Viva, assessora os agricultores, lhes fornece sementes e máquinas e os ajuda a distribuir sua produção. Dou por certo que hoje a alegria desse povo também deve estar motivada pela recente vitória eleitoral de Lula.

– É o que eu mais gostaria? – me corta rapidamente Vânia. – Aqui há muita gente que votou em Bolsonaro. Pode parecer mentira, mas é assim. Apesar da história das lutas do passado, apesar de Casaldáliga, da tia Irene e da prelazia... As notícias falsas causam muito dano e a cultura do agronegócio se impõe. Aqui muita gente deixou de ser oprimida e agora parece que quer ser opressora. Também acontece com minha família. É incrível, porém, a metade são *periquitos*.

Acho graça do apelativo com que Vânia batizou aos seguidores de Bolsonaro. Provém do fato de que, para exibir seu patriotismo, os bolsonaristas adotaram o costume de vestir as cores da bandeira nacional, amarelo e verde, nos atos de campanhas e, sobretudo, no dia das eleições. Periquitos. Vânia me confessa com tristeza e resignação que para não ter problema evita falar de política dependendo do ambiente.

Despeço-me de Vânia e do povo de Bordolândia com uma sensação agridoce. A satisfação de ver tudo que conseguiram contrasta com a decepção de ver o que parece que esqueceram pelo caminho. Penso no que sentiriam Casaldáliga e os posseiros que colocaram a pele nas origens do conflito. Ainda que talvez, como tantas outras vezes, a sabedoria e o espírito tolerante do velho bispo o teriam ajudado a relativizar a situação para tratar de compreendê-la e aceitá-la. De qualquer forma, enquanto os que há pouco tempo deixaram de ser pobres exibem sua abundante ambição e arrastam o peso de sua escassa memória, os verdadeiros ricos, os de sempre e os recém-chegados, seguem sendo uma minoria seleta e excludente que não está disposta a ceder nem um palmo de terra nem uma partícula de poder. É o problema de todos os que creem na promessa de progresso e prosperidade que vende a cultura do agronegócio, que não sabem, ou não querem saber, que não é para todos, que costuma ser só para uns poucos.

Faço a viagem à São Felix do Araguaia com um grupo de vizinhos do povoado que participaram na festa e agora regressam para casa. Entre eles, alguns velhos conhecidos como Ana Luzia Silva, uma colaboradora de toda a vida da prelazia que faz parte do grupo de funcionários da Ansa que está transferindo-se para a nova ONG, Mata Viva. Me alegro de tornar a encontrá-la e de chegar logo a São Félix. Me pede que modere meu entusiasmo e me adverte que a viagem será longa – cento e setenta quilômetros de distância não parece muito, porém a rodovia está, como sempre, muito ruim – e que chegaremos à noite.

– São Félix está longe de tudo – confirma Ana Luzia. – A situação não melhorou. Pelo contrário, talvez esteja pior. Antes nosso povoado era o princípio e agora é o final.

Durante o trajeto, enquanto aguentamos com esportividade e estoicismo as sacudidas que o veículo dá para esquivar-se dos buracos da estrada, falamos de São Félix, das eleições, da vitória de Lula, dos amigos em comum, das escassas novidades – uma das poucas, a nova prefeita, que ao que parece está disposta a vencer o mundo –; e, finalmente, é claro, falamos da grande ausência, de como foram se acostumando ao fato de que Pedro Casaldáliga já não esteja. Ana Luzia, assim como Vânia, faz parte de uma geração que não foi protagonista dos anos heroicos nem das grandes lutas encabeçadas pela prelazia, porém a maioria são filhas de pessoas que o foram. Isso as levou a assumir essa herança e aceitar a substituição para garantir a continuidade do espírito e do trabalho daquela primeira etapa. Ana Luzia me conta que seu pai conheceu Casaldáliga quando chegou à região para trabalhar de peão na fazenda Suiá-Missu. Me diz que era um indígena Kanela e que ela não quer ocultá-lo. Os Kanela, como muitos outros povos indígenas, foram expulsos de sua terra, porém em seu caso se dispersaram e protagonizaram uma autêntica diáspora. Espalhados por uma área muito extensa de território, muitos optaram por integrar-se. Dissimularam sua condição e perderam sua identidade como povo. Essa reivindicação das raízes que Ana Luzia leva a cabo não é muito habitual entre os descendentes dos Kanela. Deve ter muito a ver com a formação que recebeu. Graças à relação que seus pais mantiveram com a prelazia e com Casaldáliga, Ana Luzia foi batizada por ele, que além disso sempre esteve muito presente nas diferentes etapas de seu crescimento e seu processo educativo. Casaldáliga não só batizou essa geração, como também lhe deu a primeira comunhão, a casou e a acompanhou nos bons e nos maus momentos. Há que se pontuar, e isso Ana Luzia quer deixar-me muito claro, que em sua lembrança Casaldáliga nunca estava só. A seu lado sempre estava a tia Irene, que para ela era uma figura imprescindível e de tanta ou mais importância que a do bispo. Seria muito injusto esquecê-la. Ana Luzia se emociona quando fala da tia Irene. A mim me acontece o mesmo quando a recordo trabalhando duro por toda a casa, tocando o piano na igreja ou rezando na capela, sempre ao lado de Pedro Casaldáliga. Poderia dizer-se que eram uma espécie de casal. De fato, muita gente dizia que era a mulher do bispo porque desde 1970, quando Irene Franceschini, a tia Irene, uma religiosa da ordem das Irmãs de São José, chegou a São Félix do Araguaia, até 2008, quando morreu, sempre estiveram juntos. Uma vida compartilhada. Na oração, na luta, na velhice e na entrega absoluta e radical ao povo que tornaram seu. Como bem diz Ana Luzia, esquecer a tia Irene seria um pecado. Se Casaldáliga era a letra, ela era a música. Graças à tia Irene se mantém viva a memória histórica da prelazia, e também graças a ela muitas mulheres da região descobriram seus direitos e encontraram a força para defendê-los.

Finalmente, ao longo de mais de três horas de estrada ruim, buracos e poeira, umas luzes na distância parecem indicar que chegamos à São Félix do Araguaia. A medida em que nos aproximamos descubro com estupor que aquela claridade não corresponde à pobre iluminação que recordo que tinham as casas. Uma rotatória de grande tamanho, com o nome da cidade com um coração no meio, nos dá as boas-vindas. Foi uma ideia da nova prefeita, esclarece-me Ana Luzia. Depois se abre uma grande avenida asfaltada de pista dupla de pouco mais de um quilômetro sem nada aos lados, nem construções nem moradias, somente uma longa fileira de postes com lâmpadas de grande potência de iluminação que, depois de tantos quilômetros de pista de terra na escuridão, deslumbram como se chegasse a Las Vegas.

Ainda faltam alguns quilômetros, muito mais escuros, para chegar a São Félix. Ao entrar na Avenida José Fragelli, a rua principal, passamos diante da casa de Pedro Casaldáliga. Impressiona-me vê-la fechada.

— Agora as portas já não estão sempre abertas — me diz Ana Luzia. — A verdade é que tudo está igual, os quartos, a cozinha, os livros, as fotografias, os pôsteres, os prêmios nas paredes e a capela... Tudo igual, porém, sem ele.

Ana Luzia me conta que há uma pessoa que cuida da casa, que todas as manhãs às seis, como costumava fazer Casaldáliga, reza as orações na capela do jardim. Ela vai de vez em quando, ela gosta de voltar lá, é uma boa maneira de recordar.

A outra novidade na paisagem urbana de São Félix a encontro diante da catedral. Remodelaram a praça e puseram uns canteiros novos, bancos, uma área de jogos infantis e, é claro, uma boa coleção de postes com luminárias e com muita luz para impressionar o pessoal. Além disso e da rotatória das boas-vindas, o resto continua igual: as mesmas casas, as mesmas ruas, a mesma pouca gente deslocando-se... Como é de noite, todo o movimento cidadão se concentra no cais, o longo passeio da orla que se estende ao longo das margens do rio Araguaia. Ali me encontro, ao redor dos quatro quiosques de sempre, um grupo de pessoas sentadas em cadeiras de plástico compartilhando espetos e cervejas para tentar esquecer por um momento o calor sufocante e a umidade pegajosa típica da época das chuvas, que começou há um mês. O setor hoteleiro da cidade, as pousadas de toda a vida, continuam no lugar de sempre, às margens do rio. Quando Casaldáliga vivia, costumava hospedar-me em sua casa. Todo um privilégio. Esta vez vou para a Pousada Kuryala. Não tenho problemas em conseguir um quarto, há muitos livres. Contam-me que aqui a temporada alta vai de julho a agosto, ao final da estação seca, quando o fluxo d'água do rio está baixo e se enchem de praias quilométricas de areia branquíssima. É o tempo dos turistas. É também quando voltam os parentes que estão fora de São Félix para passar as férias com suas famílias e chegam pescadores de todo o país para explorar a riqueza e a variedade piscícola que o rio Araguaia oferece.

Na manhã seguinte, levanto-me ao amanhecer. Não quero perder o espetáculo. A saída do sol e o rio. O mesmo rio que me cativou na primeira vez, em 1985, quando não tinha vista nada igual em minha vida, nem tão grande, nem com tanta água, nem rodeado de uma vegetação tão frondosa, nem uma terra tão vermelha... Ainda hoje, a chegada de um novo dia às margens do Araguaia volta a me deixar sem alento. Contemplar o espetáculo desse rio imenso, da água que desce com pressa, destas praias longuíssimas e do horizonte definido pelas árvores da ilha do bananal me rouba o coração, porém sobretudo me transporta e me conecta com um mundo e um povo que já não estão. Recorda-me Casaldáliga e tudo o que ele escreveu cativado por essa beleza enigmática e selvagem.

Nossas vidas são os rios.
Os rios são este rio:
Minha vida é este Araguaia!

O rio Indescritível, indecifrável,
Que se olha, se aceita, se possui;
Nos possui,
Se ama, se gradece, se teme, se deseja...

O cais se enche pouco a pouco de vida e movimento. Os lojistas abrem seus comércios, um grupo de funcionários municipais se encarrega de limpar – um aspecto que diria que melhorou de maneira notável nesta nova etapa –, alguns carros, caminhões e motos circulam pra cima e pra baixo. Pelo rio, começam a chegar as voadeiras, canoas com motor, carregadas de indígenas Karajá de todas as idades que vêm de diferentes comunidades que há na Ilha do Bananal. Como todos os dias, passarão a manhã à sombra generosa, não posso dizer que fresca, das mangueiras do cais. Dizem que no Mato Grosso, nesta terra de conquista e colonização, para saber a idade de uma comunidade só tem que prestar atenção no tamanho de suas mangueiras. A primeira coisa que fazem os colonos e os agricultores quando se instalam em um lugar é plantar uma semente de manga. O tamanho das árvores do passeio de São Félix é testemunha fiel das origens e da história da cidade. Como estamos em plena temporada, as mangueiras estão carregadas de frutas, e isso é um incentivo a mais para os Karajá. Alguns vêm resolver algum trâmite na prefeitura, outros para vender artesanato, e outros são pescadores, provedores habituais dos restaurantes e das peixarias locais; os demais, a imensa maioria, vem para acompanhá-los. E assim passarão o dia, tombados à sombra das mangueiras cochilando, conversando e brincando.

O cais é o centro neurálgico de São Félix. Aqui é onde nasceu a cidade, onde se construíram as primeiras casas, às margens do rio, e aqui é onde se localizam hoje em dia a maioria dos serviços e instituições. A prefeitura está na parte central do passeio, e, quase ao final, antes de chegar ao antigo cemitério, está o Centro Comunitário Tia Irene, uma das grandes contribuições que a prelazia fez para São Félix. Trata-se de uma instalação ampla, moderna e funcional, lugar de encontro e de acolhida. Nele se encontram o arquivo, memória e testemunho das lutas que se viveram na região – obra da tia Irene –, e a sala de atos. Foi lá onde vi Casaldáliga pela última vez, durante a projeção da série: *Descalço sobre a terra vermelha*, em uma cadeira de rodas, rodeado por seu povo. Nunca esquecerei a ovação final e a maneira em que todo o mundo, com lágrimas, beijos, carícias, quis agradecer-lhe pelo que tinha feito por eles. Pareceu-me que não teria podido receber melhor prêmio nem melhor homenagem que aquela.

Antes de chegar ao centro comunitário, paro um momento no novo espaço, ao lado da prefeitura, que não conhecia, o Museu de São Félix do Araguaia. É um grande espaço abarrotado de quadros e objetos de todos os tipos, onde se mesclam, sem ordem nem conserto, objetos pessoais dos primeiros colonos, uma cabeça de jacaré, e dezenas de quadros, paisagens e retratos que parecem pintados pela mesma pessoa.

– São de Erotildes – esclarece-me amavelmente Arica, a encarregada de atender ao público. – Este museu foi ideia sua e tudo isso foi ela quem pintou.

Conheço a Erotildes porque era casada com Matus, Matusalém Milhomes, que morreu há alguns anos; era o barqueiro que levava Casaldáliga rio acima e rio abaixo em seus primeiros anos na região. Sabia que era apaixonada pela pintura, porém não imaginava que tanto. Com um estilo *naíf*, os quadros do museu retratam paisagens e personagens de São Félix. Uma das paredes é dedicada a Casaldáliga e à tia Irene, os reconheço no gesto e no olhar. Também há muitas pinturas do rio Araguaia, entretanto, inesperadamente, o principal protagonista do museu é Juscelino Kubitschek, o presidente que construiu Brasília, quem também teve a ideia de levantar um hotel-balneário internacional de luxo na Ilha do Bananal, em frente de São Félix, na terra dos Karajá. Como muitas das ideias de JK, entre geniais e estapafúrdias, esta também se tornou realidade. Porém foi um fracasso. O hotel nunca chegou a funcionar de maneira normal. O lugar onde se havia construído, uma idílica paisagem natural, era de muito difícil acesso, motivo pelo qual o estabelecimento foi abandonado logo depois da inauguração. Ficou lá isolado, como um monumento inútil e absurdo no meio da selva, até que anos depois, em 1990, um incêndio o destruiu por completo. Agora só restam suas ruínas, além de uma ampla variedade de objetos com a marca Hotel JK que se exibem aqui, no museu, junto a uma boa coleção de retratos de Juscelino Kubitschek. Enquanto admiro o rançoso glamour da luxuosa vasilha com a qual pretendiam impressionar seus clientes, me dou conta de que a história do Hotel JK poderia ser uma metáfora de como o progresso ou nunca chega a São Félix do Araguaia ou, quando o acontece, se frustra ou passa ao largo.

Quando chego ao Centro Comunitário Tia Irene, encontro-o em plena atividade. No auditório se celebra um ato, uma sessão informativa organizada pela prefeitura e presidida pela prefeita, no qual participam alunos das escolas de São Félix. Lucilene, a responsável pelo centro é, como Vânia e Ana Luzia, filha de pioneiros, e, como elas, foi batizada por Casaldáliga. Não mudou muito de como a recordava: extrovertida e alegre, com uma cabeleira redonda, cacheada e pretíssima que, em seu momento, impactou tanto a equipe do elenco da série que acabaram dando-lhe um papel secundário que soube interpretar com capacidade. Entre risos, sem demonstrar decepção, me confirma que sua carreira cinematográfica ficou por ali e que está muito contente de seguir vinculada com a obra da prelazia como encarregada do centro comunitário. O espaço é amplo e hoje tem bastante atividade. Ao redor de um grande pátio onde se destaca a estrutura circular do auditório se alinham alguns galpões de um pavimento, com quartos preparados para receber visitantes, em sua maioria indígenas e trabalhadores rurais que vêm do interior da região para comprar, para resolver algum trâmite ou, geralmente, para pedir ajuda e utilizar a rede de solidariedade criada pela prelazia. Lucilene me conta que, apesar da decadência que nos últimos anos tem experimentado São Félix, devido à perda da centralidade, seu trabalho de assessoramento e acompanhamento para aqueles que o necessitam não diminuiu, por isso que na hospedaria do centro sempre tem gente.

Pergunto a Lucilene se poderia apresentar-me à prefeita. Janailza Taveira é uma mulher afável e aberta que, independentemente de sua ideologia, me diz que admirava Pedro Casaldáliga e que também leu meu livro sobre ele, o qual faz ainda mais fluída nossa conversa. A primeira coisa que lhe digo, em tom de brincadeira, é que sigo deslumbrado com a nova entrada de São Félix, e que por um momento acreditei que estava chegando a Las Vegas.

– Ah é? – reage exultante Janailza. – Minha intenção era provocar uma primeira impressão da cidade espetacular e positiva e acredito que o conseguimos. A luz abraça e acolhe o povo que chega.

Janailza não nasceu em São Félix. Ela é originária do Nordeste, como a maioria dos habitantes da região, ainda que não o pareça, pois é branca, loura e com os olhos amendoados. Dez anos depois de sua chegada, apresentou-se às eleições municipais e as ganhou. Seu partido, União Brasil, apoiou abertamente Bolsonaro, e isso também contribuiu para que sua candidatura obtivesse uma ampla vitória em São Félix. Ganhou com um contundente 61 por cento no segundo turno. O mesmo ocorreu com a imensa maioria dos povoados da região. Apesar da simpatia e admiração que Janailza declara pela figura de Casaldáliga, parece que, para ela, como para muitas outras pessoas, pesa mais para o presente o agronegócio que o passado da igreja do Araguaia.

– Apesar de que meu grupo estava ao lado de Bolsonaro, eu não me envolvi muito na campanha – esclarece-me Janailza como se tratasse de se desculpar e, ao mesmo tempo, distanciar-se do candidato perdedor. – Forçou muito as coisas, e, além disso, hei de dizer que nunca gostei de todo de seu estilo. Eu o apoiei, é verdade, porém sem paixão.

Janailza e seu partido, União Brasil, como muitos dos partidos que fazem parte do influente e poderoso centrão, são muito mais fisiológicos do que ideológicos, e têm uma curiosa habilidade para colocar-se sempre à sombra do poder. Daí que o União Brasil se haja apressado não só em reconhecer a vitória de Lula, senão também a somar-se à aliança de partidos que apoiariam o próximo Governo e fizessem parte dele. Janailza, prática e pragmática, distanciou-se rapidamente de Bolsonaro e já se prepara para defender os interesses municipais e conseguir mais recursos para sua cidade, aproveitando a sensibilidade e a boa sintonia que existe entre os novos governantes e a figura de Pedro Casaldáliga.

– Colocamos seu nome na praça que há em frente da igreja São José – conta-me com satisfação. – Eu quis assim porque sabia que era um lugar especial para Casaldáliga, onde nos últimos tempos costumava ouvir a missa. Para nós seu legado é importantíssimo, e preservar sua memória é uma obrigação. Graças a ele São Félix do Araguaia é conhecido internacionalmente.

Janailza reconhece que a partir de agora, como parte de seu trabalho consiste em ir aos ministérios em busca de dinheiro, quando o faça lhes relembrará que são para o povoado de Pedro Casaldáliga.

– Sabe o que ele me disse quando o conheci? – solta Janailza, como se essa lembrança tivesse vindo logo a sua memória. – Fazia pouco tempo que eu havia chegado a São Félix, e minha sogra, que colaborava com a Pastoral da Criança, me apresentou a ele. Quando soube que eu era advogada, me pegou as mãos, olhou-me nos olhos e disse-me: "Não te corrompas!". Estranhou-me e me comoveu. Naquela época eu não tinha a mínima intenção de dedicar-me à política. Não sei porque ele me disse aquilo, mas nunca o esquecerei.

Antes de despedir-me da Janailza, pergunto-lhe que projetos propõe para a cidade. Diz-me que o *slogan* da prefeitura é: "O progresso continua", e me adianta que, como teria que ter imaginado, dado que a São Félix se pode chegar por duas rodovias, seu objetivo é agora arrumar outra entrada e deixá-la igual a primeira, com uma rotatória asfaltada e superiluminada.

Não posso ir embora do centro comunitário sem visitar o arquivo, a joia mais preciosa da prelazia. Está ao lado do auditório, em um dos barracões mais antigos do conjunto de edificações. Recordo que quando perguntava a Casaldáliga o que tinha de especial o que eles haviam feito em São Félix, sempre me dizia que, na realidade, não era muito diferente de outras lutas e de outros conflitos que se haviam vivido em outras regiões do Brasil ou da América Latina. Que o único que não era tão comum em outros lugares era escrever e documentar obsessivamente todos os fatos que tinham sido protagonizados para torná-los públicos. O arquivo certifica e simboliza essa ideia e essa vontade testemunhal. É a prova física e a mostra viva de uma história extraordinária protagonizada por pessoas excepcionais. Leva o nome da tia Irene porque foi ela quem, sem maiores formações do que um curso preparatório muito básico, porém com boa vontade e muito rigor, foi capaz de catalogar e dar forma a todo o fundo documental para convertê-lo em um arquivo profissional e perfeitamente homologável. Atualmente, se conservam nele mais de trezentos mil documentos de todo o tipo. Milhares de cartas, artigos, livros, fotografias e objetos meticulosa e perfeitamente conservados e ordenados em um espaço cheio de prateleiras, estantes e fichários, onde parece que já não resta muito lugar disponível para mais história.

– Nosso desafio agora é a digitalização – me diz Edileuza, a responsável pelo arquivo. – Já temos muitos documentos digitalizados, porém ainda resta muito trabalho por fazer e dispomos de poucos recursos. Antes era mais fácil, porque chegava mais dinheiro de fora.

Edileuza, formada pela própria tia Irene, começou a trabalhar no arquivo há vinte anos. É uma dessas mulheres, como muitas com as quais me encontrei nesta viagem, que substituíram os que começaram junto com Casaldáliga e assumiram de maneira firme e corajosa o legado de Casaldáliga. Não sei se este era o cenário que ele havia imaginado, porém quero pensar que lhe faria muito feliz. Quero pensá-lo porque, tal e como recolhe Leonardo Boff em um de seus escritos, seria uma poética maneira de fazer justiça: "não tenho o temor de que o apocalipse – escreve Boff parafraseando a Casaldáliga, o fim do mundo, chegue logo. Porque enquanto as mulheres não estejam integradas na Igreja e na sociedade com a mesma dignidade e respeito que os homens, Deus não quererá o fim do mundo, porque não quererá que chegue a seu templo uma humanidade quebrada e humilhada".

Quando compartilho com Edileuza essa reflexão sobre as mulheres e sobre a assunção de seu legado, se orgulha, porém rapidamente pontua.

– Casaldáliga é um exemplo total de vida e de espiritualidade – afirma, repetindo o que já me havia dito Ana Luzia. – Porém para muitas de nós a figura da tia Irene é igualmente poderosa. Onde Pedro não chegava, chegava Irene. Em casa e com as famílias. Agora estamos aqui, no arquivo, que é evidentemente uma das obras mais destacadas da tia Irene. Entretanto para mim também foi importante a criação do Clube das Mães e do Clube das Comadres. Parece pouco, mas ela nos deu força e nos empoderou.

Esta reivindicação da figura da tia Irene serve para recordar uma obviedade: Casaldáliga não estava só, foi uma luta coletiva, e, portanto, a memória histórica deveria fazer justiça com as demais pessoas que também a protagonizaram. Entretanto já sabemos como funcionam os mecanismos de construção dos relatos, por mais que o próprio Casaldáliga se obstinasse em compartilhar o protagonismo e em fugir dele, a tendência a concentrá-lo e simplificá-lo é inevitável.

– Sabe por que a tia Irene criou o Clube das Mães? – pergunta Edileuza. – Havia uma mãe com três filhos que estava passando muito mal; seu marido a maltratava e também batia em seus filhos. Um dia, depois de uma surra que quase a matou, a tia Irene pensou que a única maneira de lhe salvar a vida era ajudando-a a fugir. Encontrou um barco, recolheu algo de dinheiro para ela e a mulher foi embora. Dois meses mais tarde, quando tudo parecia solucionado, ela voltou para casa com seu marido. Foi um golpe, uma decepção. Mas também serviu para que a tia Irene se desse conta de que fugir não é a solução, o problema deveria ser afrontado de outra maneira. Por isso organizou o primeiro Clube das Mães e logo o Clube das Comadres. Reunia as mulheres do povoado, compartilhavam experiências, conversavam, faziam atividades e, de passagem, aproveitava para formá-las e informá-las de quais eram seus direitos. Isso lhes deu força e lhes ensinou a defender-se e a buscar ajuda quando fosse necessário.

Edileuza não se cansaria nunca de falar da tia Irene. De todo modo, o que fez pelas mulheres e pelas famílias, de tudo o que também fez por ela, de como foi sua mestra e lhe ensinou o ofício de arquivista, das histórias que lhe contava, de como lhe apaixonava a música. No arquivo há muitas fotografias da tia Irene, muitas delas com Casaldáliga, porém há uma que, para mim, a representa melhor que qualquer outra. É uma imagem dela ao piano. Tocando. Feliz. Deve ser o mesmo piano que um dia, quando fazia pouco tempo que tinha chegado à prelazia, carregaram em um caminhão que saiu de São Paulo e percorreu milhares de quilômetros para chegar a São Félix e fazer-lhe uma surpresa. O mesmo piano que pôs música à história.

– Eu tive a sorte de crescer fazendo parte desta igreja tão bonita, tão inclusiva e tão diferente de tudo o que havia no resto do mundo – rememora Edileuza. – Por isso lamento muito constatar que, apesar do trabalho que Dom Adriano está realizando e apesar do legado de Casaldáliga e da tia Irene, tanta gente se desconectou da história. Muitos se tornaram evangélicos, e isso influenciou, mas não termina de explicar porque Bolsonaro consegue tantos votos aqui. Tampouco justifica a maneira em que se tensionou a convivência. Esses últimos anos foram muito duros. Antes das eleições, fizeram circular uma lista das lojas onde votam em Lula para que o povo não fosse comprar. Isso me entristece, porém mais triste ainda me ponho ao ver como pouco a pouco vamos perdendo tudo o que conseguimos e pelo tanto que tivemos que lutar.

A tristeza de Edileuza está carregada de nostalgia. É evidente que hoje em dia as condições de vida em São Félix, apesar da forte involução causada pelos quatro anos de bolsonarismo, são muito melhores que antes. Porém a saudade parece inevitável quando a comparação é com um tempo passado, em que as ideias pareciam mais claras, os compromissos, mais firmes e as lideranças, muito mais poderosas e reconhecidas.

A irrupção da ultradireita no tabuleiro político e na vida social brasileira alterou o terreno de jogo, propõe um novo equilíbrio ideológico e, no fundo, supera a confrontação tradicional entre a esquerda e a direita. Quando, como acontece nesta região, tanta gente pobre vota em Bolsonaro, seja pela influência evangélica ou como consequência das notícias falsas que circulam nas redes sociais, você se dá conta de até que ponto a ultradireita penetrou e conseguiu, em pouco tempo, alterar o sistema de valores existente. O mecanismo é tão simples como perverso. Baseia-se na confusão. Articula-se com um discurso populista que consiste em negar as evidências, em questionar os princípios básicos e em dispersar as fronteiras que marcam os limites da opressão e da desigualdade. Um relato que estabelece uma divisão clara entre o povo e a elite, uma confrontação entre *nós e eles*. É o que tem feito a ultradireita ao longo desse último processo eleitoral no Brasil. Para Bolsonaro, o povo são as pessoas da ordem que defendem a pátria e a família, ou seja, os evangélicos, os militares, os empresários e o agronegócio, que são os que geram postos de trabalho. Seus inimigos, por outro lado, os que ele chama *de elite* – em contraposição ao *povo* –, são o *establishment*, os intelectuais de esquerda, os defensores do politicamente correto e aqueles que não trabalham e vivem de subsídios. É certo que este discurso populista não é tão diferente do que utilizou Lula para enfrentar-se a ele. Lula, com termos similares, também se identifica com um *povo* e luta contra umas *elites*. Curiosamente, como se fossem valores intercambiáveis, o *povo* de Lula são as *elites* de Bolsonaro e vice-versa. Uma maneira eficaz de combater a ultradireita, sem saber muito bem quais serão as consequências, deve consistir em utilizar algumas de suas próprias armas. Isso é precisamente o que tem feito a equipe de Lula graças a uns assessores portugueses especialistas em controle de redes que o ajudaram a contrapor-se às notícias falsas bolsonaristas. E o conseguiram. Ele ganhou. Porém não é, nem de longe, uma vitória definitiva. Tudo parece indicar que tanto em São Félix como no resto do Brasil a confrontação vai longe.

Muito próximo do Centro Comunitário Tia Irene, em direção ao rio, à saída do povoado, encontra-se o cemitério Karajá. É a última etapa de minha viagem. Não podia imaginar um final mais adequado. Este foi também o primeiro cemitério do povoado, o lugar onde Casaldáliga teve que enterrar tanta gente jovem e inocente. Por isso dizia sempre que era um lugar sagrado. Há anos, quando construíram o novo, esse velho cemitério indígena ficou abandonado, exposto às inclemências da selva e às enchentes do rio. Casaldáliga sempre havia manifestado sua vontade de ser enterrado aqui, às margens Araguaia, em sua terra vermelha, ao lado de seu povo. Vivos e mortos. Ou melhor dito, vivos ou ressuscitados. Próximo dos indígenas aos que nunca batizou e dos peões cujos nomes nunca soube, dos posseiros a quem, antes de cobri-los de terra como mandava a tradição, girava-lhes à cabeça em direção do rio para que nunca o perdessem de vista.

A melhor homenagem que a prefeitura de São Félix pôde fazer a Pedro Casaldáliga foi restaurar o velho cemitério Karajá, desobstruir o recinto, limpar as tumbas, protegê-lo com uma cerca e permitir que ele fosse enterrado lá, à sombra de um frondoso pequizeiro com vistas para o rio.

– Minha vida é o Araguaia – disse Pedro Casaldáliga, olhando o rio, uns anos antes de morrer. – Para mim o Araguaia é uma espécie de parábola. Na superfície, já o vê... tranquilo, normalmente, às vezes se alvoroça um pouco... por baixo, muita vida e muita vitalidade. O rio dá muita vida. E também é caminho. É um lugar sagrado para os indígenas Karajá, é seu habitat... Creem que saíram daqui, que provêm do Araguaia. Recordo que um velho indígena, Watau, me dizia: "Os Karajá não morremos... não! Os Karajá nos convertemos em uma pedra bonita às margens do Araguaia".

Cumprindo seu desejo, sua tumba é um simples túmulo com uma cruz de madeira cuja inscrição o diz tudo:

Para descansar
eu quero só
esta cruz de pau
com chuva e sol.
Estes sete palmos
e a Ressurreição.

Uma cruz de madeira, a chuva, o sol e sete palmos de terra. Tal como foi sua vida, assim é sua sepultura, austera e pobre. Como uma pedra bonita às margens do Araguaia. Enquanto a contemplo, na solidão do velho cemitério Karajá, penso nesta longa viagem que comecei em abril de 1985, quando me apaixonei pelo Brasil e por seu povo e quando descobri Pedro Casaldáliga, uma figura que me mudou a vida. Uma jornada que termina aqui, ao pé de sua tumba. À espera da ressurreição. Como devia ser, tratando-se de Casaldáliga, ao final, sempre um grito de esperança.

Frequentemente me pergunto o que me levou a interessar-me por este personagem e por este mundo. Por que, apesar da distância geográfica e espiritual que nos separava, eu continuava vindo e percorrendo o caminho de um povo que não era o meu. Foram necessárias estas últimas viagens, seguindo as pegadas de Casaldáliga, para dar-me conta de qual foi o impacto de seu legado em mim. Depois de tudo o que vi, escutei e vivi, agora sei o que ele me deu. Razões para crer. Já não poderei dizer nunca mais que não sou crente. Por isso estou aqui. Porque acabei compartilhando suas causas, as quais ele sempre dizia que valiam mais que sua vida. As causas, sempre as causas!

Vou embora de São Félix com uma sensação contraditória. Por uma parte, satisfeito de ter fechado o círculo, contente por comprovar até que ponto seu legado segue vivo e reconfortado por ter encontrado tanta gente que ainda o tem presente. Porém também vou preocupado, sobretudo depois de constatar o enfrentamento e a divisão da sociedade brasileira. E vou indignado pelo pouco respeito que continua havendo pela vida humana e pela destruição sistemática do meio ambiente. Finalmente, vou um pouco decepcionado ao confirmar até que ponto os conflitos com os quais Casaldáliga se enfrentou em sua época, as batalhas que ganhou e os problemas que pareciam superados continuam vivos ou adotaram uma nova forma e dimensão. Continua havendo trabalho escravo, continua havendo fome, expulsões da terra, genocídios contra os indígenas, violência, pobreza, racismo... Tudo contra o que Pedro Casaldáliga lutou em sua vida. Tudo contra o que segue lutando depois de morto. "O céu corre por conta de Deus, mas a terra corre por nossa conta". A luta, sempre a luta.

Esta obra foi composta em fonte Palatino Linotype, corpo 10
e impressa em papel Pólen Bold 70g (miolo) e Supremo 250g
(capa) pela Gráfica Paulinelli.